13
白鳥士郎
イラスト しらび
監修 西遊棋
JN105377
ryuoh no oshigoto!
りゅうおうのおしごと!

「よかったぁ……乗り遅れてたら大変なことになってた……」

この電車の終点は——関西国際空港。
そこから飛行機に乗って、澪ちゃんは……
澪ちゃんだけが、海外へ行っちゃう。
わたしたちはそのお見送り。
これはお別れの旅だった。

将棋合宿
in 淡路島
J
S
…
「ふ、ふん……まぁまぁね」

「砂も水もめっちゃ綺麗じゃん！」
「おしゅな、まっちろだよー？」

《浪速(なにわ)の白雪姫》と呼ばれる少女は、
まるで眠り姫でもあるかのように、
白いシーツの敷かれたベッドの上に
横たわっていた――

「完璧だ…………
完璧な、かわいさだ……」

目次

りゅうおうのおしごと！ 13

白鳥士郎

GA文庫

夜叉神天衣

あいの妹弟子。女流二段。飛行機はファーストクラスしか乗ったことがない。機内食は肉がお好き。

天辻埋

盤師。木材の輸入が制限される国に碁盤を持ち込もうとして検疫で拘束される。怒りの「おち●ぽ」連呼。

清滝桂香

高校時代、職業体験でCAの衣装を着る。本職と間違われ機長にナンパされた17歳の夏。

九頭竜八一

あいの師匠。竜王。初めての飛行機はタイトル戦の記録係で。保安検査場に駒を忘れる大失態。泣く。

空銀子

史上初の女性プロ棋士。タイトル戦で度々飛行機に乗るが、実はずっと耳が痛いのを我慢している。

登場人物紹介

雛鶴(ひなつる)あい

小学5年生にして女流棋士。初めての飛行機は地元の能登空港から東京へ。次は北陸新幹線に乗りたい。

水越(みずこし)澪(みお)

あいのクラスメート。研修生。飛行機に乗ったことはないが琵琶湖に鳥人間コンテストを見に行ったことはある。

貞任(さだとう)綾乃(あやの)

ＪＳ研眼鏡担当。飛行機に乗るどころか研修会に入るまでは京都から出たことすらなかった。

シャルロット・イゾアール

フランス人。飛行機ではなく豪華客船に乗って来日したが、幼くてあまり憶えていない。

片想(かたおも)いの経験って、ある？


うん。普通はあるよね。

誰(だれ)だって最初は片想い。それが両想いになるか、ずっと片想いのままか。告白して両想いになれることもあるし、告白してもふられちゃうことだってある。

きっと一番多いのは……ふられるのが怖くて、告白できずに終わっちゃうこと。

でも『怖い』って感情以外でも、告白できない理由はある。

たとえば、そう……仮に告白成功したとしても、遠距離恋愛になっちゃうとか。


ずっと考えてる女の子がいる。

その子のことを考えると、いつも身体が熱くなる。

胸が、きゅっと苦しくなる。

眠るときは毎晩その子のことを考える。一日どうしてたんだろうかとか、メールの返事が返ってくるまでのちょっとした時間に何があったんだろうかとか、考える。

頭の中は、いつもその子のことでいっぱい。おかしくなりそうだよ。

こんな経験、生まれて初めてで……どうしたらいいか、わからなくなっちゃった。

手紙を書いた。

たくさん書いた。溢(あふ)れる思いを紙にぶつける。

手紙はいつも書きかけだ。最後まで書くのは難しい。わかるでしょ？　もちろん渡すことなんてできない。

こっそり書いて、何度も読み直して、机の引き出しにそっとしまいこむ。それの繰り返し。

だから最初は微妙だった手紙の内容もだんだん洗練されてくる。

わからないことがあっても、大丈夫！

パソコンに聞けば何でも教えてくれる。今はすごく便利だ。むかしの人はぜんぶ自分でやらなくちゃいけなかったから大変だよね。

もし……だよ？

もし片想いの相手が、こっちを振り向いてくれなかったら？

もし片想いの相手が、永遠に片想いのままだとしたら？

もし片想いの相手が…………自分のことを、取るに足らない存在だとしか思ってなかったとしたら？

好きになってくれなくてもいい。

自分がその子の初めてじゃなくてもいい。

でも、せめて……おぼえててほしい。

ねえ。

こんな話、聞いたことない？

『好き』の反対は『嫌い』じゃない。それは――――『無関心』だって。

この話、すっごくわかる。

その子にとって特別な存在でいたい。

好きになってくれなくても……特別なら。

自分がその子にとって、永遠に、たった一人の、特別な存在でいられるのなら。

なら、嫌いになってくれたほうがいい！　好きじゃなくていい！　特別でいたいっ!!　永遠に自分だけを見てほしいッ!!


一つだけ、方法がある。

たとえ離ればなれになっても、ずっと自分だけを想ってもらう方法。

自分だけが、その子にとって永遠に特別になれる方法。

つまり――――


その子を殺すの。

ターミナル
《最後のＪＳ研　その1》

☗

わたし——雛鶴あいには、一つの癖がある。

知らない言葉を見たら調べるという癖が。

これは温泉旅館の女将をしているお母さんから教え込まれたことだった。

「あい。私たち宿泊業に従事する者は、普通の人々よりも遥かに多くのお客さまをご接待せねばなりません。そのためには知識に偏りがあってはならないのです」

なるほど、と思った。

それ以来わたしは知らない言葉や物事に出会ったら、とにかく調べることにした。

文字が読めなかったころは人に聞いたし、文字が読めるようになってからは本で調べることを覚えた。

将棋と出会えたのも、ある意味この癖のおかげかもしれない。

実家で行われた竜王戦を観るまで将棋のことを全く知らなかったわたしは、祖父の残した棋書を読むことで駒の動かし方やルールを覚えたから。

でも戦法書は漢字がいっぱいで難しかったから、詰将棋ばっかりやっちゃったけど……。

大阪に来てすぐのころは調べることが一気に増えて大変だった。

たとえば——

『頓死(とんし)』（とん・し）
【意味】　あっけなく死んでしまうこと。急死。将棋においては、詰まないはずの玉が逃げ方を間違えて詰んでしまうこと。

『ロリコン』Lolita complex
【意味】　少女・幼女を性的対象として愛すること。ロリータ・コンプレックス。

将棋に出会って、師匠の内弟子になって以来、知ってたはずの言葉にも将棋界だけで通用する別の意味があったりすることもわかった。世界が一気に広がった。
世界が広がったおかげで、知りたくないことやエッチなこととかも調べちゃったけど……これもオトナになるっていうことなのかなぁ？
最近だとスマホを使って簡単に検索できるから、移動中とかにもパパッて調べちゃう。
直近で調べた言葉は、これ。

『ターミナル』terminal
【意味】　多くの交通機関や路線が集中する場所。例「ターミナル駅」「バスターミナル」

環状線から早朝の天王寺(てんのうじ)駅に降り立ったわたしは、大きなキャリーバッグの上に足をぶらぶらさせながら座ってる女の子を遠くのホームに見つけて、その子の名前を呼んだ。

「あっ！　澪(みお)ちゃーん、おはよー！」

天王寺は大阪ミナミでも有数の大きな駅で、ホームもいっぱいある。

目の前にはアベノハルカスが聳(そび)え立つ近代的なエリアだけど、少し高い場所から見渡せば古くから大阪の象徴だった通天閣や天王寺動物園も見えちゃう。

地下鉄で梅田(うめだ)や新大阪にも一本で行けるし、奈良(なら)や和歌山(わかやま)へも繋(つな)がる、まさにターミナル駅だね！　だからいつもお祭りみたいに人がいっぱいで騒がしい。

「澪ちゃーん！　おぉーい！　みーおーちゃーん!!」

わたしはぴょんぴょん飛び跳ねて手を振り続けたけど、水越(みずこし)澪ちゃんはキャリーバッグに腰掛けたままぜんぜん違うほうを見てる。

「……うーん。やっぱり遠くて気付いてもらえないや……」

よぉーし！　だったらコッソリ近づいて驚かせちゃおっと！

「…………そぉーっと……」

わたしは澪ちゃんのいるホームへ渡ると、気配と足音を消して、死角から忍び寄る。

お母さん直伝のストーキ……じゃなかった、忍び足。

お客さまが寛げるよう気配を殺すのもサービスの一つだって幼い頃から仕込まれたから、誰にも気付かれない自信があるの。

大阪に来てからもけっこう役立ってるんだよ？　師匠の素行を調査する時とか、記録係をしてる時に対局者の邪魔にならないようそっとお茶を出す時とか、あとは……師匠の素行を調査する時とかに！

そのスキルを発動して澪ちゃんの背後にぴったり迫る。ふふふ……あいには造作もないことだよ。

しばらく様子をうかがう。もしかしたら逆にこっちを驚かそうとしてるのかも？

……ううん。やっぱりぜんぜん気付かれてない。パンパンに膨らんだリュックを背負ってて背後が完全に死角になってる。何を詰め込んだらあんなに膨らむんだろ？

しかも澪ちゃんはどこか上の空で——

「……コンパ……ミリョ…………ハム…………バロック…………サシ…………」

ふぇ？

澪ちゃん、なにをブツブツ言ってるんだろ？　日本語……じゃ、ない？

わかんない……けど、好都合！

そぉーっと、そぉーっと…………——今だっ！

「み・お・ちゃん！」

「うひゃわっ⁉」

わたしが背後から抱きつくと、びっくりした澪ちゃんはキャリーバッグから転がり落ちる。

やったーサプライズ大成功！

一緒にホームに転がったわたしは、澪ちゃんが起き上がるのを助けながらこう尋ねた。

「あはは！　驚いた？」

「あ……あいちゃん⁉」

「おはよー澪ちゃん。何か呟いてたみたいだけど、何だったの？」

「ななな、なっ……なんでもないよ‼　っていうかホームでふざけたら危ないじゃん！　線路に落っこちたらどうするのさ⁉」

てっきり「もー！（笑）」みたいな反応を予想してたから、真面目に怒られて、しゅん。

「ご、ごめん……そうだよね。ホームでふざけたら危ないよね……」

「あっ……べつに、怒ってるわけじゃなくて……澪こそ、ごめん。今日はずっと笑ってばつかでいるつもりだったんだけどなぁ……」

「っ！　澪ちゃん……ごめんなさい！」

わたしは心の底から反省して頭を下げる。そうだ。わたしが浅はかだった。

だって、今日は――

「あああああ――――――ッ!!!」

「ど、どうしたの澪ちゃん⁉」

「電車！　電車!!　電車がもう来てる!!」

「ふぇー⁉」

驚かすのと謝るのに必死になってて、肝心の電車のこと忘れちゃってたよー！

いつのまにかホームに白い特急電車が停まってて、もうほとんどのお客さんが乗り込んだ後だった。

た、大変！

「この電車に綾乃ちゃんとシャルちゃんが乗ってるんだから！　逃したら合流できなくなっちゃうよー！」

「そ、そうだったそうだった！　急ごうあいちゃん！　ええと、澪たちの指定席は……な、何号車だっけ⁉」

その時、綾乃ちゃんとシャルちゃんの声が聞こえてきた。

「あいちゃん！　澪ちゃん！　ここなのです！」

「おはよーなんだよー！」

車両の入口から出てきてこっちに手を振ってくれてる。

重くて大きいキャリーバッグを澪ちゃんが引き、わたしが押して、二人の待つ車両へ！

『駆け込み乗車はおやめください』

「「ごめんなさーい！」」

ドアが閉まる直前、わたしと澪ちゃんは電車に滑り込む！　待ってた綾乃ちゃんが「ふんぬ！」とバッグを引っ張り上げてくれた。シャルちゃんは「がんばぇー」って応援。かわいい。

「おっ、重いぃ……！　一体なにが入ってるです!?」

「あはは……あやのんサンキュー。いろいろ助かったよ」

デッキにある荷物置き場にキャリーバッグを収納して、一安心。

「でんちゃ、しゅっぱつしんこー！　なんだよー」

「よかったぁ……乗り遅れたら大変なことになってた……」

動き始めた電車の中で、わたしは胸をなで下ろす。いつもなら何とかなるかもしれないけど……今日は取り返しがつかないもん。

「澪たちの座席は……おっ、ここかぁ。あいちゃん、座る前に席を回転させよ？」

「うん！　くるくる～」

そうすればＪＳ研四人のボックス席に大変身！

澪ちゃんは窓際の席に滑り込むと、膨らんだリュックを膝の上に置いた。

「この特急……『はるか』っていうんだっけ？　指定席なんて贅沢かと思ったけど、これなら目的地までみんなとゆっくりお話できるね！　あやのんのオススメに従ってよかったよー」

「キャリーバッグをデッキに置けるのも助かるよね！　席がひろびろ〜」

通路側に座ったわたしは特に広く感じる。

窓はすっごく大きくて見晴らし抜群！　座席もフカフカで豪華なの！

「それに名前がいいよね！『はるか』って。すごく遠くまで繋がってるみたいでさー。澪、なんだかわくわくする！」

「コンセントと無料ワイファイも使えるんだね！　充電が切れそうだったから助かる！」

「えー？　それは新幹線にもあるじゃん。イマドキ当たり前の設備っしょ？」

澪ちゃんがわたしの言葉を咎めたその瞬間。

「………当たり前じゃないのです」

黙って聞いてた綾乃ちゃんが、普段より明らかに低い声で反論した。

「JR西日本の在来特急でコンセントとワイファイが備え付けられたのは、この『はるか』が初めてなのです！」

「あ、そ……そうなん？」

見えないところからパンチが飛んできたみたいな顔で引き気味の相槌を打つ澪ちゃんに、綾乃ちゃんは猛ラッシュ！

「この『はるか』はただの『はるか』ではないのです！　今年の春から運行が開始されたばかりの新型車両なのです！　従来の車両に増結する形で運行されているのですが、この新型は各車両の両端に大型ディスプレイを搭載している関係上、天井が七〇ミリ高くなっていたり、デッキの荷物置き場もキャリーバッグの大型化に対応して大きくなっていたり、にもかかわらず車体形状やカラーリングは乗客が『くろしお』と間違えないよう従来のものを踏襲していたり、海外からの観光客さんへの配慮が隅々まで行き届いてるのです！　この新しい『はるか』こそ日本の――――お・も・て・な・し！　を表現した、圧倒的な車両なのですっ‼」

正直……実際の車両の印象より綾乃ちゃんの説明のほうがわたしたちには圧倒的だった。

すごい……よくわからないけど、すごい……。

そんな綾乃ちゃんとは対照的にシャルちゃんは冷めた様子で、

「あやにょ、きょーとからてんのーじまで、ずっとしゃしんとってたんだよー」

写真？　電車の中を？

走ってる電車を外から撮るならわかるけど……椅子とかトイレしかないのに？

なんで……？

「だ、だって『はるか』に乗ることができるチャンスなんてそうそう無いのです！　しかも新型車両に乗れるなんて……しっかり写真に収めて、家に帰ってから281系との違いを比較したかったのです！　みんなだってそうじゃないです⁉」

そうじゃないです。

「しゃう、ひまだったんだよー」

座席の上で両足をぶらんぶらんさせるシャルちゃん。退屈した様子だった。

澪ちゃんがわたしに耳打ちしてくる。

「……あやのん、実はちょっと鉄分多めだからさ」

「……そ、そうだったんだね……」

綾乃ちゃんは趣味が多いけど、電車も好きっていうのは初めて知った。それで『うちが切符の手配をするのです！』って熱心だったんだね。

「だから今度から一緒に電車に乗るときは、暴走しないよう、あいちゃんが注意してね？」

「あ…………うん」

そっか。

わたしが今まで気付かなかったのは、澪ちゃんがさりげなくコントロールしてくれてたからなんだ。

「……わかったよ澪ちゃん。これからは、わたしが――」

約束しようとした、その時だった。

「「っ⁉」」

ピコーン！

みんなのスマホが一斉にニュースを受信。アプリを通じて速報が入ってた。

『【速報】史上初の女性プロ棋士・空銀子（そらぎんこ）新四段、本日も記者会見を見送りと日本将棋連盟が発表。午後に本人のコメントのみ公開予定』

ぴこん。ぽこん。ぴこここここん。

他の席からも着信音が、まるで輪唱みたいに車両全体から響いてくる。日本中がこの速報を受信してるはずだった。

「空銀子って《浪速（なにわ）の白雪姫》だろ？　なんかアイドルみたいだよな」

「将棋のプロになるのメチャ難しいらしいよ？　それに高校生でなるって、ヤバくねぇ？」

「かわいくて、将棋も強くて、もう人生勝ち組だねぇ」

「入院中なんだって？　将棋を指しただけなのに大げさじゃないか？」

「もともと身体が弱いって噂（うわさ）だ。ネットじゃあ不治の病とか――」

そんな車内の声に聞き耳を立てつつ、澪ちゃんたちは顔を寄せ合ってヒソヒソ話をする。

「…………空せんせー、すっごく話題になってんね」

「…………昨日の朝からテレビもネットもそのニュースばかりなのです。将棋ファンよりも、むしろ一般の人たちのほうが盛り上がってる感じがするのです」

「棋士の先生たちもテレビ出まくってるもんね！　鹿路庭（ろくろば）せんせーとか、昨日の夕方からどのチャンネル見ても出てるし。いつ寝てんのかな？」

「しゃうも、ふりゃんすのおともだちから、ちらゆきひめたまのこときかれたよー」

「フランスでもニュースになってるです⁉　すごい……」

「じゃー澪も、空せんせーと将棋指したことあるって言ったら自慢できるかな⁉」

目をキラキラさせた澪ちゃんがこっちを向いて、

「ねーねーあいちゃん。昨日の三段リーグ最終日がどんな感じだったか、くずにゅー先生とか空せんせーから聞いたりしてないの？」

「え？　えっと……東京の将棋会館で行われたから、詳しいことはわからなくて。師匠とも、帝位戦の第一局に勝ったお祝いのメッセージをやり取りしただけだし。タイトル戦の最中はスマホを預けちゃうから」

「終わってからは使えるんでしょ？」

「そうだけど、師匠はそのまま空先生の入院してる病院に行ったの。わたしや桂香さんと連絡を取れたのも、対局場のホテルから病院へ移動するタクシーの中だけで……それからずっと付き添ってるんだと思う」

「そっかー。じゃあ心配だね……」

「……うん」

昨日は将棋界にとって大きな対局が二つあった。

一つは、空先生がプロ入りの可能性を残して迎えた奨励会三段リーグ最終日。

そしてもう一つは、師匠が挑戦する帝位戦の開幕局。

どちらも東京で行われたから、いつも師匠が遠征する時みたいに、わたしは清滝鋼介九段の家に預けられた。

「昨日の夜、桂香さんから電話があってさ」

澪ちゃんが言う。

「もともと桂香さんも今日こっちに来てくれるはずだったけど、空せんせーが入院しちゃったから東京の病院に行くことになったでしょ？　そのことで『本当にごめんなさい！』ってメチャ謝ってくれたんだ」

そう。小学生四人だけで遠出するのは危ないっていうこともあって、桂香さんもＪＳ研に同行してくれるはずだった。

わたしは詳しい経緯を説明する。

「最初は、おじいちゃん先生が東京へ行く予定だったの。でも師匠から空先生の入院が少し長くなりそうって連絡があって。それでお洋服とか身の回りのものを持って行く必要が出てきて、だったら桂香さんが行くしかないってなって」

「空せんせーのお母さんとかじゃダメなの？」

「将棋に関するものは棋士じゃないとわからないから。定跡書とか、ソフトが入ってるタブレットとか、そういう勉強道具も必要みたいで……そうなってくるとやっぱり桂香さんが行くのが一番だもん」

「けどそういう事情なら、あいちゃんと清滝せんせーも空せんせーのこと心配でしょ？　一緒に東京行きたかったよね……ごめん。澪に付き合わせちゃって――」

「ううん！　こっちに来たかったし、それにわたしが東京へ行っても邪魔になるだけだから」

チクリと胸が痛んだ。

本当はわたし……師匠のタイトル戦について行きたいって直訴してたから。

もちろん終わったらすぐ大阪に戻って来て、この旅行に参加するつもりだったけど……これだけ大きな混乱が起こると簡単には帰って来られなかっただろうし、東京で師匠の足手まといにもなってたと思う。

だから今は、大阪に残ってよかったって。そう思ってる。

「勉強道具まで必要だなんて……かなり入院が長くなるということなのです。空先生、そんなに重症なのです……？」

「ごめんね？　わたしにも、どれくらいなのかは本当にわからないの。それにわかってても、今は口外できないから……」

「あっ……ご、ごめんなさいです！」

慌てて口を手で押さえてから、綾乃ちゃんは声のトーンを落として囁くように、

「あいちゃんの立場なら当然だと思うです。これ以上、この話題はナシにするのです……うち

らが、浅はかだったです」

「……ごめんね」

しんみりしかけた空気を破ったのは、シャルちゃんの高い声だった。

「しゃう、べんきょーいやー！」

「澪も勉強イヤ！　入院中くらいグータラしたいよね！」

シャルちゃんと一緒に豪華な座席でぐでーってなる澪ちゃん。

綾乃ちゃんが鋭く釘を刺す。

「澪ちゃんは猛勉強しなくちゃいけないはずなのです。進んでるんです？」

「それを聞かないでよぉ……」

ふふふ。でもわたし、知ってるよ？

さっき澪ちゃんがホームで必死に何かを暗記しようとしてたの。

あれはきっと……。

「くずりゅー先生はともかく桂香さんが付いてたら大丈夫っしょ！　そんなことよりみんなに重大発表があるんだよねっ‼　空せんせーの話題よりビッグなニュースがっ‼」

「にゅーちゅ？」

サイズが大きすぎる座席でぐでーってなってたシャルちゃんが、ぴょこんと座り直した。

澪ちゃんの提供するビッグニュース。それは――

「プレゼント☆ターイム！」

「「ぷれぜんとぉ？」」

聞き返すわたしたちに「むふ♡」と笑いを噛み殺しながら、澪ちゃんはパンパンに膨らんでる膝の上のリュックをガサゴソ。

そして中から取り出した物を、まずは綾乃ちゃんに差し出した。

「あやのん。これあげる」

「えっ⁉　これ……澪ちゃんがなにわ王将戦で優勝した時の副賞の、朱塗りの直筆扇子じゃないです⁉　月光会長の直筆で『月下推敲』の揮毫が入った――」

「そうそう。あやのん文章書くの好きだから『月下推敲』の揮毫がいいって言ってたじゃん。だったらあやのんに持っててもらうのがいいかなって！」

「あ……ありがとうです！　ぜったい大切にするのですっ……‼」

感激に震える綾乃ちゃん。

澪ちゃんはまたリュックをガサゴソすると、

「シャルちゃんにはこれ！　将棋駒の形の水筒だよ！」

「ふぉぉぉ……っ！」

シャルちゃんが頬を赤くして受け取ったのは、澪ちゃんがＪＳ研や研修会によく持って来てた駒の形の水筒だった。

使いやす……くはないと思うけど、とにかく形がかわいいの！　シャルちゃんはいつも指をくわえてうらやましそうに見てた。澪ちゃん、それに気付いてたんだね。

「け、けど……ほんとにいいんです？　こんな貴重なもの……」

我に返った綾乃ちゃんが扇子を捧げ持ったまま尋ねると、

「もらってくれると嬉しいな！　だって――」

とびっきりの笑顔のまま、澪ちゃんは言った。

「澪が使ってたものを持ってたら、使うたびに澪のことを思い出してくれるでしょ？」

その言葉に、わたしたちは思わず息を飲む。

そう。

この特急『はるか』の終点は――関西国際空港。

そしてそこから飛行機に乗って、澪ちゃんは……澪ちゃんだけが、海外へ行っちゃう。

わたしたちはそのお見送り。

これはお別れの旅だった。

だから澪ちゃんが口にするまでそのことには触れなかった。まるでそうしていれば澪ちゃんが海外へ行っちゃう話そのものがなくなるとでもいうように……。

プレゼントをもらったときは喜んでた綾乃ちゃんだったけど、澪ちゃんの発言を聞いた瞬間から真顔になる。

「……そんなことしなくても、うちらは澪ちゃんのこと忘れないのです。忘れるわけがないのです！」

「わかってるってば。でもやっぱり、使ってくれたら嬉しいな」

複雑な表情の綾乃ちゃんとは対照的に、シャルちゃんはプレゼントを純粋に喜んでる。今日が澪ちゃんとのお別れの日だって、わかってるのかな？　少し不安……。

「さてと」

澪ちゃんは最後に、きちんと膝を揃えてこっちを向いた。

「っ!!」

遂にわたしの番だ……！

いったい何をくれるんだろうってドキドキしてると、澪ちゃんは両手を広げてこう言った。

「あいちゃん…………には、あげられるものがありませんっ！」

「ええー!?」

「だって女流棋士の先生で、しかも竜王と一緒に暮らしてるんだよ？　いまをトキメく清滝一門なんだよ？　澪の持ってる将棋グッズなんてカスじゃん！　カス！」

「確かに、九頭竜先生が実際に対局で使った盤駒とか扇子とかにはすごい価値があるですし、それこそ今なら空先生の使ったものなんて値が付けられないほど貴重なのです」

「えぇぇぇ……そんなぁ……」

あいは師匠の使ったハンカチとか、こっそりお借りして対局に持って行ったりするけど……も、もちろん後で洗ってお返しするよ⁉　その……こっそり……。けど！　それとお友達がくれるものは比べられないよぉ！

「…………」

それにね？　プレゼントをくれるなら……ずっと考えてたことがあるの。

澪ちゃんは『あげられるもの』はないって言った。もし……『もの』以外を欲しいってお願いしたら、それを叶(かな)えてくれるんだろうか？

「…………あのね？　澪ちゃん、だったら――」

わたしが泣きそうな顔をして口を開きかけると、澪ちゃんは笑いを噛み殺すような表情でリュックの前ポケットに手を入れて、

「だからあいちゃんには――はいこれっ！」

「え？　これって……」

「お手紙だよ」

澪ちゃんがリュックから取り出したのは、かわいいピンクの便箋(びんせん)。将棋駒の形をした金色のシールで封がしてある。

そして『雛鶴あい様へ』って、澪ちゃんの字で書いてあった。

「形のあるものは、あいちゃんは澪の持ってるようなものなら全部持ってるから。だったらもう、気持ちや言葉しか贈れるものがないからさ」

ちょっと癖のある、けど元気いっぱいで丁寧さが伝わってくる、澪ちゃんの字。

その字を見てるだけで心が温かくなって……目の奥も熱くなる。

「あっ！　まだ開けないでね？　目の前で読まれると恥ずかしいからさぁ」

もじもじしながら澪ちゃんは言った。

「でも読んでどんな反応するかも見たいから、澪が飛行機に乗る前に読んで欲しいな！」

「どっちなんです？」

「みおたん、わがままなんだよー！」

呆れたように言うけど、二人はちょっとお手紙が羨ましそう。

「澪が『読んで！』って言ったときに読んで欲しい。だから……やっぱ回収！　空港に着いてから渡すね！」

「うん！　約束だよ？　ちゃんと読ませてね？」

わたしが頷いてお手紙を返すと、澪ちゃんはそれをリュックの前ポケットに入れた。

何が書いてあるんだろ？

読んだら泣いちゃわないかな？　自信ないな……けど、笑顔で送り出さなきゃ！

「お手紙っていえば、小学校のクラスで開いたお別れ会を思い出すね。澪ちゃん、みんなからのお手紙はもう読んだ？」

「読んだ読んだ！　寄せ書きの色紙だけかと思ったら、クラス全員分のお手紙までもらっちゃってさぁ。五年生は一学期だけのクラスになっちゃったけど、やっぱり別れるとなると寂しいよね……」

わたしと澪ちゃんは同じ小学校で、四年生から同じクラス。

一学期にはもう転校が決まってた澪ちゃんは、二学期の始業式だけ出席して、その日の午後にクラスでお別れ会を開いた。

「澪ちゃんはずっとニコニコしてたけど、クラスのみんなは泣いてたよね。美羽ちゃんなんか号泣しちゃって……」

最初は『転校するなら始業式に来ないで！　あんたなんて一学期が終わったらさっさと海外に行っちゃえばよかったのよ！』ってツンツンしてたけど――

『だって……さみしいじゃない！　澪のいない二学期なんて長すぎるわよっ‼』

そう言って顔を覆って泣き出した美羽ちゃんにつられて、みんな泣いちゃったの。

「あれは澪もびっくりだったよー！　てっきり嫌われてるかと思ってたんだけどね」

「澪ちゃんのこと嫌いな子なんてクラスどころか学校にだって一人もいないと思うよ？　澪ちゃんだって嫌いな子、いないでしょ？」

「そだね。苦手な子を作らないようにしてたから」

さらりと澪ちゃんは言った。

「……強くなるために努力してるの」

「え？」

努力してる？　仲良くすることが？

ううん、その前に……強くなるためにって？

意外すぎる言葉が心に引っかかったけど、澪ちゃんの声は小さすぎて、隣に座るわたしにしか聞こえなかったみたいだった。

「でも、澪ちゃんの出発が九月になってよかったのです。てっきり一学期が終わったら向こうへ行ってしまうと思っていたですから……」

もらった扇子を大事そうに胸に抱きながら綾乃ちゃんが言う。

「海外へ行ってしまうのは寂しいですけど、夏休みを一緒に過ごせたのは嬉しかったのです。商店街の夏祭り……すごくいい思い出なのです」

「あはは。途中で雨が降ったけど逆にそれが面白かったよね！　澪たちの小学校で雨宿りしてみんなで将棋指してさ！」

「けどご両親はもう移住してらっしゃるですよね？　一緒に行かなくてよかったです？」

「パパは研究バカだから身の回りのことはママがいなきゃダメなんだけど、ママも初めての海外でパパと澪の面倒を同時に見るの大変じゃん？　だから向こうの生活が軌道に乗ってから澪を呼ぼうってなってさ」

澪ちゃんのお父さんは海外にも支社がある大手製薬会社の研究者さん。

わたしも師匠が天ちゃんを弟子にした件でいろいろあった時、お薬のことで澪ちゃんに相談したこともあった。何のお薬かって？　自白剤だよ！

「それに澪も、JS研のみんなで最後に思いっきり遊びたかったし！　研修会を退会する手続きとかもあったから、ちょうどよかったんだよ」

「それで澪ちゃんは、近所に住んでるおじいちゃんの家にいたんだよね」

「そーそー。じーちゃんもばーちゃんも『このまま澪だけここに住めばいい』ってうるさくてさぁ。二度と会えないわけでもないのにね！」

……けど、やっぱり寂しいよ。

そう言いかけて、ぐっと堪える。

一番寂しいはずの澪ちゃんが敢えて明るく振る舞ってくれてるんだから、わたしだって明るくしないとっ！

「あっちの学校は十月から始まるんだよね？　もうちょっと日本にいられないの？」

明るく明るく……。

って意識しつつも、ついつい別れを惜しむ話題になっちゃった。ダメだなぁ……。

それでも澪ちゃんは笑顔のまま答えてくれる。

「まずは向こうで語学学校？　ってのに通わないといけないからね。言葉がわかんないと始まんないから」

「シャルちゃんみたいに、自分の国の人だけが通う学校には行けないんです？」

「それもいいんだけど、せっかくなら向こうの国の人たちといっぱい交流したいじゃん！　学校で将棋も広めたいしね！」

「「おお～！」」

あっちで将棋を指せる友達がいないなら自分で作っちゃおうっていう発想、すっごく澪ちゃんらしいよね！

「澪の師匠の暮坂せんせーにお願いして、盤駒をいっぱいもらったの！　で、それを向こうに持ってくんだよー。実はあのキャリーバッグの中身、ぜーんぶ棋具だから！」

「うち、そんな重たい物を引っ張り上げてたです……？」

脇息や七寸盤まで入ってたと聞いて、綾乃ちゃんは唖然としてる。

「ところで……ちゃんと聞いてなかったですけど、澪ちゃんが行くのはヨーロッパのどこの国なのです？」

「んー？　何だっけ？　なんとかランドとか……あんま聞いたことがないような国だったよ」

「不安しかないのです……」

国の名前すら曖昧なまま渡航する親友に、綾乃ちゃんはすっかり青ざめてる。

うん。あいも不安だよ……。

「まーどこだってだいたい同じでしょ？　日本と違ってどこの国も陸続きで、ＥＵに加盟してたら通貨も一緒で国境も自由に行き来できるし。他の国で将棋が盛んだったら、そこ行って指すのも楽しそうだよね！」

「ハワイやブラジルなどは日系の方が多いので、将棋も盛んだと聞いているのです」

綾乃ちゃんの言うとおりハワイは将棋が盛んだった。

竜王戦の海外対局はフランスとかドイツでも行われてたと思うから、ヨーロッパでも将棋を指す人はいるんじゃないかな。

「シャルちゃん。ヨーロッパで将棋はどんな感じなの？　流行ってる？」

「おー？」

澪ちゃんの質問に、車窓におでこをくっつけて外を眺めてたシャルちゃんは首を傾げる。

「しゃう、よーろっぱいたとき、しょーぎしてないよ？」

「……ま、開拓する余地はいっぱいありそうだよね！」

非常に前向きな結論。さすが澪ちゃん。

その時、窓の外を見てたシャルちゃんが歓声を上げる。

「わぁー！　うみなんだよー！」

「海⁉」

急に窓の外が真っ青になって……車内に入る光そのものが青くなったような気がした。

電車は関空のある人工島へと繋がる橋の中を走ってるみたい。

大きな窓からは、海と、空と、その向こうに海に浮かぶ平坦な島が見える。

懐かしい景色だった。

あれがわたしたちの目指す――関西国際空港。

目的地を目にした澪ちゃんはソワソワと立ち上がる。

「うー……トイレトイレ……」

「あっ！　『はるか』のトイレは車椅子でも使える特別製なのです！　ぜひ写真を――」

「そんなことしてたら漏れちゃうよ！」

お股に手を当てて小走りにデッキへ向かう澪ちゃんの背中を見詰めながら、綾乃ちゃんはカメラを手にぽつりと言った。

「よっぽど緊張してるです」

緊張？

あ、初めて飛行機に乗るからかな？

「珍しいね。澪ちゃんが緊張するなんて」

「……うちには、澪ちゃんはあいちゃんの前ではいつも緊張してるように見えてたです」

「え？」

それ……どういうこと？　わたしはもっと詳しく聞きたかったけど、綾乃ちゃんはもうシャルちゃんと一緒に窓の外に広がる海を楽しそうに眺めてたから、聞きそびれちゃった。ところで。

『ターミナル』という言葉には、人の集まる場所という意味の他にも……もう一つ、別の意味がある。

それは――――終着点。

あんなに遠くに見えた人工島は、もうすぐそこ。電車はすごいスピードでJS研のみんなを関空へと運んでいく。

わたしたち四人の旅の、終着点に。

☗

「うわっ！　ひっろーい‼」

関西国際空港に到着したわたしたちは、第一ターミナルビルの中に入って、その独特のデザインに圧倒されていた。

駅の目の前にあるその建物は、外から見ただけだとそんなに変わった感じはしない。

けど、中に入ったら圧倒されちゃう！

特にこの四階の国際線エリアは、端から端まで航空会社のカウンターがひしめいてるし、海外の人もいっぱいだし、それに天井も何だか不思議なデザインなの！

澪ちゃんはその天井を見上げたままキャリーバッグをころころ引っ張りながら、

「あいちゃんは来たことあるんだよね？」

「うん！　師匠のタイトル戦に同行させていただいたとき関空からハワイに行ったから」

「いーなーいーなハワイいーなー！　澪のパパもハワイに転勤ならよかったのに！」

去年の竜王戦第一局。

わたしたち清滝一門は、月光会長や秘書の男鹿さんといった関西の関係者と一緒に、この関空から飛び立った。

名人のご一行は成田から飛行機に乗ったから、ホノルル空港で合流。そこからみんなでリムジンに乗って……懐かしいなぁ。

ハワイ対局には、楽しかった思い出と、つらかった思い出の、両方がある。

甘くて苦いチョコレートみたいな記憶。

少し前までは、思い出すと胸がきゅっとした。

けど……今は、あのとき師匠とすれ違った経験が、強くなる一つの切っ掛けになったんじゃないかって思えるようになった。離ればなれはもうイヤだけど……。

わたしは明るい口調で説明する。

「保安検査場を抜けて国際線のゲートエリアに行くとね？　無人運転の電車みたいなのがあって、それに乗って飛行機のところまで行くんだよ！」

「空港の中に電車があるの!?　すごっ!!　澪もそれ乗りたい！」

「ふむふむ……それは『ウィングシャトル』というのだそうです。最高時速三〇キロで運行すると、このパンフレットに書いてあるです」

ターミナルビルに足を踏み入れてからずっと無言で空港のパンフレットを熟読してた綾乃ちゃんが眼鏡の位置を直しながら説明してくれた。電車とは違う乗り物みたいだけど、血が騒ぐっぽい。鉄分多めの血が……。

ちなみに綾乃ちゃんはとにかく文字が大好き。

パンフレットでも何でも、文字の書いてあるものならすぐに読んで理解しちゃう。

学校の成績もいいみたいで、うらやましいなぁ……わたしは好きな教科と嫌いな教科がはっきりわかれちゃってるし、将棋の本も詰将棋のは好きだけど定跡書は難しくてすぐに眠くなっちゃうし……はぅ。

そんな綾乃ちゃんの服を引っ張りながら、シャルちゃんがおねだりする。

「しゃう、ひこーきみたいんだよー！」

「澪も自分がどんな飛行機乗るのか見たい！　みんなで見られる場所とかあるのかなぁ？」

「あっ！　それはね――」

わたしが答えようとすると、

「関空には一般的な空港にある『デッキ』のようなものが存在しないです。それは無料バスに乗って、少し離れた『スカイビュー』という展望施設へ行く必要があるのです」

ぱんっ！

とパンフレットを手の甲で弾きながら、綾乃ちゃんが先に全部説明しちゃう。それ、あいが言いたかったのに……。

「じゃあ澪の乗った飛行機をみんなで見送るのは難しいのかなぁ……？」

「実は裏技があるです」

「「裏技⁉」」

「この四階から空港を出て、目の前の歩道をギリギリまで歩いて行くと、建物の横に停まってる飛行機を見ることができるそうなのです」

綾乃ちゃんもうそんなことまで調べたの⁉

っていうか……どうやって調べるのそんなこと？

「けどそれはほんの一部で、ほとんどの飛行機は建物の陰に入ってしまうのだそうです。滑走路も見ることができないのです」

「あ、あやのん……詳しすぎない？　初めて来るんだよね？　どうしてそんな裏技まで知ってるのさ？」

「蛇の道は蛇……鉄道ファンに『撮り鉄』のネットワークがあるように、航空ファンにも『スポッター』のネットワークがあるです。そこから得た情報なのです」

「す、すぽったぁ……？　ハリポタなら知ってるけど……」

「ぜんぜん違うのです。スポッティングする人たちのことです」

わけがわからないよ。

綾乃ちゃんの説明によると、飛行機が好きな人たちの中でも特に機体を撮影する人たちのことをスポッターっていうみたい。けど海外だと写真を撮影するっていうより機種とか機体番号とかをメモするだけの人たちもいて、そういう人もスポッターなんだって。

そんな説明をされても、わざわざ空港まで来て機体番号だけメモることの何が面白いのかはさっぱりわからないよ……。

「将棋も棋士の食事だけを淡々とまとめるサイトとかあるし、そういう感じなのかなぁ？」

澪ちゃんはそう言って納得しつつ、

「まぁ飛んじゃえば空港の前の歩道からでもきっと見えるっしょ？　そこから澪の飛行機に手を振ってよ。澪もがんばってみんなを見つけるからさ！」

「「うんっ！」」

約束だよ！

澪ちゃんは嬉しそうに笑顔を浮かべると、

「さてと！　空港に来たら何をしたらよかったんだっけ？　手荷物検査？」

「まずは航空会社のサービスカウンターに行くんだよ。搭乗券を発行してもらうのと、預ける荷物があったらそこで預けちゃうの。そしたら移動も楽になるでしょ？」

わたしは手順を説明する。今度は綾乃ちゃんより早かった。

「いやー、さすが女流棋士！　旅慣れてますなぁ！　あいちゃんがいてくれて心強いよー」

ふふふ。そう言ってもらえると嬉しいな！

とはいえカウンターはものすごくたくさんあるし、フロアも向こうが見えないほど広いから、まずはこの中から探さなきゃだね！

「あいがハワイ行った時はけっこう並んだから、早く並んじゃったほうがいいよ。澪ちゃん、どこの飛行機に乗るの？　ＪＡＬ？　ＡＮＡ？」

「んーとね。澪が乗るのは…………」

☖

澪ちゃんの乗る飛行機の航空会社は、ぜんぜん聞いたことのない海外の会社だった。

っていうか日本人には発音すらできない名前で、澪ちゃんはそういう会社に自分の命を託すのがすごく不安みたい。

「こ、この会社……大丈夫なのかな？　聞いたことないし、カウンターもすごく不便な場所にポツンとあるし、お客さんは澪以外みんな海外の人みたいだし……」

「ネットの情報によると二年前に事故を起こして、最近営業を再開したらしいのです」

「終わったわ………澪、死ぬんだ………」

綾乃ちゃんどうして余計なこと言うのー!!

「で、でもほら！　カウンターに立ってる職員さんは日本の人だから！　不安なことがあったら、今のうちにあの人に聞けばいいんじゃないかな？　かな⁉」

「そうです。機内に入ったらもう日本語は通じなさそうなので、今のうちに聞いておいたほうがいいのです。飛行機が不時着する時のこととか……」

綾乃ちゃんーッ!!

不安になったところでもうこの会社の飛行機に乗るしかないんだよ？　将棋も飛行機も『待った』はできないもん。

それは澪ちゃんもわかってるから、次第に心を落ち着かせていった。

将棋で鍛えた精神力だね！

けど順番が近づくにつれて別の不安を感じたようで、もじもじしながら言う。

「な、なんだか学校の持ち物検査みたいで緊張するね……」

「落ち着いてよ澪ちゃん。学校の検査と違って、おもちゃとか漫画を持ってても没収されないから」

「あっ！　そういえば鐘ヶ坂せんせーに没収された漫画、返してもらうの忘れてた！」

わたしたち五年四組の担任・鐘ヶ坂操先生は、真面目でいい先生なんだけど、他の先生よりちょっと厳しい。

澪ちゃんはクラスの男子に貸すために昔の野球漫画を一巻だけ持って行ったのがバレて没収されたらしいんだけど――

「その漫画、澪ちゃんのだったの⁉　職員室に行ったら先生の机に全巻置いてあったよ？」

「続き買ってる⁉」

そんな話をしてると、あっというまに順番が回ってきた。

澪ちゃんはゴロゴロと引いてきたキャリーバッグの鍵を開けて、カウンターの女性職員さんに中を見せる。

「スマートフォンのモバイルバッテリーは入っていませんか？」

「ないです！　だいじょうぶです！」

「液体物はありますか？」

「ここに！　容器に小分けしてます！」

飛行機には大きな容器に入った液体物は持ち込むことができないから、こうやって百均とかで買った小さなボトルに詰め替える必要がある。澪ちゃんは「これは醤油で、こっちはソースで、これもソースで……」と一つ一つ丁寧に説明していた。ソース多いね。

その中の一つを光に翳しながら、職員さんが尋ねる。

「この液体は何ですか？　可燃物だと持ち込み不可になりますが──」

「あっ！　それは椿油です！」

「椿油……？　化粧品かしら？　それともアロマオイル？」

「ううん。将棋盤を磨くのに使うの」

「しょ、将棋盤？」

「はい。この木の板は将棋盤なんです。これが七寸盤で、こっちが二寸盤。で、この箱に入ってるのが駒です。あとこの時計はチェスクロックで、こっちの分解してあるのは駒台で、これは扇子で……あっ！　この扇子は名人の直筆だから貴重品に含まれますか⁉」

「…………」

次から次へと棋具を取り出して詳しく説明する澪ちゃんだったけど、将棋のことを全く知らない感じの職員さんにはどう見ても伝わってる気がしないし、むしろ混乱に拍車をかけてるだけに思えた。

澪ちゃんも余裕が無いのか、いつもより早口だし。

その結果──

「これは……」『初めてのケースだぞ……』『とにかく上に報告して……」

カウンターで職員さんたちの会議が始まっちゃった！

「うわー……この状況、澪が小学校に絶滅危惧種のトカゲを拾って行った時の職員会議にそっくり……」

澪ちゃん……どうしてそんなの見つけたの……？

結局この場だけでは結論を出せないみたいで、職員さんは上司の人に相談することになってしまった。

「ごめんなさいお嬢さん。少しお時間をいただいてもよろしいでしょうか？」

「あ、はい！　澪は大丈夫だけど……」

申し訳なさそうにチラッとこっちを確認する澪ちゃんに、みんな笑顔で頷いた。

「わたしも大丈夫だよ！」

「うちも今日は一日ずっと大丈夫なのです」

「しゃう、みおたんとずっといっしょー」

そんなわけでわたしたちはいったん列から外れて、判断が出るまでカウンターの近くで待機することになった。

澪ちゃんが不安そうに、

「…………何だか大変なことになってきたねぇ……」

「あはは。将棋盤を磨くための油を飛行機に持ち込もうとした人なんて、あんまりいないんだろうしね」

そもそも海外の航空会社だと、将棋の存在すら知らない可能性だってあるし。マニュアルには絶対に書いてないいんだろうなぁ。

「けどさあいちゃん。椿油がなかったらタイトル戦の時なんてどうすんの？　竜王戦は海外でもやったんでしょ？」

「将棋盤は一回しか使わないわけだし、日本で磨いてから行けばいいんじゃないかな？」

「あっ。そっかぁ」

「でも澪ちゃんは海外に何年いるかわからないし、将棋盤が汚れちゃう可能性もあるから、手入れのために椿油は必要だと思うよ？」

わたしがそう言うと、綾乃ちゃんが疑問を口にする。

「そうはいっても将棋盤はほとんどの場合、布で乾拭(からぶ)きするだけで十分なのです。それでもダメなくらい盤が汚れてしまうシチュエーションは、あんまり思いつかないですけど……」

澪ちゃんが即答する。

「盤を机代わりにしてカップ麺(めん)を食べてたらこぼしちゃったり？」

「それは汚す以前の問題だよ……」

盤の上で何か食べたりしたら師匠に破門(はもん)されちゃう。清滝一門はそういうとこ、厳しい。

「あとは……ほら！　外で将棋指したら汚れちゃうんじゃない⁉」

「外って？　縁台将棋みたいな？」

「山とか海とか。海外の人ってアウトドア好きそうなイメージあるし。海水とか潮風が当たったら、さすがに乾拭きだけじゃダメっしょ？」

「海で将棋？　そんなことするわけ…………ううん。したね。海で将棋……」

正確には『する予定だった』だけど。

わたしが何のことを言ってるのか澪ちゃんはすぐに思い出してくれたみたいで、懐かしそうに遠くを見た。

「そういえば行ったねぇ。みんなで淡路島(あわじ)に」

「もう一年以上も前になるんだね。あいが大阪に来た初めての夏に、みんなで海水浴……じゃなかった、将棋合宿に行ったのって」

けど、あの日の思い出で最も強烈なのは、海水浴でも将棋でもなくて……。

ちょうど時間もある。

思い出話をするにはもってこいだった。

椿油を持ち込んでいいか調べてもらってるあいだ、わたしたちはその将棋合宿について、思い出を語り合う――

JSの夏

☗

わたし……雛鶴あいが、お世話になってる『トゥエルブ』のマスターからこっそり聞いたところによると、それはこんな感じで始まったみたいなの。

「マスター。俺、バターライスお願いします」

関西将棋会館一階に入っているレストラン・トゥエルブ。

対局時の出前にも対応してくれているこのお店は当然ながら棋士御用達で、わたしの師匠である九頭竜八一先生と、その姉弟子に当たるおばさ……空銀子先生は、十年以上も前からの常連さん。

カウンターに並んで座ったお二人は、少し遅めのランチを注文するところ。メニューを見ないでもすらすらと料理の名前が出てくる。

「私はダイナマイト。Cセットで」

「……姉弟子、いっつもそれ食ってますよね？」

「悪い？」

「いや、悪くはないけど……」

「八一こそ、バターライスなんて子供っぽいもの食べるとか、タイトル保持者としての自覚に欠けるんじゃない？」

口ごもる弟子を空先生が逆ギレ気味に叱責すると、師匠はバターライスを頼んだ理由を、とっても楽しそうに説明する。

「あいが食べてるの見て美味しそうでさぁ。この前ちょっと食べさせてもらったら、これがもう絶品で！　それ以来ハマッちゃったんですよね。姉弟子も試してみてくださいよ。あとで一口わけてあげるから」

「………………」

あい――雛鶴あいという、師匠と同居する小学生の名前（わたしのこと！　わたしのこと！）が出てきた瞬間から、空先生の機嫌はさらに悪化した。

もともと鋭い目つきはさらに鋭くなり、頬は少し膨れてる。ふっふっふ！

「はいよ。バターライスお待ち」

「あざますっ！　これこれ♪」

出された皿を恭しく受け取った師匠は、そんな空先生の表情の変化になんか全く気付かず、バターライスにもう夢中！

お皿いっぱいに広がった黄金色のお米には、エビやキノコやグリーンピースがいっぱい。

そして、温かい湯気と一緒にふわりと香る優しい匂い。

シンプルだけど最強な、あいのお気に入りの……そして思い出の一皿。

ごくり。思わずつばを飲んじゃう空先生。

あれあれー？　子供っぽいんじゃなかったんですかぁ？　身体は正直ですねぇ？　いろんな部分がつるつるですからねぇ！

「どうです姉弟子？　うまそうでしょ？　ちょっと食べてみます？」

「…………」

じっ……と師匠のバターライスを見ていた空先生は、次にスプーンに目をやる。そして最後に師匠の唇を見詰めた。むむむ……！

なぜか急に忙しなく前髪をいじりつつ、空先生は話を変える。

「……そんなことより、来週の合宿について打ち合わせするんでしょ？」

「あ、そうそう。そうなんです」

マイナビ女子オープンの一斉予選も終わり、将棋界は短い夏休み。

女王のタイトル保持者である空先生はマイナビの本戦を勝ち上がって来た人と番勝負をする立場だけど、その前に女流玉座戦の五番勝負もあって、しかも奨励会でも三段に昇段するための正念場を迎えつつあった。

おまけに中学校が始まるとさらに忙しくなっちゃうから、夏休み中に短期間で棋力向上の見込める合宿は絶対に必要なイベント。

……っていうのは建前で、あいたちに隠れて師匠と旅行したいだけだと思うんですけど！

「毎年行ってる淡路島の民宿でやるのよね？　海水浴場の近くの」

「そのことなんですけど……ちょっと問題が」

「はぁ？　あんな砂浜しかないような場所で、どんな問題が起こるっていうの？」

「その、実は……メンバーにキャンセルが出ちゃって……」

「キャンセル？　誰？」

「歩夢きゅん……」

「あゆ……神鍋先生が？　どうして？」

「何かね？　お気に入りのブランドのデザイナーさんが緊急来日するらしくて、その人のファッションショーを見に行きたいんだって」

神鍋歩夢先生は関東所属のプロ棋士で、師匠や空先生とは幼馴染み。

ご自分のことを『ゴッドコルドレン歩夢』って名乗る、ちょっと変わった先生。マント着てるし。ちなみにわたしが初めて出会った関東の先生だったから、しばらく関東の人はみんなあんな感じだって思ってた。

ゴッド先生のことは空先生もよく知ってるから、諦め気味に溜め息を吐く。

「ブレないわね、あの人は………」

「ねー……」

将棋指しは誰もが独自の価値観を持っていて、他人にどう言われようと自分を信じて行動できる人だけがプロになれる……だからきっと空先生は、ゴッド先生のそんなマイペースな部分を羨ましく思うことすらあったと思う。

自分だったら先約を破ってまでそこに行くっていう選択肢は生まれなかったから。

しかも、将棋に全く関係のないイベントに……。

こんな日常のちょっとした行動からでも、才能の差というものを感じちゃって、それは心に小さな傷として残り、盤を挟んだ時にひょっこり顔を出す。

だから一番いい対処法は、気付かないふりをすること。鈍感力も才能だって、あいも師匠を見てて最近よく思う。

「まあでも一人くらいなら――」

「い、いやぁ……実は他にもキャンセルが……」

「誰？」

「俺以外の男子、全員……」

「ちょっと！」

「はいッ!!」

ダンッ！　とテーブルを叩く空先生。師匠は同居時代の条件反射で椅子から立ち上がって、気をつけの姿勢を取る。

半身の姿勢で師匠を睨みつけると、空先生はドスの利いた声で言った。

「それメンバーほとんどキャンセルじゃない！」

「ねぇ？　困りますよねぇ？」

「代打は用意できてるんでしょうね？」

「それができてたら姉弟子に相談なんてしませんよ……」

「呆れた……研究会に欠席する場合、欠席する本人が代役を用意するのがマナーじゃない。どうしてプロ棋士や奨励会員ってみんなそんなに責任感が無いのよ？」

「うーん……そもそも研究会と認識されていないからなのではと……ほとんど海で遊んでるだけだし……」

「確かにそうかもしれないけど、長時間一緒にいることで普段は語れないような深い部分までお互いの将棋観を共有するのが目的でしょ？　立派な研究会じゃない。それを──」

「姉弟子。スマホ震えてますよ？」

んぐ、と空先生は説教を中断してスマホを手に取る。師匠が一瞬ホッとした表情を見せたのが妙に腹立たしいみたい。

『話が終わったら殴ろう』

と心に決めたような表情で空先生がスマホを確認すると──

「……メールね。誰かしら…………え⁉」

「ど、どうしたんです⁉　誰からだったんですか？」

「……万智さんから」

「供御飯さん？　何て？」

供御飯万智先生は『山城桜花』の女流タイトルを保持する関西の強豪。ゴッド先生と同じように、師匠と空先生にとって幼馴染みに近い。

京都在住のお嬢様で、胸が異様に大きいところはムカつくし得体の知れないところもあるけれど、安易に約束を反故にするような人じゃない……と、空先生は思っていた（あいはそんなこと思ってませんよ？　第二のお師匠様と思ってますよ？）。

このメールを受けるまでは。

「…………急に家族旅行が入ったから、合宿をキャンセルしたいって……」

「えー!?　供御飯さんまでキャンセルって、もう俺と姉弟子しか残ってないじゃん！」

「そ、そうね……」

「困るよ困るよー。予約のキャンセルにもお金がかかっちゃうし、今から代わりのメンバー揃えるのだって大変なんだから」

カウンターに突っ伏して頭を抱える師匠。

空先生は「そうよね」と同意しつつも、急にまた前髪を忙しなく触りながら、さっきまでとは百八十度違うことを言い出す。

「で、でも……かえって気楽じゃない？　ふ、二人っきりで合宿っていうのも……」

「はぁ？　姉弟子と二人なんて、いつも連盟の棋士室で将棋指してるのと大して変わんないじゃん！　そんなのつまんないよ」

「う……」

しょんぼりする空先生。ぷーくすくす！

「とにかく誰か誘わないと……そうだ！　桂香さん誘ってもいい？」

「え？　そ、それは、もちろん……桂香さんなら…………いい、けど……」

「じゃ、電話してみますね！」

「あ……」

おばさん、残念そうですね？　ぷーくすくす！

清滝桂香さんは、お二人の師匠である清滝鋼介九段の一人娘。

内弟子として十年以上住み込みで修業した師匠と空先生にとって、人生の半分以上を一緒に過ごした家族以上の存在。

お二人にとってはお姉ちゃん……というか、実質的なお母さんかな？

「もしもし桂香さん？　八一だけど、今ちょっといい？　うん。来週さ、淡路島で合宿やるって言ってたじゃん？　そうそう、毎年やってる将棋合宿」

「…………」

断られるわけがないと確信しつつ事情を話し始める師匠を複雑な表情で見る空先生。下心が丸見えです！

「あれにね？　キャンセルが出ちゃって。そーうそう！　いやードタキャン続出ですよ。で、よかったら桂香さんも一緒にどうかって。いやいやいや！　マイナビの本戦に出場できるような方なら全然問題ないですよ。あと一つ勝てば女流棋士の先生なんだから。へっへっへ」

この頃まだ桂香さんは、女流棋士になるため修業中。

本来なら研修会で一定のクラスに上がらないとダメだけど、特例として、アマチュアも出場できる女流棋戦で優秀な成績を修めることで女流棋士になることのできるルートがある。かなり高いハードルだけど……。

桂香さんはその予選を突破した。

本戦の相手は《エターナルクイーン》釈迦堂里奈女流名跡。だからこそ合宿で集中的に勉強したほうがいいと師匠は説得する。

「で、どう？　行けそう？　来週の月曜から一泊二日なんだけど。今のところメンバーは俺と姉弟子だけだから、遠慮する必要なんて…………え？　桂香さん、体調が悪い？　いやだって今の今まで元気そうに……急に悪くなった？　……食中りっぽい？　だ、大丈夫なの⁉」

桂香さん……露骨……。

「……うん。うん。……わかった。え？　姉弟子なら今、俺の隣にいるけど？」

だけど人を疑うことを知らない師匠は、こんな明らかな策略にまんまと乗っかってしまう。

「……ああ……はい、伝えときます………じゃあ、お大事に……」

首を傾げながら通話終了した師匠に、空先生がソワソワしつつ尋ねる。

「………桂香さん、なんだって？」

「何だかよくわかんないけど、急に体調が悪くなったから俺達だけで行ってこいって」

「そ、そう…………それは、心配ね……」

「あと、姉弟子に『人生で一番頑張れ』って伝えてくれって」

「そ、そう……」

「頑張れって言われても、俺と二人っきりの合宿で何をどう頑張れってんでしょうねぇ？」

「…………はぅ」

真っ赤になって俯く空先生。むー!!

そんな空先生の様子や桂香さんの策略には全く気付かずに、師匠はボヤく。鈍感力……。

「あーあ。楽しい合宿になると思ったのになぁ。今年は春から弟子が来たりバタバタしてて忙しかったから、同年代の棋士ともあんまり遊べてなかったしさぁ。久しぶりにみんなで集まって楽しめると思ったのになぁ」

「そ、そうよね…………ほんと、残念……」

「ですよねー」

「や、やっぱり二人で行くしかないわね……残念だけど」

「もったいないよなぁ。民宿の予約もキャンセルしたらお金がかかっちゃうし……」

「で、でも……今から五人も揃えるなんて無理でしょ？」

「そうですよねぇ……」

『二人っきりの旅行。しかも夏の海！』に王手を掛けて思わずニヤニヤが隠せなくなってる空先生。し、師匠！　だめぇー!!

そんなわたしの心の叫びが聞こえたのか——

「ん？　……五人？」

その時、師匠の脳裏に閃いたの。

プロ棋士でも女流棋士でも奨励会員でもない、五人の————女子小学生の顔が。

☖

「わー！　海だー!!」

桂香さんの運転するワゴン車の窓におでこをくっつけて澪ちゃんがそう叫ぶと、わたしたちＪＳ研の四人は一斉に外を見た。

「明石海峡です！」

物知りの綾乃ちゃんが教えてくれる。

「しゃうね⁉　にっぽんのうみね⁉　はじめれいきゅんだよー⁉」

「しゃ、シャルちゃん⁉　く、車の中でとびはねたら危ないよぉ！」

初めて日本の海を見たシャルちゃんはもう手がつけられないくらいの興奮状態！

そんなお祭り騒ぎの後部座席で一人だけ落ち着いてるのが、

「ふん……お子さまばっかりね。海くらいでどうしてそこまで騒げるの？」

五人目のＪＳ。夜叉神（やしゃじん）天衣（あい）ちゃん。

わたしの妹弟子（いもうとでし）に当たるけど、将棋の実力はこの頃もう既に女流棋士に匹敵（ひってき）するレベル。

研修会もほとんど勝ちっ放し。

もともとの性格もあって孤高（ここう）の存在だったんだけど……そんなの関係なく接してるのが、澪ちゃんだった。

「そりゃー天（てん）ちゃんは神戸（こうべ）に住んでるから、海なんて珍しくないんだろうけどさー」

「ちょっと！『天ちゃん』って、それ私のこと⁉」

「うん。『やしゃじん』だから『やっしー』ってのも考えたんだけど、天ちゃんのがかわいいっしょ⁉」

むしろ感謝してほしいくらいな感じの澪ちゃんに、天ちゃんは激おこぷんぷんしながら食ってかかる。

「ふ、ふざけるんじゃないわよ！　なに勝手に下らないアダ名つけてるの⁉　そんなの絶対不許可だから！」

「けどもう研修会で定着しちゃってるよ？」

「どうせあんたが定着させたんでしょ⁉　馴(な)れ馴れしく呼ばないで！」

「じゃあ……天さん？」

「誰が天●飯よ⁉」

天ちゃん、意外とアニメとか観(み)てるのかな？

「てんしゃーん！」

「やめなさいって言ってるでしょ、このチビ！　泣かすわよ⁉」

シャルちゃんまで容赦(ようしゃ)なく怒鳴りつける天ちゃん。そ、それはダメだよ！

わたしと綾乃ちゃんが慌てて取りなす。

「お、落ち着いて天ちゃん……」

「そうです天さん。シャルちゃんはまだ六歳なので、大目に見てあげてほしいのです」

「だから勝手に変なアダ名で呼ぶなって言ってるの！」

その時、運転席から天ちゃんをからかうような声が。

「いいじゃない天ちゃんで。かわいいわよ？」

「……ババア」

「はいはい桂香ババアでございますよお嬢様。アメちゃんあげるから、これでもしゃぶってなさい」

と、水玉模様のビニールに包まれた丸いアメ玉を挑発気味にひらひらさせる桂香さん。

桂香さんと天ちゃんは研修会で二回当たってて、二度目の対戦では桂香さんが完勝。つまり勝ち逃げ状態だから、それが許せない天ちゃんは桂香さんを一方的に敵視してる。

たとえ才能や実績が上だろうと、負かされた悔しさは勝つことでしか晴らせないから。

「ふん……いらないわ。そんなの」

だからもちろん天ちゃんの反応は、不機嫌そうに受け取り拒否。

けど、他のみんなは大喜びだった。

「しゃう、あめたんなめうー!!」

「澪も澪も！　桂香さんアメちょーだい！」

「はいはい。みんなで仲良くわけてね？」

「「はぁーい！」」

アメ、うれしいな！　みんなでわけあって口の中でころころ♡

旅行中に食べるお菓子って、どうしてこんなに美味しいのかなぁ？

「………………ガキばっかりね。先が思いやられるわ……」

天ちゃんは一人だけ腕を組んで座席に深く座り直すと、そのまま目を閉じちゃった。この旅行でもうちょっと仲良くなれるといいな。

そんな感じで盛り上がってる後部座席だったけど……。

わたしはみんなと一緒にワイワイしつつも、前の方の席でどんな会話がなされてるのか、油断なく聞き耳を立てていた。

「いやー、あのワガママ天衣お嬢様を黙らせるなんてさすが桂香さん！　ホント助かるよ。車の運転までしてもらっちゃってゴメンね？」

「八一くんが欠員の補充に小学生を五人も誘って海に行くって聞いたら、無理してでも出てこないといけないって気になるでしょ？　……断る意味もなくなっちゃったしねー」

「ん？　ごめん、最後のほうが聞こえなかったんだけど」

「八人乗りのミニバンなんて大きな車運転したの初めてだから少し怖いけどねって言ったの」

「そっかー」

師匠はご自分にとって都合の悪いことは聞こえづらくなるっていう勝負師向きの特徴を持っていらっしゃるので桂香さんのボヤきも当然スルー。便利ですね！　だらぶち……。

「けどこれだけ広い車だと、中でいろいろできて便利だよね」

「ハッ！　真っ黒なバンに小学生を詰め込めるだけ詰め込んで、中でいろいろ何をするつもりなのかしらねぇ？」

「ちょ、ちょっと姉弟子！　何を不穏なこと言ってるんですか⁉　い、いろいろってのはその……着替えとかですよ」

「どうだか」

　空先生は吐き捨てるように言った。

「……ねえ桂香さん。姉弟子、ちょっとひどくない？　そりゃ合宿のメンバーはほとんど変わっちゃったけど、それって別に俺のせいじゃないし……」

「そうね。ぜんぶ八一くんが悪いわね」

「ええー……？」

　混乱する師匠に、桂香さんは呆れたように言う。

「まったく……人がせっかく気を利かせて急病になってあげたのに。八一くんときたらよりにもよって小学生を誘っちゃうんですもの。銀子ちゃんが怒るのも当然よ」

「いやそりゃ確かに姉弟子は子供とか大嫌いだから申し訳なかったとは思うよ？　けど今年の夏はマイナビ女子オープンとか東京での将棋合宿とかあったから将棋漬けで、この子たちをそんなに遊びにも連れて行ってあげられなかったじゃん？　夏が終わったら俺のタイトル防衛戦の準備もあるからどんどん忙しくなるし……今のうちに楽しい思い出を作ってあげたくてさ。これのどこが悪いの？」

「そういうこと言ってるんじゃなーいの」

「じゃあどういうこと？」

「さあ？　海に着いたら自分で銀子ちゃんに聞いてみたら？」

「そ、そんな！　殺されちゃうよぉ！」

「いっぺん殺されときなさい☆」

そんな桂香さんと師匠のやりとりに聞き耳を立てながら、わたしはわざとらしく窓の外を眺めてる空先生の様子を注意深く監視……もとい観察していた。

夏の海は危険がいっぱいだもん！

☗

「ほらみんな。ここが海水浴場だよ」

そんなこんなで淡路島の海水浴場に到着。

チェックインの時間よりもかなり早く到着したから、宿へ行く前に浜辺の近くに車を駐めて、さっそく海水浴をすることになったの！

車を降りた師匠が自慢気に言う通り、海水浴場は想像以上にいい場所だった。

澪ちゃんが真っ先に外に出て、海へ向かってダッシュ！　それをシャルちゃんとわたしが追いかける。

「うっわー！　砂も水もめっちゃ綺麗じゃん！」

「おしゅな、まっちろだよー？」

「そうだねシャルちゃん！　お砂が真っ白だから、海もすっごく透明に見えるね！」

大阪のすぐ近くにこんな綺麗な砂浜があったなんて！

水着に着替えるのも忘れて、澪ちゃんやシャルちゃんと一緒にわたしもサンダルを脱いで波打ち際へ。

わぁ！　水が気持ちいい♪

「ふ、ふん……まあまあね。悪くないじゃない……」

ずっと興味なさそうにしてた天ちゃんですらソワソワしながらそんなことを言っちゃうくらい、ほんっっっとーに！　綺麗な海なの！

「ここ、結構いいだろ？　奨励会時代に先輩たちに連れて来てもらってさ。鏡洲さんとかね。それ以来、毎年近くの民宿で将棋合宿するようになったんだ。今日もそこに泊まるよ」

「海辺のお宿にみんなでお泊まりなんて、一生の思い出になるです！」

「うん！　すごく素敵だよね！」

綾乃ちゃんの言葉にわたしが同意すると、澪ちゃんは不思議そうに、

「けどさー、あいちゃんちのホテルって海のすぐそばに建ってるんでしょ？　こんなの見飽きてるんじゃないの？」

「……日本海はね、もっと…………荒い、かな。そして……暗い…………」

「お、おう……」

しかも石川県の海水浴場は、内灘も千里浜も基本的に砂が黒っぽいから、水もこんなに透き通ってないし……。

「あっ！　けど海の幸は美味しいんだよ？　お魚とか、貝とかカニとか」

日本海の荒波で鍛えられることで魚介類の身が締まって美味しくなるんだって！　料理人のお父さんが教えてくれたの。

「しゃう、しぉひがぃすぅー！」

師匠は潮干狩りをしたがるシャルちゃんの頭を必要以上になでなでして、

「そっかー。たくさんとれるといいね？」

「ん！」

「どんな貝がほしいの？」

「ほちゃちぇ」

「ほ、ホタテかい？　そっか、ホタテかぁー……」

師匠が困っていると、天ちゃんが横からズバッと真実を口にする。

「ホタテなんているわけないでしょこんなとこに」

「こ、こら天衣！　ホタテだってアワビだって、探せばきっといるよ！」

「しゃうね？　かいしゃんとってくぅよー！」

波打ち際へと走り出そうとしたシャルちゃんを、師匠が慌てて後ろから抱き留めた。

「おおっと！　シャルちゃん待った！」

「ふぁー？」

「その前に日焼け対策をしないとね。シャルちゃんは肌がすごく白いから、日焼け止めを塗っておかないとすぐ赤くなっちゃうでしょ」

「ひぁけー？」

「そうそう。これを塗らないと、お肌が痛い痛いになっちゃうよ？」

と、師匠はどこからか取り出したクリームをシャルちゃんに見せた。

さすが師匠！　準備は万端ですね！

「ふぇ……いたいの、やぁー！」

「だろー？　だからこの白いクリームをお肌に塗るんだよ。そうすれば痛くならないからね」

「…………おー？」

シャルちゃんは緑色の大きな目で、そのクリームと師匠を交互に見る。

そしてこう言った。

「ちちょ、ぬぃぬぃてぃて？」

「え⁉　お……俺が……？」

「ん！」

シャルちゃんは上目遣い（うわめづか）いのまま、服を胸までたくし上げながら——師匠にトドメを刺す。

「ちちょのくぃーむ……しゃうにいっぱい、ぬぃぬぃてぃて？」

バチーン!!

あ、師匠のスイッチが入った。あいは間違いなく聞きました。ロリコンさんのスイッチが入ってしまった音を……。

はぁはぁと息を荒らげ、血走った目で白いクリームを両手に広げた師匠は……その手をシャルちゃんのすべすべお肌に伸ばそうとする。

「じゃ、じゃあ……塗ってあげるから、服を――」

「やめなさい変態」

ゲシッ!!　空先生の鋭い回し蹴り(げ)が師匠の脇腹(わきばら)に命中。ぐっじょぶです！

半回転して砂浜に倒れた師匠は、それでも起き上がりながら反論を試みる。ロリコンさんの生命力は、中段玉よりもしぶとい。

「い、いやでも姉弟子。シャルちゃんが日焼けしたら大変なことに……水着日焼け跡ようじょという最強属性が爆誕……じゃなかった。シャルちゃんは俺たちと人種が違うから、日焼けには細心の注意が……」

「私とか桂香さんに任せればいいでしょ！」

「は!?　そ、そうか……ッ！」

ほんとそれです！　師匠のだらっ！

「はーいシャルちゃーん。桂香さんが車の中で塗ってあげまちゅからねー？」

「ふぉー？　しゃう、けーかたんに、ぬぃぬぃてぃてもぉうのー？」

「そうよー？　他のみんなにも桂香さんが塗るわよー？　だから八一くんはさっさと浜辺に荷物を持って行ってねー？」

ＪＳ研のみんなを師匠から隔離する桂香さん。当然の処置ですよ？

そして空先生は、弟弟子のお尻にダース単位で回し蹴りを叩き込みながら、冷酷な声で告げるのです。

「ほらさっさと逝きなさいよロリコン犯罪者」

「ぐっ……！　み、未遂じゃないっすか……」

「うるさい頓死しろロリコン。死んだロリコンだけが存在を許されるのよ」

これぱっかりは、あいも空先生に同歩だよー！

☖

「はー……重かったぁ…………荷物はこれで全部かな……？」

黒いワゴン車から一人で大量の荷物を下ろした師匠は、砂浜に敷いたビニールシートの上にそれを置くと、額に浮いた汗を拭った。

「へバッてないで早くパラソル立てなさいよ」

刑務所の看守さんってこんな声なんだろうなと思えるほど冷酷な声で、空先生が師匠を促す。

「……………それくらい姉弟子がやってくれたらいいのに……」

「やれ」

「はい……」

「私は肌が弱いから夏の日差しなんて浴びたら死んじゃうし。日向で作業なんてできないって知ってるでしょ？」

「……そりゃわかってるけど、もうちょっと可愛げのあるところ見せたってバチ当たんないんじゃないッスかねぇ……？」

ぶちぶちと文句を言う師匠。空先生は日傘で表情を隠すと、小さな声で、

「…………なによ。どーせ小学生ばっかり可愛がるくせに……」

「何をブツブツ言ってるんです？」

「『くたばれロリコン』って言ったの」

「だから俺はロリコンじゃ――」

いけない！

あいのセンサーがびんかんに反応。この空気は危険ですっ！　いつもの喧嘩でも、真夏の海

の魔力によってイチャイチャした感じになっちゃうから……！

わたしは割り打ちする桂馬みたいに二人のあいだに割り込む。

「あの……師匠？　この水着、変じゃないですか？」

見て見て！　この日のために梅田のデパートまで行って厳選した、ぜったいに師匠が好きなタイプの水着♡

一緒に暮らしてるわたしは、いつもテレビとか雑誌とかで師匠が思わず視線を固定してしまう水着がどんなものかももちろん把握済み。徹底した研究の成果をここで披露だよ！

「あー！　あいちゃん抜け駆け禁止！」

ちっ……。

せっかく師匠の視線をどくせんしたのに、ＪＳ研のみんなも着替えてこっちに来ちゃった。

「くじゅるー先生、澪の水着どう⁉　かわいい⁉」

「しゃうはー？　しゃう、かわいいー？」

「う、うちは……水着とか恥ずかしいです……」

「とか言いつつ一番派手な水着じゃない。メガネのくせに……」

澪ちゃんは動きやすそうな競泳タイプ。

シャルちゃんは、フリフリがいっぱいでかわいい。とにかくかわいい。

綾乃ちゃんは、思ったより大胆！　しかもその大胆な水着をモジモジと隠そうとする動きがエッチだよぉ……。

　そして天ちゃんは、派手さを抑えたセンスのいい黒の水着。あんなに嫌そうにしてたくせに水着をしっかり持って来てたところがかわいい。

　みんなそれぞれすっごくかわいい。

　こ、こんなのぜったい師匠が目移りしちゃうよぉ！

「はぁ……みんな天使すなぁ……♡」

　案の定、師匠はデレデレとみんなの水着姿を眺める……でもシャルちゃんを見てた時間のほうが、あいを見てた時間より六秒くらい長かった。くっ……。

　真夏の海でそこだけ氷点下な声で、空先生が言う。

「くたばれロリコン」

「だから俺はロリコンじゃねーし！　今だって、本当は小学生の水着姿より桂香さんの水着姿をチェックしてるし！」

　やった！　ラブコメ崩壊！

　でも師匠。家に帰ったら夕飯抜きですからね？

「八一くーん。褒めてくれて嬉しいけど、そういう本音はあいちゃんや銀子ちゃんの前で口にしちゃダメよー？」

　桂香さんは……大きかった。どこがとは言わないけど、とにかく………おおきい。

一人だけ水着姿じゃない空先生が不満げにつぶやく。

「……何よ。私だって水着になれば、あれくらいは……」

「つるつる……」

「ぶちころすぞクズ?」

「い、いやぁー! それにしても本当に今日はいい天気だなぁ! 絶好の海水浴日和だなぁ! そうだ! あい、ちょっと手を貸してもらっていいかい?」

「ふぇ? なにをすればいいんです?」

「このサンオイルを塗って欲しいんだ」

「師匠、お肌を焼くんですか?」

意外!

みんなには日焼けをしちゃいけないって言ってたのに……どうして?

「ほら、棋士ってインドアな職業だろ? なかなか日に焼ける機会なんてないからさ。今年の夏はガッツリ焼いて男らしくなろうと思ってね!」

ししょーが男らしく……!?

「お、おてつだいします!」

今みたいに優しい師匠も好きだけど、ちょっとワイルドでワルっぽい師匠もかっこいいです!

そ、それで……そんな悪い師匠に…………あいは、この旅行で……。

はうはうー♡

「しゃうもー！　しゃうも、ちちょにおいりゅぬぃぬぃしゅうー！」

「く、九頭竜先生にはいつもお世話になっているので……うちもお手伝いするです！」

シャルちゃんと綾乃ちゃんがそう言ってくれたから、二人には下半身を担当してもらった。

「私はやらないわよ⁉　油で手が汚れるもの！」

天ちゃんは断固拒否。

「あははははは！　ぬるぬるしておもしろーい！」

澪ちゃんは自分も全身にオイルを塗って、それで師匠に身体ごとくっつくことで、一気にたくさんオイルを塗っていく。かしこい！

よーし、わたしも澪ちゃんのマネをしよっと！

「師匠！　どうですか？　ちゃんと塗れてますか？」

四人の小学生にオイルをぬりぬりしてもらっていたドラゴンキングは幸せそうな声を漏らす。

「……いちご囲いが完成した王様の気分だねぇ」

「頓死しろ変態っ‼」

ビーチサッカーでもするみたいに空先生は思いっきり師匠の頭を蹴り抜いた。

「いだっ⁉　ちょっと姉弟子⁉　人の頭をサッカーボールみたいに蹴らないでくださいよ！」

「し、ししょー⁉　だいじょうぶですか⁉」

おばさんひどい！　なにするんですかー！

「いてて……ったく、頭だけはやめてくれっていつも言ってるでしょ⁉　脳細胞が死んで将棋が弱くなったらどうしてくれんですか⁉」

「細胞が死ぬ心配より自分が社会的に死ぬ心配をしなさいよ！　変態ッ‼」

「はぁ？　弟子にサンオイル塗ってもらってるだけじゃん！　どこが変態なんだよ？」

「そーです！　ごくふつうの師弟のやりとりです！」

あいはお風呂上がりに師匠のマッサージをすることだってあるんやから！

すると空先生は手に持っていたスマホを掲げて、

「じゃあ今の様子を撮影したこの動画をネットにアップしても大丈夫よね？」

「すいませんネットは勘弁してくださいネットだけは勘弁してください許してください俺が悪かったです‼」

焼けた砂に額を擦りつける師匠。

ジュッ……と皮膚の焼ける音がした。ちょっといい匂いがする……。

「なんで？　弟子にサンオイルを塗ってもらってただけで、別にやましいことをしてるわけじゃないんでしょ？」

「うう……桂香さぁん。銀子ちゃんがイジメるよぉ……」

「しばらくそこでイジメられてなさい。自業自得なんだから」

桂香さんは師匠にそう言うと、

「さあみんなー。九頭竜先生はこれから砂浜で肌と根性に焼きを入れられるから、私達は海で遊びましょ！」

「「はぁーい！」」

師匠のことは心配だけど、長くなりそうだったから先に海に行こうっと。暑いしもう我慢できないよぉ！

「あ……」

「名残惜しそうな声出すんじゃないわよ。このゴミクズロリコン」

海へ行くわたしたちを羨ましそうに見詰める師匠を、空先生が踏みつけた。す、すみません師匠……。

せめて一番弟子として、九頭竜一門の結束を強めないと！

「ほら！　天ちゃんも一緒に遊ぼ？」

「だから変なアダ名で呼ぶなって言ってるでしょ！」

天ちゃんはわたしの差し出した手を無視しつつ、でもやっぱり海が気になるみたいで、遊びを我慢する子猫ちゃんみたいにソワソワと聞いてくる。

「……遊ぶったって、何するのよ？」

「澪、ビーチボール持って来たんだ！　みんなでビーチバレーしよー！」

楽しそう！

さっそくみんなでチーム分けをしようとすると——

「はーいちょっとストーップ」

空先生に背中を蹴られていた師匠が急にわたしたちを止める。ふぇぇ？

「ビーチバレーは禁止ね」

「えー⁉　なんでー？」

「突き指したら将棋が指せなくなっちゃうだろ？」

「あ、そっか……」

一瞬だけシュンとすると、でも澪ちゃんはすぐに気を取り直して、

「だったらビーチサッカーしよー！」

「それもダメー」

「「ええー⁉」」

どうして？　サッカーなら手は使わないのに……。

「足を怪我(けが)したら正座できなくなっちゃうだろ？」

あ、そっか……確かに指よりそっちのほうが問題かも！　特に女の子は畳で対局するとき、正座以外に座る方法がないから。

「けど、だったら何やればいいんですか？」

わたしがそう質問すると、師匠は少し考えて、

「んー……将棋とか？」

「それじゃあ海に来た意味ないじゃーん！」

澪ちゃんはビーチボールを抱えたまま砂浜にひっくり返る。あはは……確かに。

桂香さんと綾乃ちゃんは落ち着いた様子で、

「そうねぇ。普通に泳いだらいいと思うわよ？」

「あと、砂浜でお城を作ったりするです」

シャルちゃんは家から持って来たフォークを元気に掲げながら、

「しゃうはね？　しおひがぃすぅよー？」

そ、それで潮干狩りするの⁉

砂浜にひっくりかえってた澪ちゃんはバッタみたいにぴょんと起き上がって、バチーン！

と天ちゃんの背中を叩くと、

「よーし！　じゃあ天ちゃん、海まで競争だー！」

「はぁ⁉　ど、どうして私があんたごときと競争しなきゃいけないのよ⁉」

「負けたら海の家でアイスおごりね！　よーいどんっ‼」

「あっ！　ま、待ちなさいっ‼」

澪ちゃんがダッシュすると、負けず嫌いの天ちゃんは慌てて追いかけて行った。

「ふ、ふたりとも、待ってよぉー！」

わたしも二人を追いかける。一緒に泳ごうよぉ！

うしろから綾乃ちゃんとシャルちゃんの声が聞こえてきた。

「シャルちゃん、うちらは浜辺でまったり遊ぶです」

「ほちゃちぇとぅよー？」

あくまでホタテにこだわるシャルちゃん。な、何か見つかるといいね！

さらにうしろから師匠と空先生の声も聞こえてくる。

「いやー、みんな楽しそうだなぁ……じっくり身体を焼くつもりだったけど、俺もちょっと泳いできますわ」

「そ。行ってくれば？」

「あの…………姉弟子？」

「なに？」

「いや、俺の手の上に姉弟子の手が置かれているので、動けないんですが……」

「は？　逆でしょ？　八一の手が私の手の下にあるんでしょ？　自分から私の手の下に手を置いておいて何言ってるの？」

「え？　あの、どう考えても姉弟子が後から俺の手の上に自分の手を重ねたとしか……」

「バッカじゃないの？　八一が私の手の下に自分の手を入れたんでしょ？　変態」

「……じゃあそれでいいから、とにかくどけてくれますか？　手」

「はぁぁ？　どうして私がそんなことしなきゃいけないわけ？　自分で何とかしなさいよ」

「け、けどこれ、姉弟子が体重かけてるから抜けない……」

「ばーかばーか」

「ったく……何がしたいんですか。もう…………まあいっか。ここしばらく何度も東京行ったりして忙しかったから、今日はゆっくり海でも眺めることにしますよ」

「……うん」

だらぶち……。

まあでも空先生はお肌が弱いので、日焼け止めを塗っても日中は海に入ることはできないみたい。それはちょっと気の毒だから……今だけ師匠を貸してあげる。

でも、あいが泳いでるあいだだけですよ？

「みんなー？　あんまり遠くまで行っちゃだめよー？」

水着からこぼれそうなほど大きなおっぱいをたゆんたゆんさせながら、桂香さんがこっちに向かって叫んでる。だらぶち……。

「うっわー！　あいちゃん泳ぐのはやすぎー！」

「澪ちゃんも天ちゃんも早く来なよー」

「だから変な名前で呼ぶなって言ってるでしょ！」

海辺で育ったわたしは、昔から泳ぐのが大好き！　波のある海で泳ぐのはプールとは違ってコツが必要だから、澪ちゃんも天ちゃんもぐんぐん引き離してしまう。

一方、波打ち際で砂を掘ってるシャルちゃんと綾乃ちゃんは――

「しゃう、みじゅぎのなかにしゅながはいって、きもてぃわういんだよー？」

「しゃ、シャルちゃん!?　こんなところで水着脱いじゃダメです!?」

水着に入った砂を出そうとするシャルちゃんを、綾乃ちゃんが慌てて止めてる。

そうだよ！　そのとおりだよ！

どこに変態さんが潜んでるかわからないから水着を脱ぐなんてダメ！　夏の海は危険がいっぱいなんだから！

たとえば……ほら。

砂浜からこっちを見てる変態さんが――

「……最高だな。小学生って」

と思ったら師匠だった。

「頓死しろクズ!!」

そして即座に空先生から制裁を受けていた。安心！

「あいてっ！　な、なにするんですか姉弟子!?」

「キリッとした顔でカミングアウトしてるんじゃないわよ！　このクズ！　変態！　ロリコンキング！」

「いや俺はね⁉　俺は、何だかんだ言いつつ楽しそうに遊んでる弟子達を見て、誰とでもすぐに仲良くなれるという小学生同士の共感というか順応性を讃えていたんであってね⁉」

「うっさいロリコン」

「だから違うって！　俺はただ、この広い海とＪＳという純粋なる存在の素晴らしさを純粋な気持ちで――」

「ロリコン」

「…………すいません」

師匠は日が沈むまで砂浜に拘束されてたから、わたしたちは将棋を指すのを忘れて海で遊び続けちゃった。

☗

海で思いっきり遊んでから、わたしたちは民宿へ移動。

師匠が毎年お世話になってるっていうだけあって、オーナーさんはとっても親切！

お風呂をいただいて身体をさっぱりさせた後、ぺこぺこのおなかに、ごはんをいっぱい詰めこんじゃった。

「いやー、まんぷくまんぷく！」

浴衣の上からでもわかるくらいに丸くなったお腹を叩きながら、澪ちゃんが畳にひっくり返る。シャルちゃんもその上に転がって、澪ちゃんは「ぐえ」と呻いた。

お行儀が悪いけど……あいもそうしたいなぁ。

「お料理、すっごく美味しかったです！」

綾乃ちゃんが言うように、夕食は予想してたよりずっと美味しかった。

温泉旅館の娘のわたしが食べても一〇〇点満点。

お父さんが作る繊細な料理とは違うけど、素材の味を活かしてて。あと、淡路島名物のタマネギがすっごく甘いの！

みんなの分の食後のお茶を淹れながら、わたしは苦笑する。

「お風呂はちょっと、肌がヒリヒリしたけどね」

「遊び過ぎなのよ……ところでいつ将棋するの？　そこのチビとかもう寝そうだし、あそこのババアも酔っ払ってるみたいだけど？」

天ちゃんが言う通り、澪ちゃんのおなかの上でシャルちゃんは目をこすってる。

「ふみゅ……………しゃう……とってもねみゅいんだよー……？」

「ごめんねー？　私、ビール飲んじゃったー♪」

えへへー♡　と笑いながら銀色の缶を掲げる年上の妹弟子を見て、わたしたち清滝一門の長女は頭を抱え、長男は苦笑する。

「桂香さん……」

「……ま、いいんじゃない？　夏休みだし……」

天ちゃんは『やれやれ』って感じで頭を横に振ると、師匠を詰る。

「はぁ……ねえ師匠？　これって将棋合宿なんじゃなかったの？　何しに来たかさっぱりわからないんですけど？」

「まあまあ。将棋は明日の朝、早く起きてやるってことで……」

確かに今日はもう疲れちゃったし、あいも師匠の意見に賛成！　でも明日、ちゃんと起きられるかなぁ？

けど、そんな心配をする必要はなかった。

なぜならここからが――――この合宿の本番だったから。

「じゃあみんな。明日に備えて今日はもう寝ようか」

師匠が手を叩きながらそう言うと、

「しゃう、ちちょといっしょのおふとんでねう……」

ふみゅふみゅと目をこすりながら、シャルちゃんが澪ちゃんのおなかを踏んで、師匠のところへ寄っていく。澪ちゃんは再び「ぐえ」と呻いた。あはは。カエルさんみたーい。

って！　ちょっとー!!

「俺と一緒のお布団で!?　ちょ、ちょっとシャルちゃん！　それはダメだよ！」

「なんでー？　しゃうは、ちちょのおよめたんだよー？」

シャルは、師匠の、お嫁さん。

「は？　お嫁さんって……なに言ってるのこの幼児？」

真っ先に反応したのは空先生。

それまで黙ってお茶を啜っていたけど、シャルちゃんの発言を的確に咎める。さすが女流二冠です。

「いや！　姉弟子、それは――」

「師匠がシャルちゃんに『お嫁さんにしてあげるよ』って約束したのを本気にしてるんです。師匠は確かにシャルちゃんにそうおっしゃいました。ここにいるわたしと澪ちゃんと綾乃ちゃんが証人です。ね？　二人とも？」

わたしが即座にそう言うと、

「え、えっとぉ……」

「き、聞いたといえば……聞いたですけど……」

歯切れは悪かったけど、澪ちゃんも綾乃ちゃんも確かに認めた。流れ、変わったね。

二人の言葉を聞いた空先生は静かに弟弟子の名前を呼ぶ。

「八一」

「は、はひ……」

「これからあんたは長い長い旅へ行くことになるんだけど、今のうちに何かやり残したことはない？　長い夏休みになると思うけど」

「ど、どういう意味です……？」

「旅行へ連れて行ってあげるのよ………塀の中へね」

「それ通報するってことじゃないっすかー！　桂香さん助けて！　姉弟子が俺を警察に突き出そうとする！」

「八一くん……好物の羽二重餅、差し入れしてあげるからね……」

「諦めないで桂香さん！　早々に諦めないで！」

福井名物の羽二重餅は師匠の大好物だけど、刑務所の中だと美味しく食べるのは難しそうだよね。

あ、師匠は未成年だから少年院？　かな？

「たいへん！　師匠が檻の中に入れられちゃう！　……けどそうなったら、女の人にフラフラ近づいていくこともなくなるから、かえって安心かなぁ？」

「あいもなに怖いこと言ってるんだ⁉」

師匠の日頃の行いが悪いからですよ？

「よぉしわかった‼」

その時、桂香さんが缶ビールを持ったまま立ち上がって――

「桂香さんの、ロリコン☆リトマス試験～」


と、叫んだ。


「「……………え？」」

一瞬にしてお部屋が静まり返る。

しばらくみんなでその言葉の意味を咀嚼してから……結局よくわからないという結論に達して、シャルちゃんがほよよと首を傾げた。

「りょいこん、りちょまちゅちゅえんー？」

「ちがうちがう。ロリコン・リトマス試験だよー」

澪ちゃんが訂正すると、シャルちゃんはもう一回チャレンジ。

「りょりこー、りりょまちゅちゅっちー？」

「そうじゃなくて、ロリコン・リトマス試験」

「りりょ……まー？」

「り・と・ま・す・し・け・ん！」

「りゅままちゅてぃけー？」

「うんもうそれでいいや！」

「りりょまー♡」

ずるい。かわいい。

「いやー……天使すなー」

「こら」

バシッ！　と空先生が師匠の後頭部を叩いた。備え付けのスリッパで。

「いたっ！　いま俺、何か悪い事しましたか⁉」

「気持ちが悪いのよ！」

同歩です。

って！　そんなことより――

「あの……桂香さん？　ロリコン・リトマス試験って……？」

「桂香さんが、八一くんのロリコン度を試験しちゃうゾ☆」

いつもと違うハイテンションに、空先生ですら桂香さんの心配をするほど。

「……桂香さん。酔ってるの？」

「酔ってない酔ってない。あははは。いえーい！」

これは……酔ってるよね。

「べろんべろんじゃない……」

天ちゃんが溜め息を吐いて、手元に置いていた駒袋をそっと鞄の中に仕舞う。ごめんね？　将棋指したかったよね？

でも……今夜はそれどころじゃなさそうだよ……！

「ねえ桂香さん。それって具体的にはどんな試験なの？」

「はい！　この試験はですね、ここにいる女子のみんなで、八一くんに告白をします！」

予想外の言葉に、まず空先生が叫んだ。

「はぁぁぁぁぁぁぁぁぁぁ!?　こ、ここっ、こく………はぁぁぁぁぁぁぁぁぁ!?」

次に天ちゃんも思わず駒袋を握り締めて叫ぶ。

「ど、どうしてこのクズ相手にそんなことしなくちゃいけないのよ！」

「天衣おまえ、師匠に向かって……」

悲しそうな目で天ちゃんを見詰める師匠。空先生はともかく、弟子にまで嫌がられたのが寂しいみたい。

うーん……でもこの反応は、むしろ……。

「もちろんフリね。告白のフリ。そしてそれを受けた八一くんが、誰のどんな告白で赤くなるかを観察する試験になりま～す！」

ぽんっ、と手の平に拳を打ち付ける澪ちゃん。

「なっるほどー！　桂香さんの告白で一番赤くなったらロリコンじゃないし、逆にシャルちゃんの告白で真っ赤になったらガチなロリコンってことだね⁉」

「か、画期的です！」

綾乃ちゃんも絶賛。

たしかにこれ……いい考えかも⁉

「画期的どころか行きすぎてるよ！　桂香さん落ち着いて！　そもそもウソの告白なんかされたって、虚しくなりこそすれ嬉しくなんてならないよ！」

師匠はそう反論するけどそれも桂香さんは想定済みだったみたいで、もっとニヤニヤしながら空先生を横目で見つつ、

「あ、もちろん本気の告白でもオッケーですよ～？」

「どうしてこっちを見て言うの？　私は絶対に参加しないから！」

「くっくっく……その強がり、いつまでもつかしらねぇ？　《浪速の白雪姫》さん？」

「け、桂香さんが……女騎士を陵辱するオークの親玉みたいなセリフを……！」

師匠……その動揺の仕方はどうかと思います。あいは小学生だから意味がよくわからないけど……。

「さあさあ！　トップバッターは誰だー⁉」

パンパンと手を叩いて桂香さんが参加者を募ると、先鋒を志願したのは――

「はいはーい！　澪がやりたいでーす！」

「ではでは～。自己紹介からどうぞ～」

「水越澪、小学四年生！　九歳です！　今日は大阪から来ました！」

「元気がよくてよろしい！　じゃあ八一くんの前に立って告白をどうぞ～」

桂香さんは師匠を上座に立たせると、その前に澪ちゃんを引っ張って行く。そして手に持っていたスマホを操作した……缶ビールも持ってるのに、器用……。

スマホからそれっぽい音楽が流れ始める。

「え⁉　な、なにこの音楽⁉　どういうムード出してるの⁉」

動揺する師匠。

そこに、緊張した面持ちの澪ちゃんの告白が！

こ、この展開は危険だよぉ！

「あ……あの…………くじゅりゅー先生ぇ？」

「あ、はい」

「ずっと好きでした！　付き合ってください‼」

「は？　あ、いや……ごめん？」

　ノータイムごめんなさいだった。ホッ……。

「ええー⁉　なんでー⁉」

「なんでって言われても……頑張ってくれた澪ちゃんには悪いんだけど、そもそも俺は小学生の女の子は恋愛対象外だし、それに何だか演技臭くて……」

「えー？　男の人って難しいなぁ……」

　ぶつぶつと不満を漏らす澪ちゃん。でも、あんな雑な告白じゃ断られるのは当たり前だと思うし……。

「……そんなに簡単だったら、あいは苦労してないもん……」

「あいちゃん？　今、何か言ったです？」

「ふぇっ⁉　な、なんにも言ってないよ⁉」

　いけない！　思わず口から気持ちが漏れちゃってたみたい！

　でも……えへへ♡

　師匠、澪ちゃんの告白にノータイムで『ごめん』って。ちょっとホッとしちゃった！　澪ちゃんには悪いけど。

　でもすぐまた桂香さんがドキッとすることを言う。

「はい。じゃあ次の人は澪ちゃんが指名してね」

「あ、そういうシステムなんだ？」

それを聞いた空先生と天ちゃんが同時に呻く。

「危険すぎるでしょ……」

「核兵器のスイッチをサルに持たせるようなものね……」

さすがにカチンと来たみたい。澪ちゃんは天ちゃんを見て、

「おおっと、言ってくれるじゃん。なら次は天ちゃんね！」

「はぁぁ⁉」

「サルにお手本見せてよ。ウッキー！」

「み、見せたところでサルじゃ理解できないでしょ？　ムダよ。ムダムダ！」

お猿さんのマネをして挑発してくる澪ちゃんの言葉をそうやってかわそうとする天ちゃんだったけど……。

次の一言で顔色が変わる。

「ほーん？　逃げるんだ？」

「は⁉　誰が逃げるなんて言ったの？　やってやるわよ！」

「ではエントリーナンバー2番、夜叉神天衣さんの告白です！　どうぞー♪」

桂香さんがすかさず天ちゃんの紹介をして、師匠の前に押し出した。

音楽開始。

そして天ちゃんは浴衣の襟を直しながら、ちょっと斜めに、師匠と向き合う。

恥ずかしくて正面を向けないみたい。

けどあの角度……天ちゃんが一番かわいく見える角度だ！　ずるい!!

「ん……先生？」

「な、なんだ？」

「さ、最初に言っておくけど……これから口にする言葉は、私の本心じゃないんだからね!?　勘違いするんじゃないわよクズ！」

「お……おう」

澪ちゃんと桂香さんがコソコソと、

「なんかいきなり罵倒し始めたんだけど？」(小声)

「照れ隠し照れ隠し。かわいいじゃない」(小声)

うう……。

たしかに天ちゃんのこういうツンツンしてるところって恥ずかしさの裏返しだから、それがわかるとすごく……かわいく見える。

ぜんぜん懐いてくれなかった子猫が、急に心を開いてくれた感じで……。

ずるい！　ずるいよ天ちゃん！

「……その、わ、私……こういう性格だから、人からものを教わるとか、そういうの、すごく苦手で……」

そう言う天ちゃんの肌は、いつもよりも赤く染まって見えた。

それはきっと、海で日焼けしただけじゃなくて――

「けど、それじゃダメだって、自分でもわかってて……たった一人の身内であるお祖父さまを安心させるためにも、もっと素直に、人からいろいろ教わることのできる人間にならなきゃって、おもってて……」

もっと素直に――

その言葉通り、あの天の邪鬼な天ちゃんが、もどかしいくらい必死に言葉を紡いでる。

これは……あいが聞いててもドキドキしちゃうよぉ！

「だ、だから…………師匠？　もっといろいろ、教えてほしい…………将棋だけじゃなくて、その……いろんなことを…………は、早く大人に、なりたいから……」

天ちゃんの放った、大胆な一手！　いろんなことって何⁉　ドキドキが止まらないよぉ！

「そうか……」

それを真正面から受けて、師匠は――

「うん……」

黒い瞳を、キラキラと潤ませる天ちゃん。

師匠はそんな天ちゃんの目を真っ直ぐ見て、こう言った。

「で？　本当は何が目的なんだ？」

「…………はぁ？」

「おまえがそういう殊勝な態度を取ると、かわいいっていうより何か裏があるんじゃないかと思えちゃって……」

「なんですってぇ⁉」

天ちゃんの怒髪が天を衝く！　そして聞いてた澪ちゃんが畳にひっくり返って爆笑した。

「あはははははははははは！　さ、さっすが天ちゃん！　信頼されてますなぁー‼」

「み、澪ちゃん……笑っちゃわるいよぉ……」

「とか言いつつニヤニヤしてしまう、あいちゃんでしたー」

「し、してないよ！　してないもん！」

ほんとにしてないよ？　えへ……えへへ……♡

すっかりヘソを曲げちゃった天ちゃんに、桂香さんが言う。

「ではでは～、次の子を指名してね！」

「じゃあ……メガネ」

「う、うちのことです⁉」

びっくりする綾乃ちゃん。天ちゃんは面倒そうに髪を掻き上げながら、

「他にメガネいないでしょ。さっさとやりなさいよ」

「はわ……はわわ……」

綾乃ちゃんはすっかり混乱しちゃって、何とか指名を回避しようと、トレードマークの眼鏡(めがね)を外そうとするけど……。

「おーっと！　あやのん今ごろメガネ外してもダメだかんね？」

もちろんそんなの許されない。澪ちゃんが鋭く制した。

「あうぅ……」

見かねた師匠が助け船を出す。

「あ、綾乃ちゃん？　そこまで嫌なら、無理してやらなくてもいいんだよ？　そもそも何のためにやってるか意味わかんないし……」

「い、いえ！　うちは、イヤとかそういうことは全然なくて……」

きらーん☆と桂香さんの目が輝いて、スマホを操作。

音楽が流れ始める。

図らずもベストタイミング！

師匠が心を囲いきる前に、綾乃ちゃんの攻勢(こうはく)が始まる……！

「う、うち、もともと男の人が苦手で……クラスの男子とかとも話せないです。……けど、九頭竜先生だけは、こうして楽しくお話しできるです。とっても不思議です……」

まるで流れるような寄せ。

どこからが言い訳でどこからが告白かわからないくらい完璧な……序盤から一手も無駄のない棋譜を見るかのような告白だったよ！

「だから、あの……うちは、先生のことが………………すき、です……」

ズキューーン！

「はうッ!!」

と、まるで拳銃で胸を撃ち抜かれたかのように、師匠はその場に膝を突く。そして——

「あっ！　見て……赤くなっていくわ！」

「ちちょ、おかおまっかだよー？」

天ちゃんとシャルちゃんの言うとおり……師匠の顔がみるみる赤くなってく！　まるで理科の実験だよぉ！

だらっ！　師匠のだらぶちっ！　うわきものっ!!

「でもこれさー、誰の告白でどれだけ赤くなったとか、どうやって比べたらいいの？」

「大丈夫よ澪ちゃん。みんなの告白を受けた直後の八一くんの顔をスマホで撮影してるから、後で見比べて順位をつけましょう」

「すごい！　桂香さん今日キレッキレじゃん！」

「ま、比べるまでもなく今のところ一位は綾乃ちゃんだけどねー？」

「あうう……し、死んじゃいたいくらい恥ずかしいのでしゅ……」

真っ赤になったおでこを両手で覆う綾乃ちゃん。そんな綾乃ちゃんを、師匠もまんざらでもなさそうな顔で見てる。

ふーん。

へぇー？　ふぅぅーん。

「ふーん。師匠って、ああいうふうに言われるのが好きなんだ。ふーん……」

「そうよね。八一って昔から、ああいうあざとすぎるくらいあざとい『女の子！』って感じのが好きだもんね」

空先生と初めて意見の一致をみた。

そうなんです。

師匠は草食系の受け将棋のくせに、たまに強く攻めることができる相手が現れると、すぐに手を出しちゃうんです！　急戦に出ちゃうんですっ!!

綾乃ちゃんは端歩を突いてない美濃囲いみたいな『いっけんガードが固そうに見えるけど実はすぐ詰む』系の女の子なので……。

「ちょっとちょっと！　あいも姉弟子も、二人して何を言ってるのさ⁉　俺は告白とかそういうのより、普段は大人しい綾乃ちゃんが頑張ってくれたのが嬉しくて――」

「興奮したの？」

「してねえよ！」

空先生の厳しい手に、逆ギレ気味に返す師匠。

すかさず桂香さんが事態を煽る。ビールも煽る。

「さあ盛り上がってまいりました！　果たして八一くんはロリコン疑惑を払拭できるのか⁉　それともロリコンであることを自他共に認めてしまうのか⁉　それでは綾乃ちゃん、ご指名お願いしまっす！」

「じゃ、じゃあ…………空先生、です」

つ、遂にこの時が……‼

「……わかったわ」

「あれ⁉　あっさり……」

師匠は拍子抜けしたように言う。てっきり拒否するんだと思ってたみたい。

そんな師匠に、空先生は前髪をササッと整えながら、こう返した。

「たかがお遊びでしょ？　八一なんて単純なんだから、赤くするのなんて簡単よ。八一のことは私が一番よく知ってるから」

すかさず『一番』アピールを入れてくる空先生。姑息です。

「……だらぶち」

「あ？」

「ほらほら銀子ちゃん。せっかくここまでお膳立てしてあげたんだから、サクッと告っちゃいなさい」

てへぺろ☆みたいに舌を出して桂香さんがそう言うと、シャルちゃんが綾乃ちゃんの浴衣の袖をくいくいして尋ねる。

「おじぇんらてー？」

「自分では何もしようとしないから、一から十まで全部準備してあげたということです」

「メガネあんた、割と言うこと辛辣ね……」

綾乃ちゃんの身も蓋もない説明に、天ちゃんはちょっと引いてた。

そんなことより！

空先生、何だかすごく自信がありそうに見える……昼間に二人きりにした時間が長かったから、もしかしてちょっといい雰囲気になってた……？

やっぱりあのとき二人きりにしちゃダメだったんだ！　あいのバカ！　だらぶちっ！

そして空先生は師匠の前に立って——————告白をする。

「ん…………八一」

「はい？」

「わ、私のこと……好きになってもいいわよ？」

「……」

「……」

「……」

「こら」

「いて⁉」

ベシ、とおばさんが師匠のおでこを叩く。

あれ？　い、今のが告白だったたんです？

小学生以下だと思うんですけど……。

「どうして赤くならないのよ⁉」

「無理言わないでよ！　今のでどうやって赤くなれと⁉」

叩かれた部分だけ赤くなった肌を「おー痛ぇ……」とブツブツ呟きつつ擦りながら、師匠は唇を尖らせて反論する。

「……それに今さら好きになれって言われたって反応のしようがないでしょ？　もとから好きなんですから」

「へ？」

ぽかん、と全ての表情が抜け落ちる空先生。

え？　ええー⁉

「あ！　見て……空せんせーの顔が！」

「真っ赤です！　どんどん真っ赤になっていくです！」

「単純なのは自分の方じゃない……バカらし」

澪ちゃんと綾乃ちゃんは大騒ぎ。天ちゃんは肩をすくめ、桂香さんはスマホで連写してる。

師匠じゃなくて、空先生の赤くなった顔を……。

「そ、そんな………ししょー、こんなおばさんの、どこがいいんですかぁ……？」

わたしが涙目になってそう言うと、

「いやいやいやいや！　い、今の好きってのは恋愛とかじゃなくて家族愛だから！　そうですよね姉弟子⁉」

「も、もちろんそうよ？　勘違いしないでくれる？」

真っ先に勘違いしたのはおばさんじゃないですかー‼

「銀子ちゃん」

「な、なに？　桂香さん」

「ヘタレ」

「ぐっ……！」

痛いところを突かれた空先生はプルプル震えながら、負け惜しみみたいな反論を試みる。

「じゃ、じゃあ桂香さんが手本を見せてよ」

「いいわよ？」

きっとそう言われるのを予想してたんだと思う。

桂香さんは自信満々に頷くと、缶ビールとスマホを畳に置いて。

シュルル……と、束ねていた髪を解く。

「あっ！　桂香さんが髪を解いたよ！」

「い、色っぽいです……！」

女の子の澪ちゃんと綾乃ちゃんですら赤くなっちゃうくらいのお色気を漂わせ始める桂香さん。お酒に酔って火照った肌も色っぽいよぉ……。

そして畳に置くときに操作してたみたいで、スマホからムーディーな音楽が流れる。

「ねぇ……八一くん。熱いの……」

「はぇ⁉」

「とっても熱いの……だから八一くんにくっついて、この火照りを冷ましてもいい……？」

浴衣の襟をはだけつつ、師匠に抱きつく痴じょ……桂香さん。

反則！　あんなの反則だもんっ‼

「ちょ、ちょっと桂香さん⁉　だ、だめだよこんなことしたら！　こ、子供たちが見てるんだから！」

……見てなかったらいいとでも思ってるんですか？

「昼間は厳しくしてごめんね？　私だって八一くんのこと、もっと甘やかしたかったのに……

こわ〜い姉弟子がずっとガードしてたから手を出せなかったよのねー」

「むぅぅ……！」

空先生がギリリと歯軋りをすれば、

「ぐっ……ぐぐぐ……！」

あいも、唇を噛み締める。ぐぬぬ……っ！

「おーおー、手出しもできない子猫ちゃんたちが、指をくわえて悔しがっておるわ」

女豹みたいにしなやかな動きで師匠の首に腕を絡めた桂香さんは、

「ねーねー八一くんってさぁ、もう銀子ちゃんとチューとかしたのー？」

「なに言ってんのさ桂香さん⁉　するわけないじゃんそんなの！」

「まだなの？　そっかぁ」

はだけた浴衣から覗くメロンみたいに大きな胸を押しつけつつ……桂香さんは告白の言葉を放つ。

「だったらお姉ちゃんが、八一くんの初めて、うばっちゃおっか――」

けれど、それを最後まで言うことはできなかった。

ゴン！

という鈍い音が、和室に響き渡る。

それは……誰かがビール瓶で桂香さんの頭を叩いた音だった。

「……あれ？　け、桂香さん？」

糸の切れたマリオネットみたいに畳の上でぐったりしてる桂香さんを揺さぶる師匠。

その師匠をギリギリで痴女から救ったのは――

「あ……姉弟子!?　それにあいも!?　二人ともビール瓶で桂香さんの頭ブッ叩くなんて、いくら何でもやりすぎでしょ!?　完全に伸びちゃってるじゃん！」

「……これは八一のためじゃないわ。桂香さんの名誉のためよ……」

「そうです。一門の名誉を守るためには、これしかありませんでした……」

こうするしか……こうするしかなかったんだよ……。

「澪ね？　清滝一門じゃなくてよかったと心の底から思うよ……」

「き、厳しすぎるです……」

部屋の隅で震える澪ちゃんと綾乃ちゃん。天ちゃんも「やっぱり私……師匠、変えようかしら……？」って言ってる。

ぐったりしたままの桂香さんが息をしていることを確認しながら、師匠は言った。

「み……みんな、もう満足したよな？　これ以上やっても怪我人が増えるだけだし、もう今日はこのへんで――」

「まだです」

「へ？　あ、あい？　何を――」

「まだわたし、師匠に告白してません！」

天ちゃんが呆れたように、

「あんた……この状況でまだ続けるつもりなの……？」

「だってわたしも師匠に言いたいことがあるんだもん！　……師匠っ‼」

「はひっ⁉」

直立不動になる師匠。あれ？　どうしてこんなに怯えてるんだろ？

「あ、あいちゃん……その前に、ビール瓶を下ろしたほうがいいと思うのです」

「あ……そっか」

綾乃ちゃんのアドバイスに従って瓶をそっと畳に置いてから、

改めて自己紹介。

「えっと………雛鶴あい、小学四年生です。師匠に、伝えたいことがあります……」

気を失った桂香さんのスマホを拾い上げた澪ちゃんが「ここをタップすればいいのかな？」と音楽を流してくれる。ナイスだよ！

「わたし……昔からずっと、引っ込み思案で……自分の意見を言えなくて、親の言うままに動く、ロボットみたいな女の子だったんです……」

天ちゃんと空先生がボソリと言った。

「ぜったいウソでしょそんなの」

「よね。反応が良かった子のパクリよね」

あいの心の中にある『絶対に許さないリスト』に二人の名前が刻まれました。いつか盤上で殺してあげるよ……。

けど！　今は負け犬さんの二人に構ってる場合じゃない。

引っ込み思案だった、ロボットだった自分と、お別れを告げなくちゃいけないの。

わたしを変えてくれた人への、告白という形で――

「自分が自分じゃないみたいだったんです。将棋に……将棋と師匠に出会うまでは」

「あい……」

「将棋に出会って、わたしは、自分がなりたいと思ってた自分になれた気がするんです。師匠がいたから、わたしは、自分がなりたいと思う自分を目指す勇気がもらえるんです」

戸惑いの表情を浮かべる師匠に、伝える。

「将棋はとっても難しくて、強い人もいっぱいいて……負けたときは、もう無理だって思っちゃうけど……」

空先生に負けた時も。

天ちゃんに負けた時も。

あいは、苦しくて、つらくて、泣いちゃったけど……。

「でも！　いつも頑張ってる師匠を見ると、自分ももっともっと頑張れるって、勇気がもらえるんです！　将棋があるから、わたし、変われるんです！　師匠がいるから、わたし、頑張れるんです！　だから……」

師匠に初めていただいた、直筆の扇子。

そこに書いてあった『勇気』という言葉。

いつも必ず胸に抱いているその言葉で、臆病な自分を奮い立たせて。

わたしは――――最高の一手を放つ！

「わたし……わたしを…………ずっとずっと、ずっと！　師匠のお側にいさせてくださいっ!!」

「…………」

そんな、わたしのストレートな一手を受けて。

師匠は――――

「う……うう…………ううう……！」

えっ。

「ふぇ!?　し、師匠？　どうして泣いてるんですか!?」

「ご、ごめんな……！　お、お、俺が……俺がもっと、しっかり指導してあげられたら、もっとすぐに強くなれるのに……こ、こんな不甲斐ない師匠で、ごっ、ごめんな……っ！」

えっ⁉　ええー？

師匠、喜んでくれてるのはいいんだけど……わたしが思ってたのとちがーう！

天ちゃんと空先生も、師匠のあまりの泣きっぷりに引いてるし！

「うわ……号泣……」

「娘の結婚式のお父さんみたいになってるわね……」

あれぇぇー⁉

こんなはずじゃないのにー！

「が、がんばるから……！　おれっ、も、もっど……がんばるがらっ……‼」

ぼろぼろに泣き崩れながら、師匠はあいの肩に手を置いて、そう言ってくれる。これはこれで嬉しいんだけど……はぅぅ～。

メガネを外した綾乃ちゃんは浴衣の袖でそっと涙を拭いながら、

「あいちゃん……すごく愛されてるです。うらやましいです……」

「はぅぅ……うれしいけど、なんだか複雑な気持ちだよぉ……」

「…………で？　結局これ、どういう結論になるわけ？」

天ちゃんが疑問を口にすると、畳の上に伸びてる桂香さんの代わりに澪ちゃんが答えた。

「んー、赤くなったのがあやのんと桂香さんだけだから、ロリコンって可能性も捨てきれないけど……まあでも大人の女の人に反応してたから、正常なんじゃないの？」

師匠は鼻水を啜りながら、

「……あ、あたりまえだろ？　俺がロリコンなわけないじゃん」

「う、うちもそう思うです。九頭竜先生は紳士なのです……仮にロリコンさんだとしても、ロリコンという名前の紳士なのです！」

それってつまり単なるロリコンなんじゃ……？

「けど、そうだよね！　師匠、海で遊んでるときもみんなから告白されてる最中もずっと桂香さんのおっぱいばっかり見てたもんね」

「ん？　あいちゃん怒ってるのかい？」

おこってますよ？　激おこぷんぷんですよ？

「はぁ…………壮大な時間のムダだったわね。さっさと寝るわよ」

空先生が気絶してる桂香さんの襟首を摑んで布団へ引っ張って行けば、綾乃ちゃんはシャルちゃんを抱っこして、

「ほらシャルちゃん。寝る前に歯磨きに行くです」

「……しゃう……まだ、しゅうことがありゅ……」

むにゃむにゃと小さなお手々で顔をこすりながら、シャルちゃんがそんなことを言う。

そしてハイハイして師匠のところまで行くと――

「ん？　シャルちゃんどうしたの？」

「ちちょ。おみみかてぃて？」

「耳？」

「あぉね？　あぉね？　……しゃうね、ちちょのことね？」

シャルちゃんは小さな唇が師匠の耳に触れるくらい顔を近づけて。

そして、声を潜めて囁くように、その言葉を口にした。


「……らいちゅき♡」


——シャルは、師匠のこと、大好き。

そんな、雪のように純粋で、生クリームみたいに甘い告白を耳元で囁かれたら、師匠がどうなってしまうのか？

もちろんスイッチが入っちゃう。

綾乃ちゃんの時とは比べものにならないくらいの……ドーン！　っていう、大砲みたいな音を立てて。

「しっ…………！」

そして師匠はシャルちゃんをガバッと抱き締めて、こう言い放ったのです。

「幸せにするよッ‼」

「わぁー♡」

それはお付き合いを通り越して、結婚しようという師匠の決意。

もちろんこんなのダメです！　許しませんっ‼

空先生もあいもおこです！　超激おこぷんぷんですっ‼

「ちょ、ちょっと八一！　あんたなに六歳児抱きしめてるのよ⁉」

「そうですよ師匠！　さっきロリコンじゃないって言ったばっかりなのに、舌の根も乾かないうちに――」

「ロリコンで悪いかッ‼」

シャルちゃんを抱っこしたまま逆ギレする師匠。

一瞬だけ怯んだ空先生も、すぐに叫び返す。

「ひ、開き直ったわねぇ⁉」

「違うッ！　俺のこの行為はロリコンかもしれないが、俺はロリコンじゃない！」

「どっちなのよ……」

天ちゃんが冷静に突っ込むけど、師匠はもう誰の言葉も聞こえてないし、シャルちゃん以外の何も見えてない。

だら……。

だら、だら、だら、だら、だら、だら……。

だら……だらぶちっ!!

「俺たちは今日、この合宿で……この淡路島の美しい海と遙かなる大地から、大切なことを学んだ……！」

師匠が何か壮大なことを言い始めると、

「えぇと……この音楽かな？」

「澪ちゃん、ここは別に音楽をかける必要はないと思うです……」

なんだろう……。

すごく変なことを言ってても感動的な音楽が流れると、立派なことを言ってるような気がしてくる……ふしぎ……。

「そう、俺たちは学んだ！　どれだけいがみ合う相手でも、あの広い海のように心を開けば受け容れることができるということ……そして何より、勇気を出して気持ちを伝えれば、その気持ちは必ず伝わり、どんな誤解も解けるということを……！」

誤解？

誤解かなぁ？

何を言われてもシャルちゃんを抱っこし続けてる時点で誤解のしようがないと思うんだけどなぁ？

「俺はシャルちゃんをお嫁さんにしてあげることで、今、世間からいわれない非難を受けている……」

「普通に非難される行為でしょ」

「アメリカだと確実に死刑ね」

「だがッ‼」

天ちゃんと空先生の的確な指摘を大声で掻き消そうとする師匠。

「俺はこの子が六歳だからお嫁さんにしてあげたんじゃない！　幸せにしてあげたいと思った人が、たまたま六歳だっただけなんだ‼」

そして師匠は、冷たい視線を注ぐわたしたちに向かって叫んだ。

「だから俺はロリコンじゃない！　そう見えてしまうのは、この社会が、あなたたちの目が、年齢という形だけを見て、本当の愛を見ようとしないからそう見えるんだ！　心を開けよ！　あの海のように！　……どうだ⁉　これでもまだ俺のことをロリコンと思うのなら、そう呼んでみろ‼」

「「ロリコン‼」」

「…………………なぜだ……」

当たり前ですっ！　ししょーのだらッ‼

※本短編は『りゅうおうのおしごと！4　ドラマCD付き限定特装版』のドラマCD脚本を小説化したものです。

黒猫のお見送り
《最後のＪＳ研 その2》

椿油(つばきあぶら)についての判断を待ちながら、澪(みお)ちゃんはしみじみと言った。

「あの合宿はひどかったねぇ」

「うん。最低だったよ」

わたしもノータイムで同意した。喰(く)い気味ですらあったよね。

「ほえー？　しゃうは、とってもたのしかったんだよー？」

「シャルちゃんは楽しかったよね……師匠にあんなに優しくしてもらえば、そりゃあいだって楽しく過ごせるもん……だらぶち……」

「あ、あいちゃん！　空港で殺気を放つのはまずいのです！　テロリストと勘違いされてしまうのです！」

「はっ……！　ご、ごめん……」

「あやのんぐっじょぶ！　なんせあいちゃんは小学校で殺気を放って、同級生の美羽(みはね)ちゃんにお漏(も)らしさせたくらいだかんね！」

澪ちゃんの言うことは大げさだけど、わたしはちょっと他の子より……勝負師気質っていうのかな？　そういう部分がある。

いつも頭の中に将棋盤があって、何かをきっかけに、それが動き出しちゃうの。そうなるともう自分じゃ止められないから……。

綾乃ちゃんの手を取って、わたしはお礼を言った。

「ありがとう綾乃ちゃん！　あの時はわたしたちのなかで一人だけ抜け駆けして、師匠に気に入られてたよね……」

「うちに飛び火したです⁉」

その時、カウンターに職員の女の人が戻って来たから、わたしは危うく綾乃ちゃんとの友情を壊さずに済んだ。

「水越さま。お待たせしてごめんなさい」

「あ！　いえいえ。それで……どうでした？」

「すみません。やっぱりこの油は機内に持ち込めないの。持って帰っていただくしか……」

「そうなんですかー……困ったなぁ」

そもそもこれから飛行機に乗るのに、持って帰れって言われても、どうしたらいいかわかんないよね。

「澪ちゃんさえよかったら、わたしが預かって帰るよ。おじいちゃん先生に相談して、海外に送れないか調べてみるね？」

「あいちゃん……ありがとっ！　メチャたすかる！　もし送れなくても清滝先生の道場で使ってもらえたらムダにならないし！」

他は問題無く、澪ちゃんはキャリーバッグを預けて搭乗券もゲットできた。

「いやー、あいちゃんさまさまだよー。やっぱ今日、あいちゃんに来てもらえてよかった！　じゃなかったら澪、日本を出られなかったもん」

「お、大げさだよぉ。わたしがいなくても何とかなったと思うし……」

綾乃ちゃんがきっと何でも調べてくれたんだろうし、そもそも澪ちゃんの行動力なら一人でも何とかできたと思うよ？

「これで澪も心置きなく、日本を出る前やらなくちゃいけない、一番大事なことに取り組めるよ！」

「いちばん大事な……こと？」

トクン、と心臓が小さく跳ねた。

澪ちゃんが日本で最後にやりたいこと。そして、一番大事なこと。

もしかして、それって……将棋を指すことなんじゃないかって、思ったから。

わたしが初めて対面で将棋を指した人は、師匠。

その次の日に連れて行ってもらった関西将棋会館の道場で初めて同世代の女の子と指した。

それが――――水越澪ちゃんだった。

師匠には駒落ち(こま)で負けちゃったけど、澪ちゃんには平手(ひらて)で勝つことができて……わたしはそれで、将棋の面白さ(おもしろ)と、自分への自信と、大切なお友達を得ることができたの。

だからもしかして澪ちゃんは、最後にわたしと将棋を指そうって言うんじゃないかって。プレゼントをくれると言ったときも、それがわたしだけ物じゃないと言われたときも、実は『将棋、指そっ！』って言われるのを……ちょっとだけ、期待した。

棋具はいま、預けちゃったばかりだけど。

けれどもし……そう言われたら、わたしは――

「澪が日本で最後にしたいこと。それはね……」

「「それは……？」」

澪ちゃんはお腹に手を当ててると、大きな口を開けて、こう言った。

「ごはんを食べるんだよっ‼」

たはは……澪ちゃんらしいなぁ。

「うわっ！　見て見て‼　空港の中に本屋さんがあるー‼」

二階の国内線エリアに到着した瞬間、澪ちゃんは目をまん丸にして叫んだ。

「向こうはコンビニ、ＡＴＭ、それに……祈禱室⁉　ほんと何でもあるなー……」

「こっちには『おみやげ処』と、あと『町家小路』っていう食べ物屋さんがいっぱい入ってる通路があるです！　スタバ、すき家、５５１……澪ちゃんの大好きなお店ばかりなのです！」

「ふぉー……！　おみしぇ、いっぱいなんだよー！」

わたしは『3F　SHOPS&RESTAURANTS』の表示を見つけて、

「ねえみんな！　三階にもお店が入ってるみたいだよ⁉」

「行こう行こう！　そっちも見たいっ‼」

澪ちゃんが先陣を切ってエスカレーターに飛び乗る。

「ほほー！　二階はフードコートみたいな感じだったけど、三階は高級感があるねぇ！」

内装まで凝ってるレストランの数々を見て、澪ちゃんは興奮を隠せない。

けど、わたしがもっと興奮したのは――

「すっごーい‼　ドラッグストアも百円ショップもあるし、あっちには『ユニク●』まである！　師匠の肌着が古くなってたから買って行こうかなぁ？」

師匠が東京から帰って来るタイミングでいろいろ新しくしてたら、家事をがんばったって褒めてもらえるかもしれないし……えへへ♡

わたしがそんなことを考えてると、澪ちゃんは苦笑しつつ、

「あいちゃんはいつでどこでも、くじゅりゅー先生のことで頭がいっぱいだねぇ……って、あれ？　前に来たことあるんじゃないの？」

「あの時は師匠がパスポート無くしたかもって大騒ぎで……空港に来たのがギリギリになっちゃったから、すぐに保安検査場をくぐっちゃったの……」

ハワイは和食が充実してたし、竜王戦で日本を離れたのも数日だったから、出発前に日本食

を食べなくても大丈夫だった。

けど、澪ちゃんはいつ日本に帰って来られるかわからない。

お母さんも一緒とはいえ、日本と同じ食材が手に入るとも限らないし……。

「うどんに蕎麦に和食全般。お寿司、とんかつ、パスタ、中華、イタリアン。あと喫茶店もあるのか……最後の最後に日本食を味わいたい人って多いんだろうね。考えることは一緒だなぁ。澪も今は、研修会のお昼に出る仕出し弁当ですら恋しいもん」

「あの妙に味の濃いお弁当が恋しいとは……よっぽど日本食に飢えているのです……」

綾乃ちゃんが戦慄の面持ちで呟いた。あれ食べるとすごく喉が渇くから、関西研修会は水筒が必須なんだよね。残す人も多いし。

「ところでさ！　みんなは自分が海外行くんだったら、最後になに食べたい？」

「ラーメンはどうです？　澪ちゃんの好きな大阪名物『どうとんぼり神●』が入ってるです」

「あそこ唐揚げも超おいしいよね！　あいちゃんは？」

「わたしだったらお寿司かなぁ？　将棋めしとしても思い出深いし」

対局中でも手軽に食べられる和食の王様。ＪＳ研のご飯でも、よく師匠に出前を取っていただいた。

「ラーメンにシースーね。ふむふむどちらも王道ですなぁ！　シャルちゃんはどう思う？」

「んー………じぇんぶーっ!!」

食品サンプルが並んでるガラスケースにおでこをくっつけて、シャルちゃんはあっちにフラフラこっちにフラフラ。まるでミツバチみたい。

後ろから抱っこしてその動きを制御しつつ、わたしは尋ねる。

「シャルちゃん。この中で、ヨーロッパで食べられないのってどれかな？」

「んー？　しゃう、どぇもたべたいんだよー？」

「そ、そうじゃなくて……」

食欲に支配されたシャルちゃんに言葉は通じない……。

「澪ちゃん。どのお店にするです？」

「ふっふっふ。実は澪、もうどの料理にするか決めてるんだよねっ！　この一食のために二週間は長考したし！」

そんなに⁉

「みおたん、なにたべぅのー？」

「それはねぇ…………中華だよっ‼」

「中華？　日本食じゃなくてもいいんです？」

ラーメン専門店じゃなくて普通の中華料理屋さんっていう澪ちゃんの選択に驚いた綾乃ちゃんが尋ねると、こんな答えが返ってくる。

「日本で食べる中華料理って、ほとんど日本食だっていうじゃん？　それに中華ならいっぱい頼んでみんなでシェアしやすいでしょ？　ちょうど目の前にあるお店はテーブル席も多いみたいだし、最後にみんなでゆっくり豪華にランチするのに最適だっていうのが、澪の結論！」

「「なるほどー!!」」

長考してきただけあって戦型選択は完璧だね！

「じゃあさっそく入っていっぱい注文しようよ！　……って、あれ？　どうしたの澪ちゃん？　お店に入らないの？」

急にモジモジし始めた澪ちゃん。

てっきりお財布でも無くしたかと思ったら――

「実は……澪、さっきからトイレ行きたくて！　何度もごめんっ!!　に、荷物を無事に預けられたら、何だかホッとしちゃって……」

「謝らなくても大丈夫です！　早く言ってくれればよかったのに……そのパンッパンに膨らんだリュック、うちが預かるです？」

「これは大丈夫！　ちょっと遅くなるかもしれないけど、先に注文して待ってて！」

澪ちゃんはもうトイレを探して駆け出してる。

そんなわけで、三人で先にお店に入ったんだけど……澪ちゃんが長考して選んだ最善手は、まさかの大悪手に変わっちゃったの。

そこで出会った、予想外すぎる人物によって……。

「遅くなっちゃった……荷物預けるだけであんなに時間を取られるなんて……！」

みんなと別れると、澪は歩く速度を一気に落とした。

「………コンパ昆布魅力ハムハムバロック武蔵、日誌に新聞紙発進鼻血ミジンコ梨みんな、フォローなサバンナ歯医者――――」

早口で延々とお経みたいに唱え上げる。澪にだけ意味を持つ言葉を。行きの電車を待つ間にホームで唱えてたように。その電車のトイレの中でも唱えてたように。

澪が、一人だけ日本に残った理由。

パパとママが生活拠点を築くためっていうのも、ウソじゃない。

けど澪にとってもっともっと大事な理由は……他にある。

日本でやり残したことを実行するため。そのための準備をするため。

だから時間が必要だった。

ギリギリのギリギリまで引き延ばして……今日がどんな日かを予想して、今日の将棋界がどうなってるかに賭(か)けて、準備をしてきた。今、この瞬間も。

「無視な無力、見頃(みごろ)っ子私服、ええと……拒否ムービー質実プロパー」

トイレは広くて綺麗(きれい)で誰(だれ)も使ってない。ありがたし！

「不死無力シーツこころ小幅、今後心ヒヨコ夏困難……濃いコロン笹未婚！　よしっ！」

個室に入ると、澪は便座のフタを閉じたままそこに腰掛ける。

そしてリュックからスマホを取り出した。

将棋アプリを立ち上げる。相手は、あらかじめ対局の約束をしてた人。

本当ならもう少し前に対局するはずだった。もしかしたら戦ってもらえないかも……。

「よかった！　マッチングした！」

相手の名前は――――『ぶらっくきゃっと』さん。

昨日もパソコンで持ち時間の長い将棋を指してもらって、そして今日もスマホで一局教えてもらう約束をしてた。『なにわ王将戦』の前からずいぶんいっぱい指してもらってるけど、澪は今まで一度も勝てたことがない。

だからこそ……今日は絶対に負けない！

「勝負ッ‼」

時間がないから三分切れ負け。やった！　欲しかった先手を取れた！

戦型選択の権利は後手にあるけど『ぶらっくきゃっと』さんはこっちの提示した戦型を必ず受けてくれる。

澪程度の相手なら、どんな戦型でも受けて勝てるっていう自信があるから。

「けど………今日の澪は、一味違うよ⁉」

序盤はとっておきの定跡(じょうせき)を使ってすっ飛ばし、中盤も指が動くのに任せて早く指す。

大事なのは、終盤。

「時間はこっちが多く残してる！　行けるッ!!」

澪の残り時間は約一分。相手は三十秒。

切れ負けだから、長くても一分三十秒後には勝負が決まる。

「すぅうう――――――――――…………………ンッ!!」

澪は、息を止めて。

その一分三十秒を……走りきるっ!!

「ッ…………！」

一〇〇メートル走なら、澪はもう五〇メートル近くリードした状態。ここからなら自玉を見ずに、まっすぐ相手を詰ますことだけ考えられる。ゴールテープだけを見て……駆け抜ける！

心臓はバクバク。その振動で指が震えるほど。

「でも、あと少し……いける！　詰ませる!!　初めて『ぶらっくきゃっと』さんに勝てるッ!!」

と、思った瞬間だった。

相手は澪と足の速さを競おうとせずに…………ただ、ぽんっ。と。

澪の足の前に、小さな石ころを置いた。

石ころみたいに小さな歩を、タダで捨てた。

「あっ⁉」

ゴール寸前でその小さな石に気を取られた澪は、盛大にすっ転んでしまう。着地失敗……そしてその隙に悠々とゴールする『ぶらっくきゃっと』さん。

「くっ！　やられた……」

相手の残り時間は1秒。けど、慌ててた様子はない。読み切りだったんだろう。

澪が間違えたというよりも、相手に間違えさせられた一局。

『初めて勝てる！』って思って澪がドキドキしてることまで折り込み済みのような気さえする……リアルに盤を挟んだわけじゃないのに、そこまで心を読まれてることにゾッとする。

手の平の上で転がされちゃったな……。

「ふぃー…………やっぱ『ぶらっくきゃっと』さんは強いや！　あんなとこに駒をタダ捨てするなんて発想、澪には絶対浮かばないもんなぁ……狡猾ぅ」

偶然じゃなくて、絶対に狙ってた手だ。相当性格が悪……じゃない。すごい終盤力だ。

けど、手応えはあった。

最後の最後に逆転されちゃったけど、それはつまり――

「最後の最後まで澪はリードを保ててたってことになるもんね。受けが異様に強い『ぶらっくきゃっと』さんが相手じゃなかったら……勝てた」

状態はいい。指も動く。勘も冴えてる。

そして何より……あの序盤の天才を一瞬とはいえ上回ることができた自分の研究に、自信が持てた。

そのことが確認できた澪は、緊張をほぐすために用を足す。ふぃ〜……。

「ヨーロッパのトイレってどんな感じなのかなぁ？　便座が温まるやつと温水洗浄、あるといいなぁ……」

夏に生まれた澪は、寒くなると調子が出ない。プロ棋士も季節によって調子が変わるって聞いたことがある。なぜか夏に行われるタイトルだけいっぱい獲ってる人がいたり、冬に強いから《冬将軍》なんて呼ばれてる人もいたり。

「けど、空せんせーも『夏の日差しがつらい』って言ってても真夏の三段リーグを抜けてプロになれたし。結局、迷信なのかな？」

そんなことを考えながらトイレを出て、みんなの待ってる店へ行こうと、フロアに戻る。

そこで澪は出会ったんだ。

「ん？　あれ？　…………ええええ!?」

トイレを出て、角を曲がったすぐの場所にある喫茶店。

高級そうな服屋さんと雑貨屋さんに挟まれたオシャレなそのお店に、見覚えのある姿が。

テーブルの上にタブレットを置いて何かを操作していたのは——

黒い猫みたいに誇り高く、しなやかで美しくて……誰よりも狡猾な女の子。

「天ちゃん⁉」

「あら。奇遇ね」

タブレットをお付きの女性・池田晶さんにポンって渡すと、天ちゃんは猫みたいに音もなく立ち上がる。

偶然……なの、かな？

「海外出張中の祖父を迎えに来たの」

澪が尋ねる前に天ちゃんはここにいる理由を教えてくれた。そりゃそっか。おじいちゃんのお迎えのついでだったんだね。

「へぇ！　天ちゃんのおじいちゃん、何時の飛行機で帰ってくるの？」

「帰国は明日よ」

「へ？　じゃあ、なんで空港に？」

「今日は出迎えの下見」

「いやいやいや。さすがにそれは無理あるっしょ……」

神戸から関空までは高速船が出てて、たった三十分で着く。素直に澪の見送りに来たって言えばいいのにぃ。

けど……ツンツンした天ちゃんの表情の裏にある優しさが透けて見えるようで、澪は思わずニヤニヤしちゃう。

「ところであんたもどこかへ行くの？」

「澪はヨーロッパに引っ越すんだよ。何度も言ったよね？　しかも今日が出国だってメールも山ほど送ったよね？」

「そうだったかしら？」

天ちゃんはわざとらしくトボけると、隣の服屋さんを示して言った。

「じゃあ餞別に何か買ってあげるわ。好きなものを選びなさい」

「え⁉　い、いいよそんな……悪いよぉ」

「はぁ？　私の厚意が受けられないっての？　何様のつもり？」

「えええええ……」

そっちこそ何様なのさと思いつつも、これが天ちゃん流の優しさだってこと、澪は知ってる。

ここはお言葉に甘えちゃおっと！

「うーん………じゃ、このTシャツを買ってもらっちゃおっかな？」

『大阪人』ってプリントされた千円のシャツ。日本で着るのは恥ずかしいけど海外だとウケそうだし。

「ダメよ！　向こうは乾燥してて寒いんだから。もっとちゃんとした服を選びなさい」

「ええ⁉　け、けどもう荷物は預けちゃったし――」

「着ていけば問題ないでしょ。ほら、これと……あとこれも。晶、会計しておいて」

「かしこまりました」

澪の身体にぱぱぱっと服を合わせた天ちゃんは、晶さんに命じてさっさと会計まで済ませちゃった。ひえー！

「あ、あの………ありがとう。向こうに着いたら何か贈るね？」

「別にいらないけど」

「澪が贈りたいんだよ！　……だめ？」

「………ま、私も勝手に買い与えたしね。そっちも勝手にすれば？」

これは天ちゃん語で『ありがとう！　楽しみにしてるわ』って意味。たぶん。

けど、何を贈ったらいいんだろう？　もう持ってるものとか贈ったら迷惑だよね？

プレゼントが被(かぶ)らないように、澪はさりげなく探りを入れる。

「ところで天ちゃんは海外行ったことあるの？」

「祖父の古い知り合いがロシアにいるから、何度か行ったことがあるわ」

「天ちゃんがロシア……」

やばい。似合いすぎて怖い。ツンドラとツンデレって似てるし。

「こちらがその時のお写真になります」

レジで会計してたはずの晶さんが瞬間移動したみたいに隣に来ていて、身体のどこかから取り出した写真を見せてくれた。少しぬくもりを感じる……。

「うわぁ！　想像どーりだね！　天ちゃんは何を着ても似合うなぁ」

黒くてもこもこした毛皮のコートと、黒くてもこもこした毛皮の帽子。これぞロシアって感じの衣装に身を包んだ天ちゃんは、本物のお人形さんみたい。昔のアニメとかに出てきそう。

「他には⁉　他にはどんな国に行ったの⁉」

「最近行ったのはイタリアね」

「イタリア！」

マンマミーア！　パスタ！　ピッツァ！

「女王戦が終わってから、おじいちゃ……祖父と一緒に仕事とバカンスを兼ねて地中海でクルーズを楽しんだわ。いろんな島を巡って、その土地の人々と交流して。言葉は通じなくても、一緒に食事をするだけで仲良くなれるものよ？」

「こちらがその時のお写真になります」

晶さんが新たな写真を横からサッと差し出してくる。餅つきの、餅をひっくり返す人みたいな素早い動きだった。見せ慣れてる感じだ。

「うはぁ！　この写真もかわいいねぇ♡」

地中海の太陽の下で、真っ白なサマードレスを着て、つば広の帽子を被ってる。宮崎駿の映画に出てきそうな超美少女だ。文句なしにかわいい。

それにしても……どうしてすぐにこんな写真取り出せるんだろ？　晶さん、どんだけ天ちゃんの写真持ち歩いてるの？

それともう一つ気になったことがある。

「似合ってる……けど、ロシアとイタリアってあんまり共通点がないような……？」

澪がバカなだけなのかな？

これからヨーロッパで暮らすっていうのに無知なままじゃ恥ずかしい。聞くは一時の恥、聞かぬは一生の恥。逃げるは恥だが役に立つ。

というわけで質問！

「ねえ天ちゃん。どんなお仕事で海外に行ったの？」

「どんな……？」

一瞬ぽかんとした表情を浮かべると、天ちゃんは後ろを振り返って、

「晶。あれは何の仕事だったかしら？」

「仕入れです」

ズバッ！　とそれだけ言って黙り込む晶さん。

つまり……海外で何かを買った？

天ちゃんは記憶の糸をたぐるような表情で疑問を口にする。

「そういえばあの時、私とおじいちゃまだけ飛行機で、晶たちは船で帰って来たわよね？　行

きはみんな飛行機だったのに……そんなに重いものを買ったの？」

「ま、まあまあ！　もうこれくらいでいいじゃん！　お仕事の詳しい内容を聞いたって澪はバカだからよくわかんないしさっ！」

急に色々と怖くなってきた澪は、天ちゃんの話を強引に遮った。ふと周囲を見れば、警備員さんがさりげなく距離を詰めて、険しい視線でこっちを見てた。

目を付けられてる⁉

「ね！　そ、外に出ない⁉　一緒に飛行機見ようよ！」

「……はぁ？」

ポカンとする天ちゃんの手を引いて、澪は空港の外に向かった。


「ひゃー！　いろんな飛行機がいっぱいだねぇ！　おおきいねぇ！」

ターミナル脇の歩道からギリギリ見える飛行機を眺めてはしゃぐ澪に、天ちゃんが冷めた声で指摘する。

「いろんなってほど見えないじゃない。ほとんど建物に阻まれて」

「あ、あはは…………ここ、単なる道端だしねぇ」

あやのんに教えてもらったスポットだったけど、想像以上にただの道端だ。滑走路はターミナルビルの向こう側でぜんぜん見えないし……。

ただ、飛び立っていく飛行機は見ることができる。

「──……」

しばらく天ちゃんと二人で黙って飛行機を眺めてた。

すっごく大きな飛行機が、あっというまに小さくなって、遠い海の向こうへと飛んでいく。

あんなふうに……澪もこれから行くんだね。

声が聞こえないくらい離れた場所で待機してくれてる晶さんに心の中で感謝しながら、澪は天ちゃんに話し掛けた。

「そういえば二人っきりでお話しするのって、初めてかも！」

「そうね。最初で最後の機会になることを祈るわ」

「またまたぁ。澪に会えなくて寂しくなっても知らないよ？　そもそも澪がいなかったら誰が天ちゃんをJS研に誘うのさ？」

「ハッ！　清々するわ。この機会にあの連中との関係も清算できたら最高ね！」

「そんな簡単に消したり出したりできるもんじゃないっしょ……将棋の駒みたいに」

それに天ちゃんだって、本気でそうしたいと思ってるはずがない。

じゃなかったらこうして空港の外まで付き合ってくれるわけがないもん。

そもそも澪の見送りに空港まで来てくれてる時点で、天ちゃんは優しい。

他にも澪のためにいろいろしてくれてるし──

「澪はさぁ」

「ん？」

「ずっと天ちゃんのことが羨ましかったんだよね」

「将棋が強いから？」

「それもあるけど」

そう。それもある。

けど、それだけじゃなくて。

「澪が羨ましいって思うのは、天ちゃんのポジションっていうか……立ち位置？　的な？」

「ポジション？」

「一匹狼みたいなさ」

「……？」

意外そうな顔をする天ちゃん。

確かに天ちゃんから見れば、澪はいつも誰かと一緒にいたり、集団の輪の中にいるのが好きな子に思えるんだろう。

「澪は、誰とでもすぐに友達になっちゃうでしょ？　けど天ちゃんは友達いないじゃん」

「喧嘩売ってるの？」

「褒めてるんだって」

実は、ちょっとだけ挑発もしてる。

天ちゃんは怒った顔が一番かわいいし、天ちゃんらしさが出る。

その顔を、この目に焼き付けておきたかった。

そうすればきっと、澪の心が折れそうになった時に、この子が叱ってくれるから。

「あんた…………印象、変わったわ」

「そーぉ？」

「もしかしてそれが素なの？」

「あはは！　違うよ。結構ムリしてる」

澪は天ちゃんの手を摑むと、自分の胸にそっと押し当てた。

「『この子はどこまで許してくれるのかな？』って、そういう線を見極めるの。今は、自分で見極めてた天ちゃんとの線を少し踏み越えてる。だから……ほら。ドキドキしてるでしょ？」

「ふん……指し過ぎよ」

将棋っぽい表現で、天ちゃんは澪の態度を咎めた。乱暴にならないギリギリの手つきで、澪の胸から手を離す。

踏み込みすぎて形勢を損ねちゃったかな？

けれどたまにはそんな将棋も指さないと強くなれないよね？

「澪は、すぐ人に好かれようと思っちゃう。ううん、そうじゃなくてきっと……人に嫌われるのが怖いんだ。すごく怖がりなんだよ……」

「誰だって人に嫌われるのは怖いでしょ。それが普通よ」

「天ちゃんはそうじゃないじゃん」

「…………私だって、あんたみたいに人から好かれたいわよ」

「え？　ごめん。飛行機の音が大きくてさー」

「私だってあんたみたいにバカになれたら楽だろうなって言ったの」

「ひどっ‼」

こういうセリフを他人にぽんぽん投げかけられるのが羨ましい。

「じゃあ天ちゃんは澪のこと、どう思ってたの？　最後にそれを教えて欲しいな！」

「プレーヤーとしての評価を聞いてる？」

「そう…………だね。教えてくれるなら」

ちょっと怖い。

けど、聞きたい！

将棋を指してる時、天ちゃんが澪のことをどう思っていたのかを。

「はっきり言って――」

吸血鬼みたいに尖った犬歯を口からチラリと覗かせて、天ちゃんは語った。

「将棋にムラがありすぎる」

「うっ……」

いきなりド直球！　胸を抉られるようなボールだった。

「……いい時と悪い時の差が激しいってこと？」

「そうね」

「じゃ、いい時もあるんだね⁉」

「多少はマシって程度なだけよ」

厳しい。天ちゃんマジ厳しい。

「一局の将棋を通してもムラがある。好手の直後に悪手を指したり、勝勢まで持って行った将棋を着地失敗で負けたり。心の揺れがそのまま将棋に出るの。だから勝率に結びつかないのよ。どれだけ好手を積み上げようとも最後に悪手を指したほうが負けるのが将棋なんだから」

「うう……肝に銘じますぅ……」

まるでさっき指したばっかの将棋の感想戦をするかのような、ダメ出しのオンパレードだった。心が折れそう……。

「『なにわ王将戦』で優勝するレベルだったら、研修会でBクラスに入ってて当然でしょ。その棋力で女流棋士になってないのがおかしいのよ」

「み、澪が女流棋士に⁉　ムリムリムリ‼」

「無理じゃない」

天ちゃんは自分の胸に手を当てると、

「この私が言ってるのよ。水越澪は間違いなく女流棋士として通用するって」

堂々と、そう言った。

「っ！　…………天……ちゃん…………！」

その言葉で。その言葉だけで。

澪はこれから先、どこへ行っても、どんな相手にも。

恐れずに堂々と戦うことができると思った。夜叉神天衣のように。

「……もう一つ、聞いてもいい？」

「幾つだって聞けばいいわ。最後なんだし」

口調はぶっきらぼうだけど、それは澪のわがままにどこまでも付き合ってくれるっていう宣言だった。やっぱり天ちゃんは優しい。

その優しさに甘えて……というか、付け込んで。

深呼吸してから、澪はその質問を口にした。

「昨日、空先生が史上初の女性プロ棋士になったでしょ？　そのことについてどう思うのかを教えて欲しいんだ」

「どうして？」

「理由は無いよ」

澪はウソをついた。

それは自分が思っていたよりもずっと上手に口から滑り出してくれた。

「ただ、天ちゃんが何を思って、何を考えたのかを、知りたい」

「…………」

天ちゃんは初めて長考に沈んだ。

飛行機が一機、二機……飛んでいく。

そして三機目が雲の彼方へ消えるのを見送ってから、天ちゃんはようやく喋り始めた。

「敗北感は、ある。けど――」

「けど？」

「奨励会って不思議なのよ。二週間に一度、結果だけがポンと示されて、棋譜はわからない。だから……何て言えばいいのかしら？　強さと結果が繫がってない、というか……」

タクトを振る指揮者みたいに空中で指を振りながら、天ちゃんは心の中の感情に翼を与えて大きな空へと解き放っていく。

「空銀子との番勝負で、私は三番棒に負かされた。一度だけ後手番で千日手に持ち込むことはできたけど、先手を持ってまた負かされたから、結局は全く歯が立たなかったことになるわ。だから実力の差は明らかだと思う…………他人から見れば」

「ッ……！　天ちゃん……」

澪は、背筋がザワザワするよ。

全身が粟立つ。

血が沸騰する。

……熱い。

「負け惜しみと思われても構わない。でも私は、空銀子に追いつけないとは、どうしても思えないの。あのタイトル戦の後は………さらに強く、そう思った。それは空銀子がプロになった今も、変わらない」

「じゃあ――」

勇気を振り絞って、澪は尋ねる。

「じゃあ、天ちゃんも目指すの？　プロを……奨励会を」

「それはない。私はプロ棋士になりたいわけじゃないから。女性プロ棋士が誕生したことで女流棋士が制度として消滅するっていうなら考えるけど」

「女流棋士のままでも……もっと強くなれると思ってる？」

「ええ。強くなる方法は一つじゃない。それはプロを見ていても明らかよ」

「コンピューターを使ったり？」

「それも方法の一つだとは思う。とても有力なね。でも、それが全てじゃない」

確信のこもった声で天ちゃんは言う。

決してブレないその強い瞳で、心の中の空先生を見ながら。

「空銀子と私とでは、気質が違う。あっちは地味で暗い努力を何年も続けることで強くなるタイプだけど、私は晴れやかな舞台で実戦をこなしたほうが効率がいいと判断した。私に奨励会は向いてない」

「……よく見てるんだねぇ。自分のことまで……」

「いくら敵のことをよく知ってても、自分のことを知らないようじゃ勝ったり負けたり。でも敵と自分の両方を知ってれば百戦百勝。昔の戦争マニアが考えた必勝法を実践してるだけよ。別に目新しいわけじゃないわ」

「昔……って、どれくらい？」

「二五〇〇年くらい前かしら」

「すごっ!!」

それって将棋より古いんじゃない!?

「やっぱすごいなぁ天ちゃんは！　澪、もっともっと天ちゃんからいっぱいいろいろ教わりたかったよー」

「そうなの？　いつもあんたが一方的に喋り続けてた印象しかないけど」

「それは天ちゃんが澪を無視するからじゃん……」

でも本当に天ちゃんは観察力が鋭い。

澪のことも、自分では気付けないことまで見ててくれたんだもん。

「ほら。去年の空先生のお誕生会のこと憶えてる？　あの時も結局、天ちゃんの選んだプレゼントを買ったでしょ？」

「ああ…………あの日のことね」

天ちゃんは顔をしかめる。

「実はあの日、私が選んだプレゼントの他にも、こっそりプレゼントを渡したヤツがいたのよ」

「あー。澪それ、誰なのか何となくわかっちゃうなー」

「そう？　けど何をプレゼントしたのかは絶対に当たらないと思うわ」

むむ!?

そう言われると当てたくなっちゃう。

「正式なプレゼントはアレだったから、それ以外だと……現金！」

「不正解。バカなの？」

「うーん…………お花！」

「不正解」

「じゃあ……551の豚まん！」

「不正解。あんたさっきから自分が欲しいもの言ってない？」

失礼な！

「ヒントは『身に付けるもの』」

「えっ⁉　まさか…………指輪？」

「不正解よ。永遠に当たりそうにないわね」

「もう澪が当てなくてもいいから、答え教えてよ天ちゃん！　このままじゃ気になって日本から離れらんないよぉ！」

「そうね。あんたが飛行機に乗り遅れても寝覚めが悪いし、教えてあげるわ。思い出すのも忌々（いまいま）しいけど……」

そう言うと、天ちゃんは記憶の飛行機を過去へと飛ばし、あの日のことを語り始める。

去年の九月九日に行われた、あのパーティーのことを。

空銀子☆聖誕祭

あれは……そう。

去年のマイナビ女子オープンの一斉予選が終わって、竜王戦の挑戦者が名人に決まって……

それから三週間くらいが経過した頃（ころ）だったかしら。

あいも私も、それに清滝桂香（きよたきけいか）もマイナビ本戦に向けて最後の追い込みをしてたし、八一（せんせい）も竜王戦で盤を挟む相手が決まって対策を本格化してたから、皆で顔を合わせる機会もない。

そんな時、急に連絡があったの。

『空銀子（そらぎんこ）の誕生会をするから大阪（おおさか）駅に集まれ』って。

私としては、そんな集いに参加するのは真っ平（まっぴら）！

マイナビ本戦で当たるのは奨励会員の登龍花蓮（のぼりりょうかれん）。関東の奨励会員だから棋譜（きふ）が調べられない不気味な相手よ。準備はいくらしてもし足りないわ。

そもそも私は空銀子に勝って女王のタイトルを獲るつもりなの！　なのにどうして一門ってだけで誕生日をお祝いしなきゃいけないの⁉

……ま、結局は行ったんだけどね。

はぁ？　文句垂れる割にイベント参加率が高いって？　し、仕方が無かったのよ！　とにかく続きを聞きなさいッ‼

「わぁい！　しゃう、おおしゃかのでぱーちょ、はじめてくぅんだよー！」

キンキンと頭に響く女児の叫び声に、私は思わず顔をしかめる。

どうやら、

『シャル、大阪のデパート、初めて来るんだよ！』

とでも言ってるらしい。

九月九日。大阪キタの中心地・梅田（うめだ）にあるデパートに集まったのは、私を含めて四人。

女児が三人に高校生くらいの男が一人っていうアンバランスな集団はどうしたって目を引くのに、そのうちの一人が金髪の幼女とあって、店員どころか客の視線をさっきから痛いほど感じてる。

しかも当の金髪チビが大はしゃぎしてるから始末に困るわ。

「しゃ、シャルちゃん！　デパートの中で走ったらダメだよぉ！」

雛鶴（ひなつる）あいが慌てて金髪チビを追いかけると、私たち二人の師匠である九頭竜八一（くずりゅうやいち）が偉そうに釘（くぎ）を刺す。

「二人ともー、遊びに来たんじゃないからなー？　姉弟子（あねでし）の誕生日プレゼントを選びに来たんだから、ちゃんと選んでくれよー」

はぁ？　ちゃんと選べって、それはこっちのセリフ。そもそも人選がおかしいのよ。

それを棚に上げて何を言ってるの？　このクズは。

「ったく……どうして私が空銀子の誕生日プレゼント選びに付き合わないといけないわけ？」

「そりゃ同じ一門だからさ」

当然だろ？　みたいな感じで言うんじゃないわよ。バカ。

「プレゼント代のカンパくらいならするけど、わざわざ集まってお祝いするとかプレゼントを選ぶとか、そういう馴れ合いはしたくないの！」

「そうツンツンするなって。俺の誕生日にも感動的なスピーチと贈り物をくれたじゃないか」

「あ、あれは……！　私は絶対イヤだって言ったのに、あいつが強引に……」

「かわいいなぁ。天ちゃんはツンデレかわいいなぁ」

「なでるなー！」

そう。ムカつくけど、こいつの言う通り。

私はあいと一緒にマイナビの一斉予選で二連勝して……表彰式で、その日が誕生日だった師匠に向かってこう言った。

『今日は………あなたのためだけに指したわ』

わかってる。言わないで。

我ながらクサい発言だったって後悔し続けてるんだからっ……！

「この前……八月の二四日だったっけ？　うちでやった澪(みお)ちゃんの誕生会も、ブツブツ言いながら顔を出してくれてたし」

「だってあの騒々しいの(水越澪)が毎日『来い来い』電話掛けてきたから！　行かないと来年の誕生日までずっと掛け続けるとか言うし！」

「天衣(あい)お嬢様は本当にお優しいなぁ。今日だってわざわざ神戸(こうべ)からこうして大阪まで出て来てくれてるし、次のお誕生会にも文句を言いつつ来てくれるんだろうなぁ」

「もう来ないから！」

「またまたぁ。十月もよろしく頼むよ」

「はぁ!?　来月も何かあるの!?」

「お前の姉弟子の誕生日だよ。確か十月の――」

「あいの誕生日は十月七日です！」

　金髪チビを猫みたいに担(かつ)いで戻って来たあいが目を輝かせながら言うと、八一も頷(うなず)いた。

「だよな」

「あいの誕生日は十月七日です！」

「ちゃ、ちゃんと憶えてたってば……」

　念を押されて狼狽(うろた)える八一。それからあいは私を見て、

「天ちゃんは十二月十日だよね？」

「どうして知ってるのよ……」

「あと、綾乃(あやの)ちゃんも十二月だよ？」

「あの眼鏡(めがね)が？　何日？」

「三日」

　一週間違いか……。

　そう言われてみると不思議な気持ちがするっていうか……今までＪＳ研の中では最も印象の薄かったあの眼鏡のことが急に身近に感じられた。干支(えと)はもちろん一緒だし、星座も同じ射手座ということになるもの。プロフィールの結構な部分が共通することになる。

　不思議ね。誕生日って。

　と、そんなことを考えていると……八一がニヤニヤしながら言ってくる。

「何だ。天衣は四人の中で一番年下なのか」

「はぁ？　寝ぼけたこと言ってると両目潰(つぶ)すわよ？」

「だって事実じゃないか！」

「同学年で上も下もないでしょ。それにあの眼鏡ともたった一週間違いでしかないし。どうしてあなたはそんな細かいことにまでこだわるの？　ロリコンには一日の違いでもすごく重要だから？」

「そうそう。花の蕾(つぼみ)が開く寸前の一瞬を愛(め)でるのが楽しみ……って、ロリコンちゃうわ！」

「離れて歩いてちょうだい」

「ギャグだから！　天衣の振りに乗っただけだから！」

どうかしら？

もちろん私だってこの人のロリコンはネタだと信じてる……というか信じたいんだけど……たまに疑わしいのよね。

私が距離を取ると、入れ替わるかのようにあいが八一との距離を詰めて、

「ししょーししょー。桂香さんと大師匠のお誕生日っていつなんです？」

「あそこは二人とも十一月だから、だいたい一緒に祝ってるな」

「八月が師匠と澪ちゃんのお誕生日で、九月はオバさ……空先生、十月はわたし、十一月は桂香さんと大師匠、十二月は綾乃ちゃんと天ちゃんで、毎月誰かのお誕生会が開けますね！」

こいつ何を恐ろしいこと言ってるの⁉

「私はもう出ないし、祝わなくてもいいから！」

そんな私の抗議を完全に黙殺しつつ、八一はあいが抱きかかえてる金髪ロリに、目尻を下げながら尋ねる。

「シャルちゃんの誕生日は何月なのかな？」

「ふゆ！」

「え？　冬……って、何月？」

「んー……………ふゆぅ？」

「クリスマスくらい？　それともお正月過ぎてから？」

「ふゆぅーっ！」

ダメだわ。

たぶんこいつ四季よりも細かく一年を分割できないのね。暦の概念すら理解できてないって
古代メソポタミア以下の文明レベルじゃない。話が通じないわけだわ。

「ま、まあ……アレだ。もうちょっと先ってことだね！　近くなったら教えてね？」

「しゃうも、おたんちょーかい、すりゅー？」

「もちろんだよ！　シャルちゃんの誕生会は街を挙げてやるよ！」

「「街を⁉」」

八一の言葉に私もあいも驚きの声を上げる。一体なにを考えてるの⁉

「シャルちゃんを御輿に乗せて、みんなでそれを担いで商店街を練り歩くから」

「しゃう、わっちょいわっちょいしゅるのー？」

「そうだよぉ。こーんなふうに担いじゃうからね！」

そう言って、あいから受け取った金髪チビを肩車する八一。

「わぁー♡　ちちょ、たかいたかーい！」

「はっはっは！　シャルちゃんは軽いなぁ！」

チビは大喜び。ロリコン大はしゃぎよ。

そしてロリコンが喜べば喜ぶほど、私とあいは盛り下がる。

「ちょっと……恥ずかしいからハシャがないでよ」

「師匠のだらぶち……！　いっつもシャルちゃんばっかり……！」

形勢不利を悟ったロリコンは慌ててチビを床に下ろすと、

「おおっと！　こ、こんなことして遊んでる場合じゃなかったな。早く姉弟子の誕生日プレゼントを買って師匠の家に帰らないと、桂香さんがケーキを作り終えちゃうから」

あのババアがケーキを？

具の少ない味噌汁作ってるような、しみったれたイメージしかないわ。

あいも私と同じ疑問を抱いたようで、

「桂香さんってケーキ作りも上手なんです？」

「いや、そういうのはあんまり作ってるのを見たことはないかなあ？　クッキーはたまに焼いてくれたけど。今年は何か急に『自分でケーキを焼く』って言い出して……『仕込みが大変だからプレゼントは八一くんやあいちゃんに任せるわ！』って。それでこうして買いに来たんだ」

ふーん。

あのババアも適齢期だし、棋力をアップさせて女流棋士を目指すよりも女子力をアップさせて収入のある男を捕まえた方がいいと判断したのかもしれないわね。賢明だわ。

「けど大丈夫なの？　ちゃんと食べられる物が出てくるんでしょうね？」

「大丈夫だよ天ちゃん。澪ちゃんと綾乃ちゃんもいるんだし。ほら、『三人寄れば文殊の知恵』って諺があるでしょ？」

「眼鏡はともかく、あの騒々しいのは不安材料でしかないんだけど……」

同じ諺でも『船頭多くして船山に上る』の方にならないことを祈るわ。

「姉弟子が手を出さなきゃ大丈夫だろ」

清滝桂香を信頼しきっている八一も脳天気に言う。

「空銀子の料理……食べたことないけど、そんなに酷いの？」

「そりゃそうだ。食ったことあったらこうして元気に憎まれ口なんか叩いてられないからな」

「はぁ？　食べたらどうなるの？」

「まず、呂律が回らなくなります」

「それフグの毒とかと同じ症状じゃない！」

「次に身体が痺れて、次第に呼吸ができなくなり……」

「いやあああああ――――っ！」

「ははは。途中からはさすがに冗談だよ」

……………途中？

「ま、自分の誕生日ケーキを自分で焼いたりはしないから大丈夫だろ」

「どこまでが真実でどこからが冗談だったのか気になるけど……本当に大丈夫なんでしょうね？　今日の誕生会には料理も出るんでしょ？」

「料理は『トゥエルブ』に頼むって言ってたぞ？　わざわざ店まで行ってマスターと打ち合わせしてたみたいだし、すげぇ料理が出るんじゃないか？」

「ふぅん。まあ、あそこの料理なら……」

対局の時には出前もしてくれる、棋士御用達の店よ。職人気質なマスターが一人でやってて味も悪くない。何より悪くないのは無駄口を叩かないことね。

「天ちゃんがトゥエルブで一番好きな料理ってなぁに？　あいはバターライス！」

「私はタンシチューね」

「師匠！　いちばん高いやつですよ……！」

「さ、さすがお嬢様だな……！」

「何よ？　あなたたちだって普通と比べたら十分金持ちじゃない」

「しゃう、まだとぅえうぶでたべたことないよー？」

一人だけトゥエルブで食事したことがないとわかると、金髪チビは八一におねだり。効果は抜群よ。

「そっか！　じゃあ二人で一緒に行こう！　何でも好きな物を食べさせてあげるからね！」

「しゃうね？　ぷいんたべたいー！」

「プリンかぁ。シャルちゃんは好きな食べ物までかわいいね♡」

「ほらロリコン。ガキにばっか構ってないでさっさとプレゼント選ぶわよ」

私がそう言って八一の右耳を引っ張れば、

「そうですよロリコン。いい加減にしてください」

あいは逆の耳を引っ張る。

こういう時は一門の結束を感じるわ。こういう時だけはね。

「イテテ！　き、きみたち……もうちょっと師匠に敬意をだね……」

「はいはいロリコン大先生。空銀子の好きな物とかご存知ないんですか？」

「姉弟子の好きな物？　うーん……将棋？」

「そりゃあ将棋は好きでしょ。ここにいる全員が好きよ。そうじゃなくて、将棋以外の趣味とか、集めてるお気に入りの小物とかよ」

「お気に入りの小物ねぇ？　そうだなぁ……タイトル戦で行った観光地のペナントは集めてるみたいだけど」

「割と根暗な趣味を持ってるのね……」

あの空銀子がタイトル戦の会場になった地方の旅館の土産物屋でペナントを物色してる場面を想像して、私は何とも表現しづらい気持ちになった。

闘志を削がれるから、こういう情報はなるべく知らないままでいたい。

「将棋指しは基本的に根暗だからね。ずっと黙って考える仕事なんだし」

「……そう言われると何だか人生を損してる気持ちになってきたわ」

「しかも棋士の平均寿命って普通より短いらしいからな」

「将棋が好きじゃなかったらやってられないわね……」

「ま、そんな暗い話は置いといて——」

八一は両耳から私達の手を外しながら、話を戻す。

「姉弟子へのプレゼントとか、本当にサッパリわかんないんだよ。これまでは桂香さんが選んでくれてたんだけど……」

身近な人間のことほど、改めて聞かれると実は意外なほどよくわかっていない。

そういうの、確かにあるかもね。

私も……いなくなってしまった両親に何をプレゼントしたら喜んでくれるかって、すぐには思い浮かばないもの。

「いざどんなものが好きかって言われても、将棋しかしてこなかったから、将棋から離れると何も浮かんでこなくてさ。好きな駒(こま)の書体とかは知ってるけど」

「今まではどんなものを渡してたの？」

「桂香さんは服を買ってあげてたと思う」

服か。私はほとんど空銀子の制服姿しか見たことがないから選びようがないわね。

あいも懸念（けねん）を口にする。

「着る物はサイズがわからないと選びづらいですよね」

「そうなんだよ！　姉弟子に『胸のサイズいくつ？』とか聞こうもんなら殺されちゃうし……」

「どうして下着を贈る前提なんですかー！」

「べ、別にエロい意味で言ったんじゃないぞ!?　女性にとっては必要なものだろ!?」

「空銀子にとっては必要ないんじゃない？　あんな胸だし」

私が冗談半分に指摘すると、八一は本気で考え込む。

「いや、けどさすがにそろそろ……いくら姉弟子がツルツルとはいえ今日で十五歳だぞ？」

「だから下着から離れてください！」

「しゃうはねー？　ぷぃきゅあのぱんちゅほしーんだよー？」

あいがぷりぷり怒り、金髪チビは何故（なぜ）か自分の欲しいものを言う。

すると八一のロリコンスイッチが急にオン。

「●（プー）リキュアのパンツ？　よーしシャルちゃんのためにパンツ七枚セット買っちゃうぞー！」

「ぷぃきゅあのぱんちゅー！」

「シャルちゃんばっかりズルい！　……じゃなくて、なんでパンツを七枚も買ってあげる必要があるんですかー!?」

「え？　いや、一週間毎日シャルちゃんが俺のプレゼントしたパンツを穿（は）いてくれてると思うと、何となく幸せじゃない？」

うわ……最悪。

「今のは本気で気持ちが悪かったわ」

私がそう吐き捨てると、あいも床に崩れ落ちて弱音を吐いた。

「うぅぅ……師匠が……あいの師匠がどんどん変態さんになっていくよぉ……もう取り返しがつかないよぉ……」

「あんたも苦労してるわね……毎日がこんなんだったら同情するわ……」

「ほ、ほんの冗談じゃん……そこまで悲しがらなくても……」

周囲のドン引き具合に慌てた様子の八一は言い訳を口にする。

「だんだん冗談に聞こえなくなってきたことが悲しいんですっ！」

「さ、さあさあみんな！　別の案は無いかな？」

はぁ……これ以上くだらないやり取りで時間を浪費するのもバカらしいから、そろそろ本気で決めに行くわよ。

「ぬいぐるみとかはどう？　女の子なら誰でも嫌いじゃないと思うんだけど」

「ぬいぐるみはデカいのを一つ持ってるからなぁ」

「意外ね。あの空銀子が大きなぬいぐるみを抱いて寝たり、おままごとして遊んだりしてたの？」

「いや、バックドロップの練習をしてた」

「練習って……そんなもん練習して、いつ誰に使うのよ?」

「聞きたいか?」

「いえ……いいわ。その返事でだいたい察したから……」

「いや聞いてくれ天衣! むしろ聞いてくれよぉ! あの女マジでありえないんだよぉぉ! 将棋に負けてムシャクシャすると俺を投げ飛ばしやがってたんだよぉぉ! 今も雨の日になると後頭部が痛むんだよぉぉぉぉお!!」

涙ながらに被害を訴える八一。

でも微妙にノロケに聞こえなくもないから、あまり同情できないでいると――

「ちちょ、あたま、いたいいたいの? しゃう、なでなですぅ?」

「ううう……シャルちゃんは優しいなぁ……シャルちゃんが俺の姉弟子だったらよかったのになぁ……」

「ふぇぇ? しゃう、ちちょの、おねーたんになぅのー?」

まーた気持ちの悪いことを言い出したわよ、この変態……。

金髪チビも驚いたように首を傾げる。そりゃ驚くわよね。本当、将棋の奥深さとロリコンの発想には限界がないわ……。

嫌悪と動揺を押し隠しつつ、私は尋ねる。

「……もうちょっと可愛らしい使い方はしてなかったの？　怖い映画を観て、眠れないからぬいぐるみと一緒に寝るとか……」

「そういう時は俺を使ってたからなぁ。内弟子時代は二段ベッドで寝てたんだけど、怪談物の番組とか見た夜はトイレに行く時いちいち俺を叩き起こしたり、姉弟子が寝付くまでずっと頭をなでさせられたり」

それを聞いて、さっきまで床に突っ伏していたあいが、ゆらりと立ち上がった。

「ノロケですか？」

「え？　いやノロケとかでは……」

「だって師匠、テレビで怖い話がやってても、わたしにはそんなことさせてくれませんよね？　おばさんにはナデナデしてあげたり、シャルちゃんはそうやって抱っこしてあげるのに」

「シャルちゃんはまだ小さいから……」

「あいだってまだギリギリ九歳です！　ヒトケタです！　銭湯だって師匠と一緒に入れるんですから！」

ざわざわざわ……と周囲がざわめく。警備員がこっちを見た。

そして私はさりげなく連中から距離を取る。他人のフリ他人のフリ。

「ちょっ！　あ、あいちゃん声が大きいから！　他のお客さんが聞いてるから！　誤解されちゃうから……！」

誤解でも何でもないと思うけどね。

「そ、そうだ！　あいだったら、どんなプレゼントを貰うと嬉しいかな？」

「ふぇ⁉　わ、わたし……ですか？」

「うん。何でも言ってごらん？」

「何でも……師匠からいただけるなら、どんなものでも嬉しいですよ？」

「そう言ってくれるのは嬉しいけど、そういうことではなく……ね？」

「…………」

あいはいったん、言葉に詰まる。

言おうか言うまいかしばらく迷ってから……思い切って口を開きかけ、でも言葉を飲む。じれったいわね！

しばらくそんなことを繰り返してから、

「じゃ、じゃあ………」

あいは欲しいものを言った。

「…………指輪、です……」

「指輪？　宝石ってこと？　あんまり高いのは……」

「値段なんて関係ないんです！　宝石なんてついてなくてもよくて、むしろ何もついてないほうがいいんです！」

「そうなの？」

「はい！　シンプルなシルバーのリングで…………し、師匠と、お揃いの……」

ちょっと。

それってつまり……エンゲージ――

「指輪かぁ……姉弟子、そういうの喜んでくれるかなぁ？」

「ダメです！」

「ええ⁉　だ、だって今あいが、指輪がいいって――」

「わたしは欲しいです！　けど師匠がおばさんにプレゼントするのは絶対にダメです！　勘違いされます！」

「勘違い？」

間抜けな顔をさらに間抜けにして八一は聞き返す。こいつ脳の回路が将棋以外全部腐ってんじゃないの？

「『誕生日プレゼントです』って言って渡すんだよ？　何をどう勘違いするのさ？」

「そ、それは、その…………とにかくダメです！　絶対ダメー！」

「わ、わかった！　わかったから！　そもそも将棋指しに指輪はあんまり……将棋指すときに相手が気になるからって、わざわざ外す人だっているし」

なぜだか胸がチクチクした私は、思わず横から口を挟んでいた。

「確かに光り物が視界に入ると気が散るかもね」

「うん。それに姉弟子はアクセサリーとかチャラチャラしたものが嫌いだから、あげたって使わないと思うし」

「そうかしら？　あの雪の結晶の髪飾りって、あなたがプレゼントしたんでしょ？」

「そうだけど……安物だよ？」

不思議そうな顔で八一は言う。確かにあれは高価なものには見えない。

でも、だからこそ——

「しかもちゃんと選んだんじゃなくて、姉弟子が初めてタイトルを取ったホテルの土産物屋にたまたま売ってたようなやつを適当に買って渡しただけで」

「そんな安物を、それから何年たった今もずっと付け続けてるんでしょ？　アクセサリーとかめったに付けないような人が」

「まあそうだね」

「もう何でもいいんじゃない？　そのへんで配ってるティッシュとかでも」

「いきなり投げやりになったな！　今の話からどうしてそういう結論になるんだよ⁉」

「知りません！　師匠のだらぶち！」

「しかもどうしてあいに怒られてるの⁉　……頼むよ二人とも。俺じゃあ女子中学生の欲しいものなんて見当もつかないしさ。協力してくれれば、そのぶん早く終わるから」

「あの髪飾りみたいなのをもう一個あげたら？　いま使ってるのは古くなってるし、安物なんでしょ？」

「ん～……それもいいんだけど、せっかくみんなからのプレゼントなんだし、俺が昔あげたのと被るのもどうかと」

確かに『みんなからの』プレゼントというのであれば、私たちの意見を反映させたものじゃないとね。

「なら、ペットはどう？」

「ペットか……確かに棋士は癒しを求めて動物を飼う人が多いからなぁ」

「ささくれだった気分を小動物で癒せば、ギスギスした性格も多少は改善されるかもよ？」

「……オマエモナー」

「何かおっしゃいました？　ゴミクズ先生」

「いやいや！　うんペットいいねペット！　姉弟子は実家暮らしだから飼えないこともないだろうし！　さすが天衣お嬢様!!」

方針は決まった。あとは、どんな生き物がいいかだけど……。

「師匠はどんなペットがお好きなんですか？」

「かわいい哺乳類がいいね。トカゲとか魚とかはあんまり飼いたいと思わないなぁ」

「それは大前提よね」

鱗(うろこ)がある生き物は私も苦手。好きな人には悪いんだけど。

「そんで、毛は金色で」

「ゴールデンレトリバーなんか、確かにいいわよね」

「ポメラニアンとかもかわいいです！　もふもふ～♡」

「目はグリーンで」

「ああ、猫もいいわね」

「にゃんにゃーん♡」

「小さくて」

「その方が飼いやすそうだしね」

「舌っ足らずな喋(しゃべ)り方をする」

「それシャルちゃんじゃないですかー!!」

「おわ！　た、確かにそうだ……完全に無意識で求めていた……」

何なのその幼女禁断症状は。

「ふぇえ？　しゃう、ちちょのぺっちょになうのー？」

「いやいや！　シャルちゃんをペットにするだなんて、そんな――」

「ひりょってー？」

「え……？」

「ちちょ、しゃう、ひりょってー？」

「んがわいいいいいいいいいいいいいいいいいいいいいいいいいいいいいいいいいいっっ！」

あ、壊れた。

両手を広げて「ひりょってー」とせがむ金髪ロリを抱え上げると、八一は決然と言い放つ。

「よし！　このまま拾って帰る！」

「ちょっと師匠！　うちのアパートはペット不可ですよ！」

「やだぁぁ！　飼うのぉ！　この子、おうちでお世話するのぉ！」

「ダメに決まってるじゃないですか！」

「お願いだよぉ！　ちゃんと躾もするし、ご飯も散歩も……お風呂だって毎日入れるから！」

「おふりょー！」

「ぐふふ～♡　シャルちゃんを家で飼えるなんて楽しみだなぁ～♡　ペットフードと、専用のベッドを用意して……あとは何が必要かなぁ？　散歩用に首輪も必要だな。いやぁ、急に買う物が増えて困っちゃうなぁ～」

「困るのはこっちです！　師匠のだら！　ロリコンキング！」

「そんなロリコンロリコン言わないでくれよ！　さすがに傷つくだろ⁉」

「うう……ぐすっ…………じ、自分の師匠が六歳の女の子を自宅に監禁してペットにするって公衆の面前で宣言する変態さんだと知ったわたしのほうが……傷が深いですよぉ……！」

デパートの床に座り込んで泣き崩れるあい。

でも九歳のＪＳを内弟子にしてる時点でどうかと思うけどね。

「じょ、冗談じゃないか……場を盛り上げようとちょっと悪ノリしただけでそんな、泣くほど怒らなくても……」

「さっきから全く冗談に聞こえないから怒ってるんです！」

「ほ、ほらみんな！　最初の目的を思い出そう！　俺達は姉弟子へのプレゼントを買いに来たんだよ！　さあ選んで選んで！」

「……シャルちゃんのかわいさに目がくらんで毎回目的を忘れてるのは師匠のくせに……」

「何がいいかなぁ～？　いっぱいあって迷っちゃうなぁ～？」

わざとらしく誤魔化す八一。

はぁー……やっぱり弟子入りする相手を間違えたかしら？

「あっ。そういえば……」

私はポケットの中に突っ込んでいた封筒の存在を思い出す。

それは家を出る時に、晶から渡されたものだった。

『お嬢様。本日は重要な用件によって同行できませんが……梅田にご到着なさったら、この封筒をお開けください』

私のことをずっと世話してきた晶は、私のことを誰よりもよく知っている。そして八一と同

じガチのロリコンでもある。そんな品なら……この状況を打開できる案を持っているかも⁉

「ッ…………！」

一縷の望みを託して封筒の中を確認すると――

『超高性能小型カメラ！　ネット経由であなたのスマホにリアルタイムで映像と音声を送信。お留守番してるお子さまの状態を確認するのに最適！　特売期間は9月9日まで』

というチラシの切り抜きが、ヨド●シカメラのポイントカードと一緒に入ってた。

梅田に行くついでに買って来いってこと⁉　明らかに盗撮用じゃない！　しかもどう考えても私の部屋とかに仕掛けるつもりよね⁉

何の役にも立たなかったその紙屑をヨ●バシのポイントカードと一緒にゴミ箱に放り込むと、私はちょうど目に入ったものの名前を口にしてみる。

「日傘はどう？　よく使ってるイメージがあるけど」

「おお！　日傘か！　確かに姉弟子は日光に弱いから外出するとき日傘は必須だし、何本あっても邪魔にはならないね！　よし！　それでいこう！」

「あそこに傘を扱ってるフロアがあるけど」

「じゃあ良さそうなのを探しておいてくれ。お金を渡しておくから」

八一は私たちにそう言うと、別の階に幼児が……じゃなかった、用事があるようで、エスカレーターのほうを見た。

「俺はちょっと、個人的に買っておきたいものがあるんだ」

あいは探るような目で尋ねる。

「……首輪を買うんですか？」

「買わないよ‼」

☖

タクシーの後部座席から身を乗り出したあいが、嬉しそうに言う。

「師匠！　いいプレゼントが買えましたね！」

プレゼントを選び終えるともう日が暮れていて、私たちは一台のタクシーに乗って梅田から大師匠の家がある野田へ。

ちなみに私たちが選んだのは白い日傘。黒は空銀子がいつも使ってるのを見てるから、色違いを選んだの。

助手席からミラー越しにこっちを見て八一は言う。

「そうだね。あれなら姉弟子も喜んでくれるよ。みんなお疲れさま！」

「疲れたからもう帰りたいんだけど？」

「天衣、お前ねぇ……これからパーティー会場に向かうんだから、ちょっとくらい楽しそうにしてくれよ……」

　ダルいから無理。

「ほらテンション上げていこうぜ！　美味しいケーキも待ってるぞ！」

「ババアと眼鏡と騒々しいのが作ってるんでしょ？　美味しいケーキが焼ける要素が一つもないじゃない。そこらへんのコンビニで買ってった方がマシよ」

　あいと私に挟まれてご満悦の金髪チビが嬉しそうに言う。

「しゃうね？　けーちたべうの、とってもたぉしみなんだよー！」

「じゃあ私のぶんは全部あげるわ」

「てんちゃん、しゅきー！」

「ちょっと⁉　よだれのついたような手でベタベタしないで！」

「ふ、二人とも！　狭いんだから暴れちゃダメー！」

「おいおい仲良くするのはいいけどプレゼントを壊さないでくれよ？」

　その時、八一のスマホから着信音が。

「おっ！　桂香さんからメールだ……なになに？　途中でトゥエルブに寄って、料理を受け取ってくれ？　あと、ケーキ作りに苦戦してるから、一刻も早くあいを帰してくれ……か」

「ほら見なさい。ケーキ終了のお知らせが来たわよ」

「ま、まだ諦めちゃうのは早いよぉ！　わたしが何とかするし……天ちゃんとシャルちゃんも力を貸して！」

「しゃう、なまくぃーむ、ぬぃぬぃすぅよー！」

「じゃあ私はその上にイチゴを置いてあげるわ」

「天ちゃんもう少し頑張ってよぉ！」

「はぁ？　私の手は将棋を指すためにあるの。料理なんて生まれてから一度もしたことないんだから、イチゴを置くだけでも大サービスよ」

八一はスマホをポケットに仕舞い、代わりに財布を取り出す。

「運転手さん。関西将棋会館に寄ってもらえますか？　そこで俺だけ降ろして、この子たちはさっき言った目的地に連れてってください。先にお金を渡しておきますから、釣りはこの子に……あい、お釣りを受け取っておいてくれ」

「師匠はどうされるんです？」

「料理も結構な量になるだろうし、別のタクシーを捕まえて行くよ」

梅田から関西将棋会館はタクシーなら五分もかからない距離。

すぐにあの茶色い建物が見えてきて、八一は一人でタクシーから降りる。

「ししょー！　ケーキはわたしがちゃんと作っておきますから安心してくださーい！」

「ちちょー！　ばいばぁーい！」

あいと金髪チビは窓を開けて、走り去るタクシーから八一に向かって呼びかけていた。

そんなこんなで、私たちと八一はここで別れた。

だからここから先の話は、私がその場にいて見たわけじゃない。

けど……まるっきり想像で語るわけでもないわ。

その場にはいなかったけど全部見たから。

☗

「……さてと。じゃあさっさとトゥエルブで料理を受け取りますか」

タクシーを見送ると、八一は関西将棋会館の一階に入っているレストランの入口へと足を向けた。店と将棋会館は入口が別になってる。

そしてこの日、レストランのドアには『本日貸し切り』という札が。

「お？　今日は貸し切りか。まあ料理を受け取るだけなら大丈夫だろ」

常連の気安さもあって、躊躇(ちゅうちょ)無くドアを開ける。

カウベルが鳴って薄暗い店内へと足を踏み入れた八一は、店長に声を掛けるけど……。

「すいませーん。料理をお願いしてた…………あれ？」

そこにいたのは――――意外な人物だった。

「八一？」

空銀子。

今日の主役のはずの人物が、薄暗い店内でたった一人、カウンターに座っていたの。

しかも普段着ている中学の制服じゃなく…………シックなドレス姿で。くっ！　かわいいじゃない……。

「姉弟子？　どうしてここに？」

「ケーキ作りを手伝おうとしたら、桂香さんが『主役にケーキを作らせるわけにはいかないから料理を受け取りに行って』って……」

「ああ、ケーキ作りから隔離されたんですね？」

「ぶち殺すぞ？」

「す、すんません……」

空銀子は自分の隣の席を指でツンツンして『ここに座れ』と意思表示しつつ、

「……ま、ちょうどよかったわ。自分の誕生会の準備って何をやったらいいかわからないし。身の置き所に困るっていうか……」

「それはありますよね」

カウンター席に半身になって腰掛けながら、八一は店の奥に向かって少し声を張りながら呼びかける。

「マスター。桂香さんが料理をお願いしてたと思うんですけど、できてます？」

ボソボソした声で返事が。

それを聞いて八一は気の抜けたコーラみたいな声を出す。

「え？　もうちょっと待ってて欲しいって？　はあ、わかりました……」

そして隣に座る空銀子に耳打ちする。

「……ここのマスターって、極端に無口ですよね？」

「別にいいんじゃない？　こうして意思疎通（いしそつう）はできるんだから」

水が半分くらいに減ったコップの縁を指でくるくるとなぞりながら、空銀子が答えた。長期戦の構えね。

半身（はんみ）になっていた八一は覚悟を決めたように座り直すと、別の話題を口にする。

「それにしても…………姉弟子、そのドレスは？」

「釈迦堂（しゃかんど）先生からのプレゼント」

「ああ……」

納得したように八一は頷く。

釈迦堂里奈（りな）女流名跡（じょりゅうみょうせき）は、女流棋界の第一人者。

そして八一の親友である神鍋歩夢（かんなべあゆむ）の師匠でもある。

と同時に、原宿に自らのセレクトショップとファッションブランドも有する。そのせいか、あの一門は対局時も宝塚(たからづか)みたいな服を着て現れる。盤外戦術(ばんがいせんじゅつ)でしょあんなの。

　今日の空銀子のドレスは、それよりももっとシンプルなものだったけど……それでも将棋会館で着るには華やかすぎた。

「桂香さんが着ろ着ろってうるさいのよ。せっかくいただいたんだからって。釈迦堂先生からは『誕生会で着た証拠写真を送れ』って指示が来てるし……」

「研究会でお世話になってますからねぇ。ま、それくらいは我慢したらどうです？」

　八一は苦笑しつつそう言ってから、さりげなく早口でつけ加える。

「それに…………あれです。かわいい」

「えっち」

「は⁉」

　その時、店の奥からマスターが出て来た。

「あ、マスター。もうできました？」

　救われたようにそう言う八一だったけど、マスターは料理じゃなくて、二人の前に飲み物を置く。

　それは鮮やかな色の液体が入ったカクテルグラスだった。

「え？　まだかかるから、これでも飲んで待っててくれって？」

「これ……ノンアルコールのカクテルかしら？」

「えらくシャレたもんが出てきましたね……」

もちろん頼んでない。そもそもメニューにすら存在しない。

困ったようにそれを眺めていた空銀子だったけど、

「せっかくだから……乾杯する？」

「あ、はい。乾杯……」

二人はグラスを持ち上げる。

そして、チーン、という高い音。

「みんなより一足早いけど、姉弟子、お誕生日おめでとうございます」

「うん……」

八一はグイッと、空銀子はゆっくりとグラスを傾ける。何よこの雰囲気……。

「お、これ美味（うま）いな。マスターってこういうものも作れたんですね？」

そんな八一の声に反応したわけでもないんでしょうけど、マスターが再び現れ、二人の前に皿を置く。

「今度はスープが出てきましたよ……」

「コース料理みたいになってきたわね……」

「ちゃんとオーダー伝わってるんですかね？　料理はテイクアウトのはずなんだけど……まあ、腹も減ってるからいただきますか」

「そうね………あ、また何か持って来たわよ？」

新たな料理かと思ったけど、そうじゃなかった。

マスターは空銀子に小さな箱を渡す。

「え？　私に？　ど、どうも……」

綺麗(きれい)にラッピングされたそれを動揺しつつ受け取った空銀子は、

「マスター？　この箱は何ですか？　ちょっとマスター？」

店の奥に引っ込むマスターに向かってそう呼びかけるけど、返事はない。

残された箱を見詰める二人。

「今度は何かしら……？」

「……マスターからのプレゼント？　ですかね？」

「どうしてマスターが私の誕生日を知ってるの？」

「桂香さんが料理の注文をする際に、姉弟子の誕生会用だって伝えてたのかもしれませんよ？知らない仲じゃないし、ちょっとしたプレゼントを用意してくれててもおかしくはないでしょ？」

「まあ……四歳からの常連ではあるけど」

「しかもダイナマイトなんて料理食べるの姉弟子だけだろうし。だからそのお礼に……ってことなんじゃないですか？」

「それ、お礼されるようなこと？」

「そのうち《浪速の白雪姫》の熱心なファンがこの店に来て、ダイナマイトを食べていくのが行事みたいになったりして」

「あるわけないでしょそんなこと」

「何が入ってるのかなぁ？　開けてみましょうよ！」

「いいけど……やけに軽いわね？」

「軽い？　…………はっ！　ま、まさか十五歳の誕生日ということで、遂に初めてのブラジャーを……⁉」

「んなわけあるか！」

「痛いっ！」

カウンターの下で空銀子の蹴りが八一の脛に炸裂したらしい。鈍い音がした。

さすがクズ師匠。

ムーディーな雰囲気をたった一言で自ら崩壊させたわ。驚異の終盤力。盤上のファンタジスタね。

「ブラくらいとっくにつけとるわ！　殺すぞ⁉」

「ええ⁉　だってその胸で付けたって意味なくない？　あ、もしかしてアレですか？　戦いの最中に外してパワーアップする的な？」

「アホか！　対局中おもむろにブラを外して、それでどうやって将棋が強くなるっていうのよ!?」

「少なくとも相手は動揺しますよね」

「将棋どころじゃなくなるでしょ。バカ。変態。痴漢」

「そこまで言わなくても……」

今のは言われて当然よ。クズ。

空銀子は唇を尖らせながらブツブツと呟く。

「………私の胸だって、そこまで言われるほど小さくないし……」

「姉弟子？　何か言いました？　声が胸と同じくらい小さかったから聞こえなかったんですけど？」

「よし。殺す！」

「すいませんすいません調子乗ってすいませんすいませんもうしません!!」

カウンターに額をこすりつける八一。

空銀子は溜め息を吐いてから、ビリビリと音を立てて箱の包装を剝がし、中身を確認する。

「まったく。誕生日だっていうのに、どうしてこんな………あら？」

「どうしました？」

「この箱………空、なんだけど……」

意外そうな声で空銀子がそう言うと、八一も不思議そうに中を覗き込もうとする。ちょっと……二人とも、くっつき過ぎじゃない？　べ、別にいいけど……。

「入れ忘れとか？」

「あ、紙が入ってるわね……」

「メッセージカードでしょうか？　だったらわざわざ箱に入れなくてもいいような……」

「何て書いてあるのかしら？」

「俺にも見せてくださいよ。なになに……？」

空銀子の手元を覗き込む八一。

そして、声を揃えて読み上げる。

「『銀子ちゃんへ。お誕生日おめでとう！　銀子ちゃんが一番喜ぶものをあげます。楽しんでね！　桂香』」

読み終えた二人は首を傾げる。

「……って。何なのこれ？」

「桂香さんからのメッセージ？　じゃあこの箱、桂香さんが用意してたんですか？」

「どういう意味かしら？」

「姉弟子が一番喜ぶもの……？」

「しかも『楽しんでね』って……何も入ってないのに、何をどう楽しめって？」

「ですよね。この空き箱の空間を楽しめとでも言うんでしょうか？」

八一が何となく口にしたその言葉を聞いた瞬間、空銀子の様子が変わった。

「…………空間？」

「ナゾナゾかなぁ？　他にも何だか今日、この店って変なんですよね。貸し切りって札が出てるのに誰も来ないし」

「…………貸し切り？」

「こっちは注文してる料理を待ってるのに、それとは別の料理が次々出てくるし。これじゃあ俺と姉弟子がこの店を貸し切って、二人だけで誕生日を祝ってるみたいじゃないですか」

ボッ！

と、火がつくように空銀子の白い顔が真っ赤に染まる。そして小声でゴニョゴニョと、清滝桂香に対して文句を言った。

「……け、桂香さん、いきなりこんなことされても……楽しめるわけないじゃない……！」

まあどんな意図かは明白よね。

つまりこれ、ぜーんぶ最初からあのババアが仕組んだことだったのよ。

ＪＳ研を分断したのは、空銀子がどこにいるのか私たちに疑問を抱かせないため。そして私とあいを師匠に同行させたのも、私たちを油断させるため。

『師匠と一緒にお買い物～♡』

なーんて喜んでたあいが真実を知った時、どれだけ荒れたことか。

忌々しい！　すっかり手玉に取られたわ！

そしてもっと忌々しいのは……事ここに及んでまだ事態を理解せずに脳天気なことを言ってるクズ師匠よ！　何で気付かないの⁉

「姉弟子？　何か言いました？　あ！　答えがわかったんですか⁉」

「……知らない」

「なんだよー。もったいつけずに教えてくださいよー」

「死ね！　セクハラクズロリ鈍感クズ！」

「ひでえ！　どさくさに紛れてクズを二度入れるとか、ひでえ！」

「……ばか」

「答えがわかんないだけで、そこまで言わなくても……」

「……そういう意味じゃないわよ、バカ……」

小声で呟いたその言葉は、八一の耳には届かない。いつものように。ほんとワザとやってんじゃないかしら？

「ったく……今日はずっと怒られてばっかだよ。弟子たちに怒られて、おまけに姉弟子にも怒られて」

「自分が悪いんでしょ」

「俺のどこが悪いんですか？」

「顔。態度。頭」

「ひでえ……」

　呻く八一。

　空銀子は追撃の手を緩めない。

「八一って昔から、他の女の子にはすぐデレデレするのに、私にだけはキツく当たるわよね？」

「それ逆だよね？　姉弟子が俺にだけキツく当たるの間違いだよね？」

「……あの小さいのには『お嫁さんにしてあげるよ』って言ったくせに」

「シャルちゃんに？　だってあれは、弟子にしてくれって言われたのを断る口実で――」

「弟子には『娘さんをください』とか『俺の籍に入ってくれ』とか言ってるらしいじゃない。何なのそれ？　完全にプロポーズの時に言うセリフでしょ」

「それはお嫁さんとかそういう意味ではなくて……」

「桂香さんにも言ってたわよね？『ぼく、プロ棋士になったら桂香お姉ちゃんをお嫁さんにしてあげる！』って」

「そ、そんなの小学一年生とかの頃の話じゃないですか！　そういう年頃なら誰だって一度は言うでしょ？」

　確かに八一の言い分も理解できる。私も幼稚舎の頃は『おじいちゃまと結婚する』みたいなことを言っていたし。

けれど空銀子は納得しない。むしろ、さらに不満そうな口調で言う。

「私、言われたことない」

「子供の頃は年上のお姉さんとかに憧れるから――」

「私だってお姉ちゃんなのに言われたことない」

「確かに姉ではあるけど、年下じゃないですか」

「お姉ちゃんだもん」

「姉弟子……俺のお嫁さんにして欲しいの？」

「よし。二度殺す」

「どうして⁉　話の流れからそうとしか思えないでしょ⁉」

「そんなわけないじゃない。バカじゃないの？　そこのテーブルの角に頭ぶつけて頓死すればば？」

言葉を尽くして罵る空銀子に対して、八一は当然の疑問を口にする。

「じゃあどうしてさっきからお嫁さんにこだわるのさ？」

「八一に『お嫁さんにしてあげる』って言われて、それを断りたいのよ」

「何でそんな……」

「だって気分がいいじゃない」

「かわいくない人だなぁ」

「どうせ私はかわいくないですよーだ。八一の言うかわいい女の子って十歳以下でEカップ以上なんでしょ？　ごめんなさいね掠りもしないで」

「俺はどんな変態だよ⁉　いくらなんでも存在しねえよそんな妄想上の生物！」

「……巨乳と幼女が好きなくせに」

「そりゃ大好きだけど……いやいや！　幼女は好きじゃないけど！」

これほど説得力に欠ける反論も珍しいわ。

「何でもかんでも合体させれば最強になるわけじゃないですから！　ロリ星人とおっぱい星人は別の星の住人だから！　混ぜるな危険！」

「どっちにしろ、私はかわいくないんでしょ？」

「いや、だからね？　俺が桂香さんやシャルちゃんに『お嫁さんにしてあげる』って言ったのは、別に巨乳が好きだからとかロリコンだからとかじゃないし。それに姉弟子は……十分かわいいと思いますよ。一般的な意見として……」

「じゃあ八一が私に将棋で負けたら、私に結婚を申し込むこと」

「どうしてそうなる……？」

そうよ！　どうしてそうなるの？

けれどそんな疑問を勢いで押し流すように、空銀子は急にウキウキと言う。

「ほら。将棋指そ？」

「はぁぁ？　今ですか？」

「7六歩」

「ちょっ！　姉弟子が先手!?」

「誕生日だもん。ハンデくらいプレゼントしてよ」

「へえへえわかりましたよ………じゃ、3四歩」

八一は二手目を指す。無難でオーソドックスな一手。

けれど角道を開けたそれが、まさかの敗着となった。

「あ、ちなみに八一は二枚落ちだから」

「ええぇッ!?　な、何ですかその残虐手合い!?　そもそも駒落ちなら俺が先手じゃないとおかしいでしょ!?」

「ハンデくれるって言ったもん。はい1一角成」

「………負けました」

「もう投了？」

びっくりしたように空銀子は言った。白々しい……。

「そりゃ二枚落ちで香車タダで取られておまけに馬まで作られたら誰だって投了しますよ！　そもそも姉弟子相手に二枚落ちって時点で投了するしかないでしょ!?」

「たった三手で投了するなんて……八一、そんなに私にお嫁さんになって欲しいの？」

「いや、だって──」

「投了まで一分もかからなかったわよ？」

「だからそれは──」

「ちょっとガッツキすぎじゃない？」

「だって最初から勝ち目が無いんだから──」

「銀子ちゃんの魅力に投了！　ってわけ？」

「……言ってて恥ずかしくないんですか……？」

「ぶち殺すぞわれ」

「すいませんすいませんまた調子に乗りました！　すいません！」

カウンターに額を擦りつける八一。

そんな弟弟子(おとうとでし)の後頭部を指でツンツンして、空銀子は楽しそうに促す。

「ほら。他に言うことがあるでしょ？」

「ええー…………本当に言うの？」

「ほらほら。はやくはやくぅ」

子供みたいに八一の腕をゆさゆさと揺すっておねだりする空銀子。

投了の言葉以上に覚悟と屈辱を要求されるそれを、八一は絞り出した。

「…………ぼくのお嫁さんになってください」

「ふふーん♡　絶対イヤ♡」

……ごちそうさま。

甘過ぎて砂糖を吐きそうなほどお腹(なか)いっぱいよ！

☖

カウベルを鳴らしてドアを開けると、八一と空銀子は同時に店を出る。

「「ごちそうさまでしたー」」

外はすっかり暗くなっていた。

少し肌寒くなってきた夜の空気に触れながら、空銀子は言う。

「……結局、デザートまで食べちゃったわね」

「桂香さんが仕組んだこととはいえ、待ってるみんなに悪いことしちゃいましたね。早くこの料理を持って行かないと……荷物もあるし、タクシーで帰りましょう」

「私が停めるから、八一は料理が傾いちゃわないようにちゃんと持ってて」

「了解」

袋に入った大量の料理を両手で水平に抱える八一。空銀子は車道の前まで出ると、片手を挙げてタクシーを捕まえようとする。

　けれど忙しい時間帯なのか、それとも捕まえ方がヘタなのか、タクシーは通り過ぎるだけで停まってくれない。

「なかなか捕まらないわね……」

　その時だった。

「あの、姉弟子」

「なぁに？」

「恥ずかしいから道路を向いたまま聞いて欲しいんですけど」

「え……？」

　思わず背後を振り向きそうになる空銀子だったけど、続く八一の言葉に、石像にでもなったかのように固まってしまう。

「その……俺、今日、姉弟子の誕生日プレゼントをあいたちと一緒に買いに行ったんですけど、選んでるときに愕然としたんです。十年も同じ部屋で暮らしてたのに、姉弟子の好きなものとか、好みとか……将棋以外に何も知らなくて……」

「…………」

「けどそれって、決して寂しいことじゃなくて……それだけ二人で将棋に打ち込んできたってことだと思うんです。俺一人だったら絶対にプロ棋士なんかなれなかったと思うし、ましてやタイトルを獲るなんて……姉弟子がいてくれたから、俺の姉弟子が空銀子だったから、ここまで強くなれたと思うんです」

ドキドキという二人の胸の高鳴りが、こっちまで聞こえてきそうだった。

空銀子の大きな瞳が、湖のような光を帯び始める。

「だから……何て言うか、生まれてきてくれてありがとうっていうか……はは、すいません。こういうこと言うの慣れてないから、何か変なこと言ってますね、俺。つまり何が言いたいかっていうと――」

そして八一は言った。

少し間を置いてから、落ち着いた声で。

「誕生日、おめでとう。銀子ちゃん」

一瞬……私はこう思ってしまった。

こんな誕生日だったら、自分も誰かに祝って欲しいって。一瞬だけね。

「八一……」

空銀子は立ち尽くしたまま、弟弟子の名前を呼ぶ。名前だけを。

「そうだ！　実は俺からもプレゼントがあるんですよ」

「え？」

「さっき言いましたよね？　今日、弟子たちと一緒にプレゼントを選びに行ってて。実はそれとは別に、姉弟子に似合いそうなものがあったから、俺が個人的に買ったんです」

　ほほーう？　そんなことしてたんだ？

　たぶん私たちがレジに行ってた時ね。ふーん。ほぉー。

「八一が選んでくれたの？　私に？」

「どうぞ。気に入ってもらえるかは、わからないけど」

　八一はポケットから小さな包みを取り出して、それを空銀子に差し出した。

　とてもかわいくラッピングされてる。まるで幼い子供にあげるプレゼントみたいに、漫画調のキャラクターがプリントされた包装紙で。

「あ………ありがとう……」

「大した物じゃないですよ。安いし」

　苦笑する八一。

　けれど空銀子は、安っぽくて小さなその包みを大事に大事に胸に抱いて、震える声でこう言った。

「そんなの関係ない………うれしい。すごくうれしい……」

「そ、そんなに喜んでもらえると、買ったかいがあるっていうか……」

「……開けていい？」

「もちろん」

ガサガサと、空銀子が紙袋を開ける音。

八一は照れ隠しに下を向いて頭をポリポリ掻きながら、妙に饒舌だった。

「いやー、一目見てピンと来たんですよね。これ、絶対に姉弟子に似合うって。いま使ってるやつ、もう古くなってるでしょ？　だから新しいのを――」

「…………八一」

「買って来たんです。今のやつみたいに気に入ってもらえるといいんですけど。もちろん今のをずっと使ってもらってるのも嬉しいんですけど、よかったら新しいのも使ってください。きっと似合うと思――」

「八一」

「ん？　どうかしました？」

「これが私に似合うって？」

「ええ。その髪飾り…………アイエエエエエエエエエ!?」

空銀子が震える手で握り締めているもの。

それは――とても小さなパンツだった。

「この●（プー）リキュアの絵がプリントされたパンツが、私にはお似合いだっての……？　ツルツルの私には幼児向けのパンツがお似合いだと……あんたそう言いたいわけ……？」

「パンツ⁉　パンツなんで⁉」

「こっちが聞きたいわよ！　ケンカ売ってるの⁉」

「ち、違うんです！　間違えたんです！　姉弟子へのプレゼントは、逆のポケットに入ってて
……こっち！　ほらこっちの紙袋！」

「その前に答えてもらってもいいかしら？　どうして八一のポケットの中に、幼女のパンツが入ってたの？」

「そっちは、その…………シャルちゃんへのプレゼント用で……」

「あんた幼女にパンツプレゼントするつもりだったの⁉　正気⁉」

「だっ……だって欲しいって言ってたから、姉弟子のプレゼント買うついでに――」

「ついで⁉　私の誕生日プレゼントは幼女のパンツのついでか⁉」

「そうじゃなくて――」

空銀子のあまりの剣幕にじりじり後退していく八一。

そこに現れたのは――

「ああ――っ！　やっぱりここにいた――っ！」

「あ、あい⁉　どうしてここに⁉」

「ぜんぶ桂香さんの仕組んだことだったんです！　師匠とおばさんを二人っきりにするのが目

的だったんです！」

「はぁ⁉　な、なんでそんなことを……？」

「知りません！　師匠のバカだらぶち鈍感っ！」

新しい単語がぽんぽん生まれていく。怒りは人類発展の原動力ね。

あいの後をついて歩いていた私は、手に持っていたスマホを掲げて、

「便利よね今は。梅田のヨ●バシで普通に売ってる安いモバイルカメラさえあれば、こうやってスマホでリアルタイムに店内の映像が見えちゃうんだもの」

空銀子と八一が同時に叫んだ。

「「か……かかか、カメラ⁉」」

そして二人同時に真っ赤になる。何この反応？　これはこれでムカつくわね……。

さて、ここで手品の種明かし。

どうして大師匠の家にいたはずの私が、トゥエルブでの八一と空銀子のやり取りを見てきたかのように語ることができたのか？

い、い、い、いいいい、いいい、いい

もう気付いてるかしら。

それはね？　本当に見てたからよ。

清滝桂香はトゥエルブのマスターにお願いして、店の中と外に幾つか小さなカメラを仕掛けてたの。ちょうど特売してたカメラを使ってね。

　で、家でみんなでそれを見てたってわけ。

　パーティーを盛り上げる余興ってところ。

　あの騒々しいのや、意外と恋愛話が好きなムッツリ地味メガネなんかは、

『わー！　こんなの見ちゃっていいの？　いいの？』

『ぷ、プライバシーの侵害なのです！　……けど、勉強のためにちょっとだけ拝見するのです……勉強のためだから仕方がないのです……です……』

　とか言いながら一瞬たりとも見逃さなかったし、清滝桂香に至ってはワインのボトルを握り締めて、

『ほら行け！　そこだ！　押し倒せッ‼』

　とか叫びまくってたし。

　もちろん、あいに見つかって大目玉を喰らってたわ。

　怒りに我を忘れて清滝桂香をケーキの材料に変えようとしてたあいに、私はトゥエルブから送られてくる映像を指さして言った。

『いいの？　これ放っといて？』

　もちろんいいわけがない。あいは電車に飛び乗って福島まで舞い戻り、私は一門から殺人犯を出さないためにそれを追いかけたってわけ。

「じゃ、じゃあ……ぜんぶ見られてたのか……？」

「そうよ。師匠と空銀子がちょっといいムードになってたり、私たちに隠れて買ってたプレゼントを渡そうとして幼女のパンツを渡したところもね」

「あいたちにお会計させておいて、ごじぶんはコソコソほかのプレゼントを買ったり挙げ句の果てには雰囲気に流されてオシャレなディナーをおばさんと一緒にしたり！『この俺がプレゼントだぜ！』とでも言うおつもりですか⁉　だったらあいが師匠を桂香さんと一緒にケーキの具に変えて差し上げますっ‼」

荒れてるわねぇ……。

あいが荒れてるぶん、こっちは逆に冷静になってしまった。ここは人目もあるし、これ以上騒ぎ立てるのはまずい。

ただでさえうちの一門は、関西将棋会館の前でよく騒ぎを起こしてるし。大師匠の放尿事件とか。

「ちょっと落ち着きなさいよ。向こうは向こうでケーキ食べたりしてそれなりに楽しんでたんだし、そもそも黙って覗き見してたわけで、そんなに怒らなくても——」

「天ちゃんだってずっとソワソワしてたじゃない！」

「はぁ⁉　べ、別にしてないわよソワソワなんて！　りょ、料理が届くのが遅いからイライラしてただけよッ‼」

どうして私がソワソワしないといけないわけ⁉

私とあいが言い合ってると、幼女パンツを握り締めたままの空銀子が問い掛けてくる。

「小童。桂香さんは？」

「二度とこんなことを思いつかないよう制裁を加えておきました」

「よろしい」

あいの答えに《浪速の白雪姫》は満足そうに頷いてから、

「八一」

「は、はい……」

「料理を置いて、そこに跪きなさい」

「え？　でもここ、路上……」

「跪け」

「はい」

言われたとおり離れた場所に料理を置き、関西将棋会館前の歩道に正座する竜王。

対局室にいる時のような堂々としたその佇まいが、逆にもの悲しい。

「それからこのパンツを被るのよ」

「勘弁してください」

「被るか死ぬか、どっち？」

「被ります」

「『祓らせていただきます』でしょクズ。あと語尾に『ロリ』を付けなさい」

「祓らせていただきますロリ」

小さな幼女向けのパンツを頭に被る、将棋界最高位タイトル保持者(ホルダー)。主催する新聞社の担当記者が見たら卒倒しかねない光景ね。

「小童ども。こっちに来なさい。あんたたちも師匠に言いたいことがあるでしょ？　この際だから全部言ったらいいわ……時間も食料も、たっぷりあるから」

私たちを手招きする空銀子。八一がおずおずと発言する。

「あの……その前に、いいですか？」

「何？」

「こ、これからここで………何が、始まるのですか………ロリ？」

「知りたい？」

「は……はい……」

「パーティーが始まるのよ。生まれてきたことに感謝じゃなくて、後悔するような……ね」

こうして——

十五歳になった空銀子（with Ai）によるワンランク上のおしおきが、八一にプレゼントされたってわけ。

私が途中で止めなかったらこの日が命日になってたんだから、感謝してよね？　師匠(せんせい)。

※本短編は『りゅうおうのおしごと！6　ドラマCD付き限定特装版』のドラマCD脚本を小説化したものです。

最後の昼餐
《最後のＪＳ研　その３》

「そ、そんなことが……あったんだね……」

天ちゃんの話を聞き終えた澪は、もうそれしか言えなかった。

くじゅるー先生と空先生がトゥエルブの中で何だかいい雰囲気になってたところまでは見てたんだけど、それ以降は桂香さんが大変なことになってたからそっちにばっかり気を取られてて。

まさか幼女用のおパンツをプレゼントしてたなんて……そりゃ空先生も怒るよ。いくらおっぱいちっちゃいからって、やっていいことと悪いことがあるよ。

ま、それはともかく。

「空せんせーのお誕生日、あとちょっとだもんね。今年もみんなとお祝いしたかったなぁ」

「あんた………今の話を聞いて、よくそう思えるわね……」

「今年は特に盛り上がるんじゃない？　将棋界を挙げてのお祭りになるんだろうなー。せめてその日までこっちに残りたかったなー」

「そうかしら？　世間的には盛り上がるかもしれないけど、将棋関係者は複雑な気持ちなんじゃない？」

「へ？」

「就位式みたいなもんでしょ、ある意味」

就位……式？

タイトルを獲得した人のために開く祝勝会みたいなやつだっけ？

澪たちも、くずりゅー先生の竜王就位式にお呼ばれしたことあるけど、みんなニコニコして楽しい会だったような気が……。

「史上初とか、前人未踏とか。誰も為し得なかったことっていうのは、他の誰かにとっては『お前じゃ無理だ』って敗者の烙印を押されるのと同じだもの。コンプレックスで胸の奥を焼かれるような気持ちになるんじゃない？　少なくとも空銀子のことをライバルだと意識してる人間にとっては昨日のことを笑顔で語るなんて絶対に無理でしょ。私みたいにそれを見越して心の準備をしてたならともかく」

「あっ……！」

そういう気持ちなら味わったことがある。

ううん。今もずっと、澪はその気持ちを味わい続けてる。

これと同じ気持ちを、女流棋士の先生たちが感じてるんだとしたら――

「………じゃあやっぱり……やるなら今日しかないか………」

澪の呟きは天ちゃんにも聞こえたみたいだったけど、聞き返すようなことはしなかった。

代わりにこう口を開く。

「あんたが何を企(たくら)んでるのか知らないし、興味も無い。ただそれが、私が考えてる通りのものだとしたら……これだけは言っておく」

漆黒の瞳(ひとみ)が、澪を捉(とら)える。

本気で対局するときのような気迫を込めた視線が、澪を貫く。

それだけで、まるで蛇に睨(にら)まれたカエルみたいに、全身が震えそうになる。

恐怖に立ちすくむ澪に、天ちゃんは言った。

「大きなものが懸かれば懸かるほど、そのチャンスが一度しかないと思えば思うほど、勝負は怖くなる。あんたが『怖い』と思うその感情は、『大切』の裏返しなの」

「ッ……‼　大切の、裏返し……」

天ちゃんは澪の胸の中心に白い指を突きつけて、

「一番『怖い』と思う勝負をしてみなさい。ドキドキするくらいじゃ全然足りないわ。この臆病(おくびょう)な心臓が破裂するほど熱い勝負を。今まで築き上げてきた全(すべ)てを懸けて、一局の将棋を指しなさい。勝てばきっと、人生が変わるから」

「……なれるかな？　天ちゃんみたいに」

「かもね」

澪は空を見上げた。

さっき滑走路から飛び立った巨大な飛行機は雲の向こうへと消えて……今はもう、見えなくなってしまった。

あっという間に。澪を地上に置き去りにして。

再び俯いて靴の爪先を見詰めながら、澪はポツリとこう漏らす。

「でも……怖い思いをして、今までのものを全部懸けて、それで勝てなかったら？」

「さあ？　考えたことないわ」

嘘だ。直感的に澪はそう思った。

天ちゃんの表情は透明だった。いつもと全く変わらない。

きっと……ううん。間違いなく、何百回何千回と考えたんだろう。負けた時のことを。今もきっと、その恐怖と戦い続けてるんだろう。

――だから強いんだ。天ちゃんは。

自分との差を、澪は痛感する。

その差はとてもとても大きい。

盤の前に座った時だけ戦う者と、盤の前に座っていない時も戦い続けている者の、差だ。

――天ちゃんにとって……将棋を指してる時が、一番気楽なのかも……。

天ちゃんのパパとママが亡くなったことは、本人からは聞いていないけど、ＪＳ研のみんなは察してる。

それが悲惨で不幸な事故のせいだっていうことも。

不幸になったからって誰もが強くなれるわけじゃない。悲惨な経験や無残な敗北に押し潰(つぶ)されちゃう人のほうがきっと多い。

けど、夜叉神天衣(やしゃじんあい)という少女は、それを乗り越えた。澪と同じ年に生まれた女の子が。

だとしたら……できないなんて言えないよね？

「これが私からの餞別(せんべつ)よ」

「たくさんくれるんだね？」

「施しは強者の義務だもの」

フッと笑って、長い黒髪を掻(か)き上げた。

そして天ちゃんは髪を翼(つばさ)みたいに翻(ひるがえ)して、離れた場所で待機していた晶(あきら)さんに命じる。

「晶！　車を回しなさい」

「もう帰るの？　みんなに会ってけばいいのに」

「忙しいのよ。空銀子が四段(プロ)になって空位になった女流玉座(じょりゅうぎょくざ)と女王を、とりあえず確保しないといけないから」

「プロになったら女の人でももう女流棋戦に出られなくなるんだっけ？　タイトルは返上ってこと？」

「現在の規程ではそうね。とはいえスポンサーは空銀子に女流タイトルを持たせたままでいたかったみたいで、連盟上層部にもまだそういう動きをする者がいるわ」

「そういうことって誰から聞くの？　女流棋士になれば自然と伝わってくる……わけじゃないよね？」

「もちろん私が自分で調べてるわ。人を使ってね」

「……晶さんとか？」

澪がそう尋ねると、駐車場へ行こうとしていた晶さんが足を止めて、

「夜叉神家の運営する企業には、調査会社も含まれております」

晶さんは静かにそれだけを言った。こういう時はかっこいいな、この人……。

天ちゃんが追加で説明してくれる。

「夜叉神家は表には出ないけど、棋戦のスポンサーとも付き合いがあるの。女流名跡戦なんて同業者がスポンサーなのよ？　表向きは、その会社が所有する美術館がスポンサーってことになってるけど。その同業者から『将棋に詳しいなら女流棋戦をお譲りしましょうか？』って誘われたこともあるわ」

「うーわー……」

「ま、さすがにそれは筋が悪いから断ってるけどね。今のところ」

確かに『夜叉神杯女流名跡戦』みたいな名前になって、出場者に天ちゃんの名前があったら……他の女流の先生たちは、やりづらいかも……。

「私は、女流棋士って悪くないと思ってる」

澪に背中を向けたまま天ちゃんは言う。

「色々と問題があるのも事実だけど、将棋を始める女の子が増えたのは事実だもの。奨励会やプロだけを評価するのもわかる。でも、強くなるためには必要なものが色々あって……その中で最も大切なものを、女流棋士という制度がくれたから」

「最も大切なもの？　それって――」

「一緒に競い合う仲間に出会えたから」

ええっ⁉

「て、天……ちゃん？　い、いい、今のって、もしかして――」

早口だったけど、間違いない。

天ちゃんは言ったんだ。

『澪たちに出会えてよかった』って！

「餞別よ。大事に取っておきなさい」

顔だけ振り向いて薄く笑うと、天ちゃんは優しい目でこっちを見る。

それは澪が知ってる天ちゃんよりも、ずっとオトナに見えた。

商店街で夏祭りをやった日から、たった数週間、会わなかっただけなのに。

まるで……そう、まるで夏休みに男の人と一線を超えた少女みたいに――

「何か…………変わったね。天ちゃん」

「そう？」

「うん。前だったら『べ、べつにあんたのことを言ってるんじゃないからね⁉』みたいな感じでわかりやすいツンデレっぷりを発揮してたと思う」

「晶。拳銃」

「お嬢様。空港では無理です」

空港では⁉　ではって何さ⁉　他の場所ならピストル取り出せるってこと⁉

やっぱ天ちゃんこわっ！

「ふん！　あんたなんかと別れを惜しんだ私がバカだったわ！　さっさと海外でも地獄でも、どこへでも行きなさい！」

「そんなあ」

「今やネットを使えば、いつでも無料で会話したり将棋を指したりできるでしょ？　もともと毎日顔を突き合わせるような関係でもないんだし、何も変わらないわよ」

「そうだね！　海外に行っても『ぶらっくきゃっと』さんに将棋を教えてもらわなくっちゃ！」

「にゃっ⁉」

急に真っ赤になっちゃった子猫ちゃんに、澪は今までの反撃をまとめてお見舞いする。

「あれあれー？　天ちゃんも知ってるの？『ぶらっくきゃっと』さん」

「し、しらにゃいわよ！　そんなアカウント！」

「んん？　澪、それが将棋サイトのアカウントなんて、ひとことも言ってないんですけどー？　どうして知ってるの？　ねえどうして？　ねえねえ？」

「うるさいうるさいうるさいっ!!　あんたなんかと二度と指さないから!!」

あはは。やっぱ天衣お嬢様はこうでなくちゃ。

澪の知ってる天ちゃんも、ちゃーんと残ってて安心した！

けど――

「自分の気持ちを偽ったり、隠したりするのは、もうやめたの」

さっぱりとした表情で天ちゃんは言う。

「私には欲しいものがある。それが本当に欲しいものだったら、誰かに批判されることなんて怖くないもの」

「っ……!!」

やっぱり天ちゃんのことがまぶしすぎて……澪は目を逸らす。

すると、飛行機が見えた。

飛んでいく飛行機じゃない。海の向こうから日本へ戻ってくる飛行機が。

「そういえば……女流玉座戦には海外招待枠があったよね？」

「ええ。それが？」

海外の将棋大会で優秀な成績を収めた女の子を日本に招待する制度。それをきっかけに女流棋士になった外国人の先生もいる。

今はどこでも将棋を指せる。

だから日本人じゃなくても強い人はいっぱいいるし、これからもいっぱい強い人が海外で生まれるし、将棋もじゃんじゃん指されるようになる…………はず。

だから――

「天ちゃんが女流二冠になるんなら……」

「ん？」

「澪は！ ヨーロッパチャンピオンになるからっ‼」

全世界の人々に聞こえるような声で、澪は宣言する。

どんな大きな飛行機の音にも負けない。

ぜったいに、掻き消すことのできない、決意。

「強くなるよ！ 女流玉座の挑戦者になれるくらいに！ そしたら……そしたら――‼」

「ふっ」

天ちゃんは静かに微笑み。

そしてもう一度、長い黒髪を翼みたいに翻すと、澪に向かって手を差し伸べた。

「強くなって戻って来なさい。そうしたら……踊ってあげる。最高の舞台でね」

☖

うちの名前は貞任綾乃（さだとうあやの）。どこにでもいる小学五年生の女の子なのです。

特徴といえば、眼鏡（めがね）をしていることくらい。

特技といえば、将棋をやっていること。関西研修会に所属しているので、一応、女流棋士を目指せるレベルの修業をしていることになるのです。

だから、うちの通ってる京都（きょうと）の小学校では「すごい！」「頭よさそう！」と言われることもあるのです。

けどそれも、あいちゃんみたいな天才や、澪ちゃんみたいな度胸と根性がある子の中に混じってしまえば、あっというまに埋もれてしまう程度のもので……。

澪ちゃんと決勝で戦うことを目指して出場した『なにわ王将戦』でも、準決勝で同じ学年の神鍋馬莉愛（かんなべまりあ）さんにボロ負け。

日本を離れてしまう澪ちゃんと大舞台で将棋を指すという目標も果たせず、その悔しい気持ちをバネに研修会で好成績を挙げようと思っても……現実は厳しいのです。

九頭竜（くずりゅう）先生にご自宅で教えていただけるという望外の幸運にもかかわらず、特訓の反動から か逆にB（降級点）を取ってしまう始末。

女流棋士になる覚悟も実力も持てず、将棋を続けるモチベーションだった澪ちゃんも海外へ行ってしまう……。

澪ちゃんを困らせないよう表面上は明るく振る舞いつつも、深い悩みを抱えていたとき。

世界一尊敬する姉弟子が、こんなお話をしてくださったのです。

『こなたも才能があったわけではおざらぬ。お燎や銀子ちゃんと比べれば、自らの非才を嘆いてばかりや。追いつきたくば努力でその差を埋めるしかおざりませぬよ』

『万智姉様……けどうち、努力はしてるつもりなのです。他の子よりも努力してるのに、それでも伸びなくて――』

『ただの努力では足りぬ。強烈な努力どす』

『強烈な……努力……？』

『こなたが尊敬する棋士の口癖におざります。大人しくて真面目な綾乃やからこそ、あの方を見習うことで壁が破れるやもしれませぬな……』

万智姉様にお話をうかがってから、うちはその棋士について調べたのです。

そして、その強烈で鮮烈な棋譜や名言の数々に心を打たれたのです。

会ってみたい！

一度でいいからお目にかかって、うちの悩みを聞いていただきたい！　もしどこかで出会えたら、あの『強烈な努力』という言葉の意味をうかがってみたい……!!

だから――

「おち●ぽおおおおおおおおおおおおおおおおおおおおおおおおおおおお!!」

違うのです。

こんなふうに下品な単語を叫ぶ痴女が万智姉様の話してくださった偉大な先生なわけが……絶対に……ない、の…………です……。

「そこのイケメンおち●ぽ！　こっちにもう一杯ビールだ！　ビールビールビール!!」

若い男性店員さんに向かって、その人はもう何杯目になるかわからないくらいのお代わりを要求するのです。

べろんべろんに酔っ払ってる……です。

「しかし奇遇だな！　まさか空港の中華屋で八一の弟子に遭遇するとは！　もう師匠のお●んぽの先っぽくらいは見たのか？　ん？」

もともとお知り合いだったあいちゃんが、おずおずと、何十回目になるかわからないくらい繰り返した言葉を口にするです。

「あ、あの……先生？　もうそろそろお酒は――」

「心配するな！　ここの代金は私が全部払ってやる！　遠慮せず好きな物を注文しろ、好きな物を！　もっとも私が一番好きなモノは……このメニューには載っていないがなぁ！　ぐへへへへへへ……」

ビールと涎が混ざり合った汁を手の甲で拭いながら、その女性は店内の若い男性たちに下卑た視線を注ぐのです。

「わぁい！　しゃう、しゅーまいもっとたべゅー」

「食べろ食べろ。シューマイでもエビチリでもおち●ぽでも何でも食べるがいい。シャルは食いっぷりがよくて気持ちがいいのぅ。髪も金色で犬みたいだしのぅ。下の毛も金色モザイクなのかー？　んー？」

「おー？　しもー？」

　や、やめてくださいです！

　シャルちゃんもうちたちも、空先生と同じでまだツルツル乙女なのです‼

　焼売とビールを運んできてくれた店員さんからジョッキを受け取りつつ、その女性は胸元が大きくはだけた着物の襟を直すこともなく……ぐびぐびぷはーと息を吐きます。うぅ……おさけくさいですぅ……。

　そして完璧に据わりきった目でこっちを見ながら、

「あいと、そこの眼鏡……綾乃といったな。もっと食べなくてもいいのか？　それともおまえらも飲むか？　ん？」

「の、飲んじゃダメですー！　みんな小学生なんですから！」

「そうか？　まあ最近は法律が厳しくなったからな。私が子供の頃は水の代わりに日本酒をがぽがぽ飲んでたものだが」

その頃でも絶対に法律違反だと思うのです……。

「あのぉ……先生？　あんまりお酒が過ぎると、飛行機に乗れなくなっちゃうんじゃ？」

「大丈夫ダイジョーブ博士だよ。あい」

美味しそうにビールを飲みながら、女性は声を潜めて答えるのです。

「実はこの空港にはな、私のような超絶ＶＩＰだけが使える部屋があるのだ。そこからなら保安検査もスルーみたいなもんだから、こうやって酒に酔ってても大丈夫なのだ」

「もしかしてそれ、ラウンジというやつです？」

「らうんでぃー？」

うちの指摘に、シャルちゃんは焼売を食べる手を休めて首を傾げます。

「航空会社やカード会社が用意する、特別なお部屋なのです。たとえばファーストクラスに乗る人だけが使えるすっごく高級なラウンジだと、普通なら並ばなくてはいけない保安検査もほぼフリーパスだという噂なのです……あまり大きな声では言えないですけど、密航に使われたこともあるらしいのです。その、楽器ケースに入って……」

「いや。ラウンジではない」

トロンとした目で女性は答えるのです。

「こうやって空港で気持ち良く酒を飲んでいると、いつのまにか手配してもらえる特別な部屋なのだ。職員のイケメンお●んぽが二人もやってきて、私の両腕を優しく支えて部屋までエスコートしてもらえるんだぞ。どうだすごいだろう？」

「それって隔離されてるだけな気がするのです……」

「しっ！　綾乃ちゃん、しぃぃっ！」

あいちゃんが人差し指を唇に当てて必死に注意を送ってくるです。

ご、ごめんなさいです……。

「その部屋ではな？　免税品のウイスキーやらウォッカやら、もっと強い酒をいくらでも飲ませてくれるのだ。ホントはダメだが超絶ＶＩＰの私だけは許されるのだ。超絶ＶＩＰだからな！」

なるほど……です。

うちはあいちゃんにだけ聞こえる声で、

「……酔っ払ったまま飛行機に乗られたら危ないので、もういっそ酔い潰しちゃおうっていう作戦なんだと思うのです……」

「……うん。空港の人たちが苦労して編み出した対策っぽいよね。将棋の棋士は国内での対局がほとんどだけど……この先生は海外で対局することも多いから……」

そうなのです。

同じ棋道でもお隣さんは世界規模の普及が成功したこともあり、中国や韓国といったアジア圏だけではなくヨーロッパでも盛んに棋戦が開かれていると聞いているのです。

この方がどこへ行く予定か、まだ聞けていないのですけど――

　ま、まさか……澪ちゃんと同じ飛行機なんて可能性も⁉

「今回は国内の個人的な用事だが、私が公務で空港を使う場合は日本選手団の一員として若いおち●ぽたちと一緒だからな。その場合は、その部屋を使ってシコシコ研究に励んだり、お●んぽたちをシコシコしごいたりするのだ。シコシコしないと出られない部屋になるのだ」

　ほっ……。

　どうやら行き先は澪ちゃんと違うみたいで安心なのです……話の内容はぜんぜん安心できないっていうか、そんな部屋がホントにあったら密航以上に問題じゃないです？

　ご自分で『超絶ＶＩＰ』とおっしゃるとおり、この方は、棋道を志す女性にとって神様のような存在。

　あの万智姉様ですら『こなたなど、あの先生の影も踏めぬわ』と常々おっしゃっているので、偶然出会った瞬間は興奮したですし、うちの悩みを聞いていただけるかもと期待したですけど……まともに話せる状態ではないのです。

　天才ってやっぱり、こういうものなのです……？　うちとは何から何まで違いすぎて、もっと自信がなくなってきたのです……。

　心が折れそうになった、その時。

「みんなゴメン！　めっちゃ遅くなっちゃった…………って⁉　そのべろんべろんに酔っ払ってる着物姿のお姉さん、だれっ⁉」

お店に飛び込んできた澪ちゃんが、うちたちの座るボックス席を見てびっくり。

見知らぬ大人の女性と一緒にいたら、驚いて当然なのです。

でも逆に、うちも澪ちゃんを見てびっくりしたです。

「あれ⁉　澪ちゃん、何だか…………着ているものが豪華になってないです⁉」

「あー……これね」

しかも普段澪ちゃんが着なさそうな服なのです。黒くてフリフリがついてて、どちらかというと……そう、天ちゃんが着てそうな。

「これは、そのぉ……そう！　澪が物欲しそうな顔で土産物屋のショーウインドゥを見てたら親切なおじさんが買ってくれたんだよー」

「「親切なおじさんが⁉」」

それってよく『薄い本』に出てくるパターンなのです！　お礼を要求されてしまうパターンなのです！

「そ、そんなふうにホイホイ知らない人に物を買ってもらうのはよくないのです！」

「だ、だよね！　以後気をつける！」

「そのおじさんが九頭竜先生みたいな……こほん。つまり、その……ロリコンさんだったら大変なことになるです！　見ず知らずの女の子に服を買い与えるなんて絶対に下心がある変態さんに決まってるのです！」

「そ、そうだよね！　変態だよね‼」

澪ちゃんは羽織っていたフリフリの服を脱ぎながら激しく頷きつつ、

「ところでさ！　その人だれ⁉」

至極当然な質問をしたのです。気になって当たり前なのです……。

あいちゃんが紹介します。

「こちらは…………盤師の、天辻埋先生。千日前の道具屋筋で『天辻碁盤店』っていうお店を開いてるの」

「千日前……って、なんばグランド花月があるあたりだよね？　そこの碁盤屋さん？　あいちゃんのお知り合いなの？」

「ほら、お正月の初ＪＳ研で澪ちゃんと対局したとき、あいが将棋盤を割っちゃったでしょ？　あの盤を直してくれたのが――」

「この人なんだ⁉　じゃあ、あいちゃんがくずにゅー先生から女流棋士になったお祝いにプレゼントされた盤を作ったのが、このお姉さん？」

改めてその女性を見て、澪ちゃんは目を輝かせ、こう言うのです。

「女の人が盤を作るなんてかっこいい！」

「はっはっは！　将棋駒や盤作りの極意は木と漆の性質を知り尽くすことだからな。おち●ぽの有無は関係ないぞ」

「おち……？」

不思議な言葉を聞いて首を傾げる澪ちゃん。あわわわわ……。

「ばっ、盤駒といえばアレです！　今年の初めに行ったクイズ対決で、あいちゃんが見事な早押しを決めたのが印象に残っているのです！」

「そ、そうだったね！　あの時はわたしも、タイミングのよさにびっくりしたよー。ちょうど先生に盤駒のことを教えていただいた直後だったから」

「ほほう？　面白そうだな？」

女性はグラスに残っていたビールを煽ると、メニューを澪ちゃんに渡しながら、

「その子はまだ昼飯を食べておらんのだろ？　何でも好きなものを頼みなさい。私もまだまだ飲み足りないからな！　あいの話をツマミにさせてもらおうか」

居座るつもりなのです……。

とはいえこれは澪ちゃんにとって日本最後となる昼食。

せめて……せめて澪ちゃんだけは、食事に集中させてあげたい！　です！

その時間を確保するために、あいちゃんは語り始めるのです。

「えっと……あれは確か、先生に太刀盛りの作業を見せていただいた日の、次の週の土曜日だったと思うんですけど――」

才能も覚悟もないうちが唯一、他の子たちより輝くことのできた、あの時のことを。

クイズ！　将棋アカデミー

きっかけは、いつものようにＪＳ研を開催していた日の、休憩時間でのこと。

師匠が席を外した隙に、澪ちゃんが開発した遊びをやっていて――

「古今東西！」

澪ちゃんが宣言すると、わたしと綾乃ちゃんとシャルちゃんが片手を挙げて叫ぶ。

「「いえーー！」」

「振り飛車の戦法。ゴキゲン中飛車！」

タンッ！　とチェスクロックを押す音。

押すとすぐ「プー」っていう、秒を読み始める電子音がする。

持ち時間は十秒。切れる前に答えないと負けになっちゃうから、わたしもすぐに答えた。

「四間飛車！」

わたしの答えに続いて、綾乃ちゃんとシャルちゃんも即座に回答してチェスクロックのボタンを押す。

「石田流！　です！」

「たいぇくちょむかいぴちゃ！」

綾乃ちゃんは普段は大人しいけど秒を読まれてチェスクロックを押すときは拳(こぶし)で「ガンッ！」ってやるからびっくりする。シャルちゃんは普段通り「ぺちょっ」て感じでかわいい。けど。

「えっ？　いま何つったの？」

澪ちゃんが思わず確認しちゃうほど舌っ足らずなシャルちゃんの発音は、こういう時間切迫の場面では特に聞き取るのが大変。この勝負……回答の順番が勝敗をわける！　かも⁉

シャルちゃん語通訳の綾乃ちゃんが教えてくれた。

「たぶんダイレクト向(む)かい飛車(びしゃ)だと思うのです」

「じゃあ……角交換(かくこうかん)四間飛車！」

「えっ⁉　澪ちゃん、四間飛車はあいがもう言ったよ⁉」

びっくりして確認すると、澪ちゃんは余裕たっぷりに答えた。

「さっきあいちゃんが言ったのは単なる四間飛車っしょ？　ノーマル四間飛車と角交換四間飛車は別の戦法だから」

そういうカウントなの⁉

「ええー⁉　えーっと、えーっと……」

「ほらほら。時間、切れちゃうよー？」

「あっ！　だったら右(みぎ)四間飛車！」

よかった時間内に答えられた！

と、安心したのも束の間。澪ちゃんと綾乃ちゃんが同時に叫ぶ。

「「ダウトー！」」

あれ？

わたしの……負け？

「へっ⁉　ええー！　なんでなんでー⁉」

「あいたん、まけー？」

わかってないのはわたしとシャルちゃんだけみたい。でもでも、右四間飛車って飛車を横に動かしてるから振り飛車なんじゃないの？　振り飛車だよね？

ううー！　納得いかないよぉ！　なんでぇ？

ちょうどそこに師匠が和室に戻ってくる。

「みんなー、ジュースとお菓子持って来たよー……って、チェスクロック使って何やってるの？」

「十秒古今東西だよ！　澪が開発したんです！」

「チェスクロックで古今東西？　いろいろ考えるなぁ」

おやつを下ろしながら感心したように言う師匠の袖を掴んで、わたしは訴える。

「師匠師匠！　右四間飛車って振り飛車じゃないんですか⁉」

「そうだね。右四間は居飛車に分類されるね」

「でもでも、飛車を動かしますよね⁉ 飛車を動かさないのが居飛車で、動かすのが振り飛車なんじゃないんですか⁉」

「もうちょっと正確に言うと、真ん中を含めて自分から見て左側に飛車を移動させるのが振り飛車で、右側のまま戦わせるのが居飛車なんだ」

「ふぇえ……？」

動いてるのに『居』飛車って、おかしくない？

あいの頭が悪いのかなぁ……？

「だから飛車を4筋で戦わせる右四間や、3筋で戦わせる袖飛車は、居飛車の戦法なんだよ」

「しょでぴちゃー？」

シャルちゃんが首を傾げる。確かにあんまり聞かない戦法だし。

「『袖飛車』は飛車を横に一マスだけ動かす戦法です。服の袖は身体の横にぴったりくっついてるですよね？ だからそう呼ぶです」

さすがにスラスラと解説してくれる綾乃ちゃん。こういう時には本当に頼りになる。綾乃ちゃんみたいな子を『博識』っていうんだろうなぁ。

けど！ あいは激おこです！

「ぶー……わかりづらいよぉ！」

「確かに居飛車と振り飛車の分類は、最初は間違えやすいのです」

「へっへー。澪が四間飛車の仲間を言ったのは、右四間飛車って言わせて頓死させるためだったのさ！」

「こ、こんなのハメ手だもん！　こんなので勝っても実力じゃないもん！」

「女流棋士がアマチュアのハメ手に引っかかるなんて超恥ずかしいよねー？」

「むぅぅ〜！　こ、これは古今東西だから！　将棋の実力とは関係ないから！」

将棋でもクイズでも、負けると悔しい。

そういう悔しさは自分の中で上手く消化して、次に繋げるのが大切。悔しい思いをしたくなかったら、終わった勝負についてぐちぐち言うより、次の勝負で勝つしかないから。

けど！　今回は負け方が納得いかない！

「んー……まあ確かに将棋が強ければ、こんな知識なくてもプロ棋士や女流棋士として活躍することはできるよ」

「ですよね師匠!?」

「とはいえ女流棋士になるんだったら、将棋が強いのは当たり前。その上でさらに求められるお仕事があるんだ」

「さらに求められる……おしごと？」

「誰か、わかる人いるかな？」

みんなが首を傾げたりお互いを自信なさげに目配せする中、いつもより積極的に綾乃ちゃんが挙手して答えた。

「『普及（ふきゅう）』のお仕事です」

「そう！　綾乃ちゃん大正解！」

「あ、ありがとうございますです！」

「綾乃ちゃんが答えてくれたとおり、普及……つまり将棋の技術や知識を正しく伝えることがとても大切なんだ」

師匠は特にあいを見て、少し厳しい口調で言う。

「将棋が強いだけだったらコンピューターがあればいい時代になっちゃったからね。これからはファンにどれだけ将棋を楽しんでもらえるかが重要になってくる。そのお手伝いをするのも棋士の大事な仕事なんだよ？　だからこういう知識もちゃんと身につけないと」

「…………はぁい。もっと勉強します……」

「戦法の分類だけじゃないからな？　将棋界の歴史や文化なんかについても、幅広い知識が必要になる。ファンのほうが詳しいんじゃプロとして恥ずかしいだろ？」

それは……たしかに、そうかも。

澪ちゃんが言う。

「将棋の歴史……っていうと、名人の名前が初代から全部言えるとかぁ？」

「ははは。それができれば理想だけど、そこまでは必要ないと思うよ。俺も初代名人の大橋宗桂くらいは知ってるけど、その次とかはよくわかんないし」

わたしは師匠に質問した。

「じゃあじゃあ、どんなことを知ってないといけないんですか？」

「例えば……そうだな。将棋のタイトルってあるよね？」

「竜王とか名人とか？　ですか？」

「そうそう。それに序列があることは知ってるかな？」

シャルちゃんが師匠の持って来たおやつを口いっぱいに頬張りながら首を傾げる。

「ちょえつー？」

「序列とはつまり、順番のことです」

綾乃ちゃんの言葉に頷きながら、師匠は指を折って説明する。

「プロ棋士の七大タイトルは、竜王、名人、帝位、玉座、盤王、玉将、棋帝っていう順で格が決まってる」

それは知ってる。わたしはちゃんと七つ言える。

「女流六大タイトルだと、女王と女流玉座が同格で最上位、続いて女流名跡、女流帝位、女流玉将、山城桜花っていう序列になってる」

女流タイトルも、もちろん全部言える。

けど……女王と女流玉座が一番だってことは知ってても、他の順番はあいまいだった。

綾乃ちゃん以外のみんなもそうみたいで、師匠がスラスラと十三個のタイトルを口にするのを聞いて、すっかり感心。

みんなの「ほほー」っていう反応が気持ちよかったみたいで、師匠はちょっと小鼻を膨らませて説明を続ける。

気持ちいいときの師匠の癖。かわいい♡

「ちなみに囲碁でも同じようにタイトルに序列がついてて、特に囲碁は棋聖、名人、本因坊の三つを『大三冠』と呼んで別格扱いするほどなんだ」

「大三冠かー。なんだか星座みたいだね！」

澪ちゃんの発言を、綾乃ちゃんはノータイムで咎める。

「それは夏の大三角形です……」

「綾乃ちゃん、今のよく突っ込めたね……」

感心しちゃう。ほんとに頭いいんだなぁ。

「将棋のタイトルも、竜王と名人だけは他のタイトルとは別格扱いされててね。例えばアマチュアの段位を認定する免状には、将棋連盟会長の署名に加えて、その時の竜王と名人の署名も入るんだよ」

「あっ！　そういえば、澪が持ってる免状にもくじゅるー先生のサインが入ってたよ！」

「じゃあ師匠もそういうお仕事をなさってるんですか？」

「そうだよ。俺がたまに連盟の事務局にこもってる日があるだろ？　一ヶ月に二百枚くらい書かないといけないから割と大変なんだよー」

「そうだったんですね！　わたしそれずっと、事務の若い女性職員さんと楽しくお喋りするためだと思ってました」

「若い女性職員って……それ、もしかして男鹿さんのこと？」

もしかしなくてもそうです。

月光会長の秘書で、知的なおふぃすれでぃーの風格を漂わせている、あの男鹿さんです。

「あの人は俺にプレッシャーを掛けてるだけだからね？『竜王の字が下手だと会長の字も下手に見られますから死ぬ気で丁寧にお書きください』とか言ってきて、すっげえ怖いからね？しかも俺が書き損じたらあからさまに溜め息なんぞ吐いて『ふぅ……あのお忙しい会長と名人に、また書き直していただかないと……』って言ってくるからね？　地獄だからね？」

「でも、美人さんですよね？」

「それは否定しないけど……だからって見境なくちょっかいかけたりしないよ！」

「じぃぃ～……」

「な、何だよその目は？　あいは一体、俺のことをどんな男だと思ってるんだ？」

「この場でもうしあげていいんですか？」

「…………いえ。やめて。おやめください」

土下座する師匠。やっぱりやましいこと、あるんじゃ？

澪ちゃんが師匠の後頭部をつんつんしながら、

「ねえねえくじゅるー先生。さっき言ってたタイトルの序列って、どういう理由でついてるの？」

「歴史とか格式とか、もっともらしい理由は色々あるんだけど……結局はコレかな？」

師匠は指で円を作った。つまり『お金』。

「せちがれぇぇぇー‼」

「地獄のお沙汰もお金次第……タイトルの序列もお金次第、なのです」

「まあ、プロの世界だからね。賞金あってのプロなわけで」

現実を知ってショックを受けてる澪ちゃんと綾乃ちゃんに苦笑しつつ、師匠はプロとお金の関係について語り始めた。

「それにスポンサーからすれば、他よりも高いお金を払ってるんだから格が上という扱いをしてもらわないと納得しないだろ？　だからそのお金をいただくプロとして、タイトルの格式を守っていくのは当然のことなんだよ」

「それがプロの姿勢ですよね！　お母さんもよく言ってます。うちの旅館でも、お部屋のお値段に合わせてサービスを充実させてます！」

「あいちゃん、どのお客さんがどのお部屋に泊まってるかぜんぶ憶えてるです？」

「お部屋に備え付けてある浴衣の柄が違うの。だからお部屋の外でお会いしても、すぐにわかるんだよ！」

「ひょぇー！　そうやって見分けるんだ……けどそういう方法なら、単純に暗記するより効率よくたくさんおぼえられるもんね！　かしこい！」

澪ちゃんはびっくりしつつも感心してくれてるみたい。

そこまであからさまにしなくても、帯の柄に入ってる線の本数が違うとか、下駄の鼻緒の色が違うとか。

「あっ、もちろん常連さんのことは憶えてるし、どのお客さまのことも可能な限り憶えるようにしてるよ？」

「なるほどねぇ……それを小さな頃からずっと当たり前のようにやってきたから、あいちゃんは将棋の記憶力もいいんだね。うん。なるほどなるほど……」

プロとしての態度の話よりも暗記の方法についてしきりに感心する澪ちゃんに苦笑しつつ、師匠は話題を元に戻す。

「話は逸れちゃったけど、将棋を職業とする者として、その歴史や文化について最低限の知識は必要だと思うよ。以前は引退棋士が女流棋士向けにそういう話を教えてくれる講習会もあったくらいだから」

講習会⁉　お、おべんきょう……。

「な、なんだか大変そう……ちゃんと憶えられるかなぁ？　わたし、将棋の局面もお客さまのお顔も一度見たものはだいたい憶えてるけど……お勉強は苦手だし…………はぅぅ……」

「あいちゃんなら大丈夫です！　うちも協力しますです！」

綾乃ちゃんがそう言ってわたしの手を取ってくれる。

「うち……将棋の実力的にはもうあいちゃんとは差が付きすぎてしまって、研究会でもほとんどお役に立ててないのです。だからこういうことで、ちょっとでもお返しができたら……」

師匠は優しく微笑みながら、

「綾乃ちゃんは、こういう話が好きなのかな？」

「はい！　うちはむしろ将棋そのものよりも、将棋の歴史や文学が好きなのです！」

「ほほう？」

「だから将来は万智姉様のように観戦記を書いたりして将棋に関わっていきたいと思ってるです！　……うちは、将棋の才能は、あんまりないから……」

綾乃ちゃんの姉弟子は、山城桜花のタイトルを持つ供御飯万智先生。その供御飯先生は『鵠』の名前でライターとしても活躍中なの。

そんな多才な姉弟子が目標だと、自信なさげに告げる綾乃ちゃんに——

「すごい！　すごいよ綾乃ちゃん！」

師匠は笑顔でエールを送る。大絶賛だった。

「その年齢で自分のやりたいことがはっきり見えていて、しかもそこに向かって努力を重ねてるってことだろ？　いやぁ真面目な子だとは思ってたけど、こんなにしっかりしてるなんて驚いたよ！」

「ふぇ……？　け、けど……うちがこういう話をすると『小学生で女流棋士を諦めるなんて弱気すぎる』って言われたりするです……もっと将棋の勉強を頑張れって……」

「もちろん、まだ女流棋士を諦めるには早すぎる年齢だと思うよ？」

「はぅ……」

「でも、それよりもっとやりたいことがあるんだったら、棋士にこだわることなんてないよ。むしろその気持ちを応援できない大人の方が恥ずかしいいんじゃない？」

「く、九頭竜先生……ありがとうございますです！」

メガネを外して潤んだ目元を指で拭いながら、綾乃ちゃんは嬉しそうにお礼を言う。

「うち……うち、そんなふうに背中を押してもらえたの、初めてで………すごく、すごくすごく嬉しいです……！」

よかったね綾乃ちゃん！

師匠はどんな夢でも絶対に否定しないんだよ！　さすが師匠！

「おやおやー？　あやのん、顔が真っ赤だよ？　もしかして……」

「ちゃ、茶化さないでください澪ちゃん！　う、うち……そ、そそそ、そんなんじゃ……そんな……はぅぅ……」

よかったね綾乃ちゃん。

師匠はどんな時でも絶対に女の子に誤解させるんだよ……さすが師匠……。

「……綾乃ちゃんばっかり褒めてもらって、ずるい……」

綾乃ちゃんは供御飯先生と同じで、意外と強敵かも……狙ってないのに急所に手が届くタイプっていうか……………………………危険、だね。

「ちちょー♡」

そしてもっと危険なのが…………この、シャルちゃんだよ……。

「しゃうもー。しゃうも、ないたいもの、きまってゆんだよー」

「へぇー。もうなりたいものが決まってるんだね？　じゃあシャルちゃんは、大きくなったら何になりたいのかな？」

「ちちょのね？　およめたん！」

「はっはっは！　そうだったそうだった。シャルちゃんは俺のお嫁さんになるんだもんね！」

「ちちょ、らいしゅきだよー♡」

「俺もシャルちゃんのこと大好きだよ！」

何なんですかこのやり取りは？

「ふぉぉ……！　ふぐぐぐ……！」

「く、くじゅるー先生そのへんでストップ！　あいちゃんのヤバさが嫉妬でマッハだから！」

「お、おおっと……そうだった。えーと、何の話だっけ？」

「将棋の歴史とか文化とかの話でしょ！　忘れないでよー！」

「あはは。それは無理だよ澪ちゃん。師匠はかわいい女の子のことしか頭にないんだから」

「あ、あい……？　怒っているのかい……？」

「怒ってないですよ？　どうして怒ってるって思うんですか？　わたしが怒るようなことを師匠はなさったっていうご自覚がおありなんですか？」

あいは師匠の一番弟子だから師匠はあいのことを一番大切にしてくれるっていつも言ってるのに結局いつも一番かわいがってるのはシャルちゃんじゃないですかそれが竜王のお仕事なんですか嘘つき嘘つき嘘つき嘘つき嘘つき嘘つき嘘つき嘘つき嘘つき嘘つき嘘つき……。

綾乃ちゃんが叫んだ。

「く、九頭竜先生！　先生はどうやってお勉強なさったんです⁉」

「あ、ああ……うん。俺の場合はほら、内弟子時代に師匠から教わってたね。姉弟子はこういうのあんまり好きじゃないからよく逃げてたけど」

「しゃうね？　おべんきょしゅうと、ねむくなっちゃうんだよー……」

ふみゅふみゅと畳の上に寝転がるシャルちゃん。

師匠はちょっと残念そうに、

「まあそうだよね。ゲームとして将棋をするのが好きな子でも、こういう文化面には全く興味がないって子も多いだろうし……」

「あはは！　澪なんかまさにそうだよね！」

「じゃあ、クイズにしたらどうです!?」

「「くいずー？」」

綾乃ちゃんは大きく頷いて、

「はいです！　将棋連盟は『将棋文化検定』というものを行っているです。うちはその問題をクイズみたいに解きながら、楽しく将棋の知識を身につけていったのです」

「それ、面白そう!!　あやのんいいこと言った！」

「そうだね！　みんなでやったらクイズ大会みたいになって盛り上がりそうだね！」

わたしも大賛成！

一人でお勉強となると続けられる自信がないけど、みんなとワイワイ将棋の知識を学べるならそのほうが絶対いいし！　それに今はクイズ番組が小学校でもブームだもん！

「なるほどなぁ……よーし！」

綾乃ちゃんの案を聞いて何かを考えていた師匠が、膝を叩いて言った。

「だったらいっそ、タイトル戦にしちゃおう！」

「「……へ？」」

こうして、ＪＳ研の休憩時間にやってた遊びと師匠の思いつきが重なって、新たな『タイトル戦』が行われることになったんだけど――

それがまさか、あんな結末（こたえ）になるだなんて。

この時は、わたしたちも師匠も、誰も想像すらできなかったの。

☖

そんなわけで数日後の、関西将棋会館。

四階にある多目的ルームを借り切って、その『タイトル戦』は行われることになった。

「みんなでクイズに答えれば！」

師匠がそう叫べば、

「将棋の世界が見えてくる！　です！」

綾乃ちゃんがこう叫び、

「「新タイトル！　将棋クイズ王選手け～ん！」」

最後は二人で声を合わせてタイトルコール。何度も打ち合わせを重ねただけあって、息がぴ

ったりだね！　やっぱり綾乃ちゃんは要注意☆

「さあ遂にこの瞬間がやってまいりました！　将棋界に存在する様々な謎に挑んでいく新たな棋戦、その名も将棋クイズ王選手権！　司会進行を務めさせていただく、竜王の九頭竜八一です。アシスタントの貞任綾乃ちゃんと一緒に盛り上げていきます！」

「果たして初代将棋クイズ王選手権者の栄誉に輝くのは誰か!?　なのです！」

「タイトル目指してアタック！　チャンス！」

拳を固めて、日曜の午後によくテレビで観る感じの決め台詞を口にする師匠。ちなみに九頭竜一門の日曜日は、朝の将棋番組→お昼ご飯→クイズ番組というのが鉄板定跡です。

「わりとそのまんまのタイトルで来たね！」

「わかりやすくていいよね！」

澪ちゃんやわたしは『将棋王』とか『クイズ9×9升の壁』とかもいいんじゃないかって提案してみたけど、結局ここに落ち着いた。

飾りつけもみんなで頑張ったし、なかなかの完成度だと思うんだけど——

「……ちょっと何なのコレ？　私、新しいタイトル戦が始まるって呼び出されたんだけど……もしかしてこの茶番がソレなの？」

「そうよね。返答次第では…………ぶち殺すぞガキども？」

招待選手の天ちゃんと空先生は、怖い顔して不満を表明してる。あれぇ？

「しゃうはね？　おひめたまとてんしゃんにあえて、とってもうぇしーんだよー」

「そ、そう……」

「私はべつに嬉しくない！」

　シャルちゃんの無垢な笑顔を向けられて戸惑う空先生と、それでも怒ったままの天ちゃんを、師匠が説得する。

「まあまあ二人とも。せっかくの新棋戦なんだから、みんなで争ったほうがありがたみが出るでしょ？」

「ありがたみって……勝ったら何がもらえるっていうのよ？」

「初代将棋クイズ王選手権者の名誉ですが」

「いらないわよそんなもん！　あんたバカなの頓死するの⁉」

　手に持っていた扇子を師匠に投げつける空先生。

　奨励会で三段に上がったばっかの空先生は、春から始まる三段リーグに向けて冬眠明けの熊みたいにピリピリしてる。

「そもそもこっちは本物の女流タイトルの防衛って厄介な仕事が迫ってるの！　ただでさえ時間がないの！　小童どもの遊びに付き合わせるな‼」

「わかります姉弟子！　そこは俺もタイトル保持者としてわかってますから！」

　そんな空先生を説得するために……師匠はとっておきの勝負手を繰り出す！

「もちろんそれだけじゃありません！　優勝者には何と！　副賞として豪華温泉旅行がプレゼントされます！」

「「温泉？」」

こんな豪華な副賞があるっていうことはサプライズだったから、みんな驚いてる。

けど察しのいい天ちゃんは何かを感づいたようで、

「って、まさか――」

「えー、今回の将棋クイズ王選手権はですね。竜王戦の会場にもなっております北陸の名宿、『ひな鶴』さんにご協賛していただきまして、そちらの宿泊券をご提供いただきました」

「提供しましたー！」

はいはーい！　あいがお母さんに相談したら『正月も帰省しなかったので丁度いいかもしれませんね』ってオッケーをもらっちゃいましたー！

「里帰りじゃん！」

「ま、そんなことだろうと思ったけどね」

澪ちゃんと天ちゃんが同時に言う。

空先生はイライラが治まらないようで、

「バカバカしい……温泉なんてタイトル戦でイヤってほど回ってるのよ？　どうしてオフの日にわざわざ能登（のと）半島まで行かなきゃいけないのよ。私は帰らせてもらうから」

ガタガタッと荒々しく椅子から立ち上がる空先生。天ちゃんも無言でそれに続こうとする。

ふふーん？

そんなこと言っちゃっていいんですかねー？

「ちなみに一泊二日、二名一室のペアチケットとなりまーす」

わたしがそう説明すると、

「「………ペア？」」

空先生と天ちゃんが声を揃えて『ペア』の部分だけを反芻する。

師匠は再び勢いを取り戻して、

「というわけですので！　みなさん初代将棋クイズ王選手権者を目指してガンバろー！」

「「おおー！」」

「しゃう、たいとぅほぅだーになぅんだよー！」

さて……と。

このタイミングでわたしは、師匠にお願いをすることがあった。

「師匠ししょー！　あいがペアチケットを手に入れたら一緒に行ってくれますか⁉」

「え？　俺でいいの？」

「はい！　師匠には、わたしが大阪に来てからずっとご迷惑をお掛けし続けてきたので、ここでその疲れを癒していただきたいんです！」

「あ、あい……！」

ホロリと目尻に涙を浮かべる師匠。

「嬉しいなぁ……弟子に温泉旅行をプレゼントしてもらえるなんて、師匠としてこんなに嬉しいことはないよ……！」

「じゃあ一緒に行ってもらえるんですね!?」

「もちろんさ！　前に行ったときは竜王戦の角番で楽しむどころじゃなかったから、今度は思う存分羽を伸ばさせてもらうよ！」

「わぁい！　師匠のお背中、あいが流させていただきます！」

「ええ!?　そ、それはちょっと……」

「もちろんタオルを巻きますし、源泉掛け流しの内風呂だから大丈夫ですよ？　他には誰も入ってきません！　二人っきりですから！」

「そ……そういう問題じゃないんだけど……」

「もともと一緒のお部屋に住んでるんですから問題なしです！　ご飯のお給仕も、お風呂上がりのマッサージも、ぜ～んぶあいがしてあげます！　旅館にいるあいだは、ずっとず～っと一緒です！」

「う～ん……いくら師弟水入らずの旅行とはいえ、あんまりベタベタし過ぎるのは……」

「だめ……ですかぁ？」

わたしが上目遣いにおねだりすると、師匠はちょっと悩む様子を見せてから、

「ったく……女流棋士になっても甘えん坊は治らないなぁ。今度だけだぞ？」

「わーいわーい！　いっぱい師匠孝行させていただきますね♡」

ガタガタガタンッ!!

激しい音がしてそっちを見ると、椅子から立ち上がりかけていた空先生と天ちゃんが座り直していた。

「ちょっとそこのロリコン。小学生と気持ちの悪いやり取りして気持ち悪い声を出してないで早くクイズを出しなさい、クイズを」

「あれ？　姉弟子、帰るんじゃなかったの？」

「は？　誰が帰るって？　ほらさっさとクイズ出しなさいよクズロリコン。クイズごときでグズグズするなロリコン」

「ロリコンって言う必要なかったよね今？　しかもクイズとクズが混ざってたよね？」

「どっからどう見たってロリコンでしょ！　今の会話を録音して聞き返してみなさいっていうのよ！」

空先生は師匠をお説教してから、クイズに参加する理由をこう説明した。

「弟弟子がクイズをダシに幼女と二人で温泉旅行に行く変態ロリコン野郎にならないよう、姉弟子として阻止してあげるって言ってるの。感謝しろロリコン」

「じぃ～……」

わたしは空先生をじっと見詰める。じぃ～……。

「な、何よ小童。何か文句あるの？」

「あります」

とうぜんです。ありまくります。

「空先生はわたしのことをご批判なさいますが！　なら、ご自身はチケットを手に入れたらどうなさるおつもりなんですか！」

「し……師匠と桂香さんにプレゼントするわ」

「どうせそうすれば桂香さんが気を利かせてまた急病になってくれるって思ってるんですよね⁉　淡路島に行った時みたいに！」

「は、はぁ？　何を言ってるの、この小童？　あの時は桂香さんだって一緒だったじゃない。ねえ？」

空先生が澪ちゃんや綾乃ちゃんに確認すると、

「確かに桂香さんも来てたね」

「はいです。車の運転をしてくれたです」

「民宿でべろんべろんに酔っ払ってたけどね」

最後に天ちゃんが肩をすくめるのを見て、勝ち誇った表情を浮かべる空先生。

「ほら。勘違いで変なことを言うの、やめてくれない？」

「チッ…………つるつるのくせに……」

「ぶちころすぞわれ？」

「ま、まあまあ姉弟子もあいも！　その怒りはクイズにぶつけましょう、クイズに！　お、温泉に行きたいかー⁉」

「「おー！」」

　みんな気合い十分だね！

「しゃうはねー？　おんしぇんより、ぷーるにいきたいんだよー？」

　プールで遊びたがるシャルちゃん。確かにシャルちゃんくらいの年齢の子にはまだ、温泉はちょっと退屈かも？

「ペアか……だったら、おじいちゃまを連れて行ってあげるのもいいわね。日頃(ひごろ)の感謝を込めて……」

　ぶつぶつと何かをつぶやいてる天ちゃんに、澪ちゃんがすかさず突っ込む。

「ん？　天ちゃん、今『おじいちゃま』って言った？」

「い、言ってないわよ！　おじいさまって言ったのよ！　あんた自分が騒々しすぎて耳がブッ壊れてるんじゃないの⁉」

「えー？　そうだったかな？　まあ別にいいけど」

わざとらしく誤魔化す天ちゃんのことを、澪ちゃんはニヤニヤと見てる。

澪ちゃんは天ちゃんのことが大好きだから、ああやってチャンスがあればどんどん話し掛けていくし、最近はちょっと意地悪もする。

わたしはまだ、あそこまで自然に天ちゃんに話し掛けられないなぁ。澪ちゃんのああいうところは才能だと思う。

羨ましい……と同時に、わたしの妹弟子の天ちゃんとわたしの親友の澪ちゃんが仲良くするのを見ると、複雑な気持ちになる。二人にとって自分が一番特別でいたいから……。

「それではさっそくクイズを始めていきましょう！　アシスタントの綾乃ちゃん、説明をよろしく」

「はいです九頭竜先生。まずは皆さんに、早押しクイズに挑戦していただくのです。答えがわかったらお手元のスイッチを押して欲しいのです」

ウキウキしながら段取りを説明する綾乃ちゃん。

ここ数日は遅くまで師匠と準備をしてたみたいだし、息もぴったり……だらぶち。

「メガネ……今回は、そっち側なのね……」

「何だかあやのん、いつもよりメガネ輝いてるよね……」

互いに耳打ちする天ちゃんと澪ちゃん。やっぱり仲いい。なんだかモヤモヤする……。

って！　わ、わたしなに考えてるの⁉

集中集中っ‼　優勝して師匠と実家に行くんだから！

そうやって師匠と一緒に何度も地元へ行くことで周囲の認識を『九頭竜先生ってひな鶴に婿入りするんだよね？』って方向に持って行くんだよ……外堀から二人の関係を埋めていく……名付けて『大坂冬の陣作戦』だよー。

「早押しクイズの結果、上位二名だけが決勝戦に進めるです」

「決勝進出目指して頑張ろー！　では綾乃ちゃん、最初の問題をどうぞ！」

「問題です」

と、綾乃ちゃんが口にした、その瞬間。

ポーン！　と早押しスイッチの音がする。師匠もびっくりのタイミングだった。誰っ⁉

「早い！　しゃ、シャルちゃん？」

「にくっ！」

ブブー、という不正解音。ほっ……。

どうやらシャルちゃんがクイズの意図をよくわかってなくて押しちゃったみたい。

「ふぇぇ……？」

キョトンとするシャルちゃんに、師匠は困ったように説明する。

「あの……シャルちゃん？　早く押せばいいってもんじゃないんだよ？　ちゃんと問題を最後まで聞くのも大切だからね？　あと、基本的には将棋の問題だから、肉が答えになることは少ないんじゃないかなあ？」

「うぇぇ……！」

「ああでも惜しかったよ！　うん！　シャルちゃんすごく惜しかった！　次がんばろうね⁉

次は絶対に正解するから！　だから泣かないで！　ね⁉」

「ん……」

師匠が必死に宥めることで、ようやくシャルちゃんも落ち着いてくれた。ほっ……。

綾乃ちゃんが冷静に補足説明を入れる。

「ちなみに不正解だった場合、この問題はもう答えられないです。それ以外は特にペナルティー
はないのです」

「ですからみなさん、シャルちゃんを見習って積極的に答えていってくださいね！」

まだちょっと泣きそうなシャルちゃんを励ますように師匠がそう言うと、空先生と天ちゃん
が明らかにギアがもう一段階上がった不機嫌さの声で吐き捨てる。

「問題聞く前に答えるのは積極的とは言わないでしょ」

「ただの間抜けよね」

「そこ！　失礼なことを言わない！　……じゃあ気を取り直して綾乃ちゃん、問題の続きをど
うぞ！」

「問題です。将棋盤の素材として最高級とされる木材は榧ですが、それでは将棋の駒――

」

あっ！　わかった！

「はい！」

手元のスイッチをノータイムで押すと、ポーンっていう音が鳴った。わたしが答えていいんだよね⁉　ね⁉

師匠がこっちを見て言う。

「はいあいちゃん！　答えは⁉」

「黄楊（つげ）です！」

「正解！」

ピンポンピンポンピンポ――――ン☆

やったー！　一ポイントゲットだよ！

「将棋盤の素材として最高級とされる木材は榧（かや）ですが、それでは将棋の駒の素材として最高級とされる木材は何でしょう？　という問題だったのです」

綾乃ちゃんが問題の続きを読み上げて、師匠が解説を加える。

「将棋盤は榧、特に宮崎（みやざき）県産のものが最高とされ、駒の素材は黄楊、特に御蔵島（みくらじま）産のものが最高級とされるんですね！　あいちゃん、お見事！」

「えへへ。やったぁ！」

つい最近、師匠から女流棋士になったお祝いにって将棋盤をいただいたから、盤や駒に関することは盤師の先生から教えてもらったばっかりだったんだよね！

『太刀盛(たちも)り』っていう、刀で盤に漆(うるし)の線を引く技を見学させてもらって。刺激的な体験だったからよく憶えてる。っていうか忘れられない。全裸で日本刀を握り締める、あの人の姿が……。

「いやー……ガチだわ。あいちゃんガチだわー……」

「勝っても実家に帰るだけなのに……」

澪ちゃんと天ちゃんが引き気味にヒソヒソ言ってるけど、あいは本気で勝つから！

特に……そこのおばさんには!!

「はっ！　こんな下らないことに熱くなっちゃって。やっぱりお子さまね」

あれあれあれー？

空先生、小学生に負け惜しみですかぁ？

「はいはーい。そこで冷めてる皆さんもちゃんと参加してくださいねー？　では次の問題に参りましょう！」

師匠が言い、綾乃ちゃんが第二問を読み上げる。

「問題です。角換(かくが)――」

ポーン！

「早い！　ま、またシャルちゃんかい!?」

「答えをどうぞです」

「………にくぅ？」

ブブー。

「……残念！　不正解です！」

「しゃうね？　いっぱいかんがえて、おなかへったんだよー？」

「まだ二問目じゃない……」

さすがに天ちゃんも呆れ顔。

師匠は「困ったなぁ」と言いながら、

「お、お腹が減っちゃったかぁ……じゃあ出前取ろう！　一階のレストラン・トゥエルブに電話して、ビーフシチューを持って来てもらおうか」

「おにくぅー！」

「早押しのボタンがファミレスの呼び出しボタンみたいな扱いになってるじゃん！」

澪ちゃんが上手いこと言った。

機転が利くなぁ。とんち系の問題だと強敵になるかも。

シャルちゃんはビーフシチューに興味が完全に移っちゃったみたい。「おにくー♪　にくにくー♪」って歌ってる。かわいい……けど、クイズ大会からは脱落だね。

さあ！　本当の勝負はコレカラだよ!!

「では綾乃ちゃん。問題の続きをお願いします」

「角換わりの基本定跡は、銀に関する三つの戦法です。『棒銀』『腰――』

ポーン！

「『早繰り銀』」

「せいかーい！　姉弟子、お見事！」

は、早い……!?

しかもおばさんに取られるなんてっ……!!

「角換わりの基本定跡は、銀に関する三つの戦法です。『棒銀』『腰掛け銀』あと一つは？　という問題だったです。正解は『早繰り銀』です。空先生、さすがなのです！」

「このくらい大したことないわよ」

前髪を掻き上げて肩をすくめるおばさん。

ぶー。何ですか、そのたいどは……。

「…………自分だって必死なくせに」

「はぁ？　この程度のこと、将棋の勉強をちょっとでもやってたら反射的に答えちゃうでしょ？　それに私は名前に『銀』が入ってるから、銀に関することはどんな下らない勝負でも他人に譲りたくないし。それだけよ」

態度は落ち着いてるくせに妙に早口でいっぱい喋る空先生。

その様子を不審に思ったのは、わたしだけじゃなかった。

「……その割には喰い気味に答えてたし、そもそも今の説明も必死さが隠し切れてないんだけどね」

「まあまあ天ちゃん。素直になれない空先生を見られるなんて、なかなか貴重なことですぞ？」

「だいたいいつもこうじゃない」

「聞こえてるわよガキども……」

「で、では次の問題に行きましょう！」

イライラと舌打ちをする空先生を宥めるように、師匠は第三問を読み上げるよう綾乃ちゃんを促す。

「初代名人・大橋宗桂の名前には、『桂馬』の『桂』が入っていますが、これは『桂馬の使い方が素晴らしい』と絶賛され、ある人物から与えられた名前です。ではその人物とは？」

ええ？　だ、だれそれ……？

そもそも大橋宗桂って？　初代名人？

いつの時代の人？

……昭和？

「さあどうですか？　これは意外と難しいかもしれませんよー？」

ポーン！　澪ちゃんが強い口調で答えた。

「はい！　森本レオ！」

「残念！　森本レオまだ生まれてない！」

森本レオさんは将棋好きで有名なベテラン俳優さん。そのベテランさんより昔の人っていうことかな？　ええと、昭和の前の年号は……。

誰も答えられないでいると、シャルちゃんがまたボタンを押した。

「おにく！」

「惜しい！」

「「え⁉」」

い、今のが⁉　どう惜しいの⁉

「シャルちゃん意外と惜しかった！　頭文字は合ってる！」

「あっ！　はい！」

「はい姉弟子！」

「…………織田信長（おだのぶなが）？」

空先生が答えた後、数秒間の重苦しい沈黙。そして──

ピンポンピンポンピンポ────ン☆

「せいかーい‼」

「ええ⁉　そうなん⁉」

澪ちゃんが目をまん丸にして叫ぶ。

やられた……！　おばさんにポイントでリードされちゃったよぉ！

「あー……！　あいも、ちょっとそうかもって思ったのに！」

ほ、ほんとだよ？　ちょっと頭に浮かんでたもん！

天ちゃんは疑わしげに……というか、純粋に好奇心を刺激されたような顔で師匠に尋ねる。

「けど、本当に織田信長が将棋の歴史に関わってるの？」

「そうなんだよ。信長は囲碁や将棋が大好きで、明智光秀に討たれる直前も、本能寺で碁を観戦していたと伝わってるほどなんだね。『ヒカルの碁』にも描いてあるから間違いないよ」

「「へー！」」

「まあ宗桂に名前を与えたってのは俗説なんだけどね」

ダメじゃないですかー！

「一応、有名な逸話なので知識としては頭に入れておいてくださいね！　それでは次の問題に行きましょう！」

絶対にポイントゲットして、おばさんとの差をゼロに戻さないと！　タイトル戦でもクイズでも、差が二つになると挽回は難しいもん！　集中っ!!

「問題です」

綾乃ちゃんが次の問題の書かれた紙を手にして口を開く。そしてシャルちゃんが配達されたビーフシチューをすする音だけが、会場に響き渡る………うぅ、美味しそうな匂いとズルズルって音が気になるよぉ……。

十分にタメを作ってから、綾乃ちゃんが問題を読み上げる。

「詰将棋の世界で最高傑作と名高い『将棋図巧』を作った伊藤看寿。では、彼の兄である伊藤宗看が作った、将棋図巧と並び称される傑作詰将棋集は？」

わかったーっ!!

「はいはいはい！『将棋無双』！」

「正解！」

ピンポンピンポンピンポンピンポ―――――ン☆

「やった―――――っ!!」

「あいちゃん、これで二ポイント目を獲得で空先生に追いついたです！　すごいのです！」

「当然だよ！　あいは詰将棋と師匠に関する知識なら誰にも負けないもん！」

その言葉を聞いた瞬間、

「……ほー？　大した自信じゃない」

空先生はギラリと目を光らせると、わたしに対して問題を出してくる！

「じゃあ八一が身体を洗う時に一番最初に洗うのはどこ？」

ポーン！

あいは手元の早押しボタンをノータイムで着手。こんなの簡単だよー。

「左の二の腕です！」

　ピンポンピンポーン！

「……やるわね？」

「ふっ……今度はあいの番ですよ？」

　毎日毎日『ししょー。ここにお着替え置いておきますね？』って師匠がお風呂入ってる時を選んでバスルームに顔を出してるあいにとって、そんなのクイズですらないよ！

　あいが本物のクイズってものを出題してあげます！

「あれ？　ちょっとキミたち、そんな勝手に二人だけでクイズバトルを始めちゃって――」

「師匠が一番よく言う寝言は⁉」

「『桂香さんもう食べられないよ』」

「正解です！　師匠のだらぶち！」

「流れ弾が飛んできた⁉」

　夢の中でも大きなお胸のことしか考えてない師匠が戸惑いの声を上げる。

　今日は最初からまるっきりやる気のない天ちゃんが肩をすくめながら、

「刺されて死ぬよりマシでしょ？　……ま、この調子だとそんな日が来るのもそんなに遠くなさそうだけどね」

「しゃうもね？　おにくたべて、おなかいっぱいなんだよー？」

「いやー、澪もそろそろお腹いっぱいになりそうだなー」

「ほよー？　みおたん、なんにもたべてないよー？」

首を傾げるシャルちゃん。

天ちゃんは自分の胸のあたりを手でさするマネをして、

「私は何も食べなくても胸ヤケすらしてきたけどね」

「あはは。それも若干……」

澪ちゃんは苦笑。

けど！　あいはこの勝負から降りるわけにはいかないんだよ……！

「問題。八一が初めて自分で買った将棋の本のタイトルは？」

「金子(かねこ)タカシさんの『寄(よ)せの手筋(てすじ)２００』！　です！」

「チッ……正解」

「問題です！　師匠が初めて買った漫画で、現在でもこっそり愛読している作品は!?」

「矢吹健太郎(やぶきけんたろう)先生の『To LOVEる』」

「正解です！　あいが寝たあとに隠れて読んでます！」

「内弟子時代もそんな感じだったわ」

そんな早くから!?　ししょーのだら!!

「くずにゅー先生、昼間は将棋の寄せを研究して、夜は二次元の嫁を研究してたんだね！」

「研究熱心なのです」

澪ちゃんと綾乃ちゃんの視線に耐えられず、師匠は両手で顔を覆う。

「なら……三択問題よ」

空先生は師匠をチラッと見てから、

「八一が小学生のころ、初めて『大きくなったらお嫁さんにしてあげる』と言った相手は次の三人のうちどれ⁉」

「ギャ――――ッ‼」

両手で顔を覆ったまま、師匠は恥ずかしさのあまりダンゴムシみたいに丸まって床の上に転がった。

「師匠が小学生のころに……⁉　ということは、桂香さんやシャルちゃん以外の人にもそんなこと言ってたんですか！　師匠のだらぶちっ……！」

いったい誰にそんな約束を⁉　あいはそんなこと言ってもらったことないのに！

三本の指を立てて空先生が選択肢を示す。

「一番。『近所に住んでいた女子高生（Eカップ）』」

「ひぃぃぃぃ――――ッ‼」

「二番。『小学校の先生（Bカップ）』」

「カッコの中は関係ないでしょ！　必要の無い情報でしょ！」

「三番。『仲のよかった小学生（ＡＡＡカップ）』」

三つの選択肢を聞き終わった綾乃ちゃんと天ちゃんは戦慄の面持ちを浮かべる。

「こ、これは難問なのです……！」

「まあ確かに難問ではあるけど……全く将棋に関係ないし、特に知りたいとも思わない知識よね……」

澪ちゃんは指を曲げたり伸ばしたりしながら、

「近所のお姉さん、毎日お世話してくれる小学校の先生、同年代の女の子……正直、どれもありそうで迷っちゃうよー。こんなの勘で当てるしかなくない？」

「ううん！　師匠の好きな女の人のタイプがわかれば、きっと正解に辿り着けるはず……！」

答えは一つ……一つだよ。

「いいから！　辿り着かなくてもいいですから！」

「こう、こう、こうこうこうこうこうこうこうこうこうこうこうこうこう――――」

「こうこうしなくていいから！　本気出さなくていいから!!」

師匠うるさいです。

雑音を振り切って、わたしは正解へと手を伸ばす！

「師匠が好きなのって、年上で……かつ、おっぱいの大きな人だよね？　だから、正解は……一番のＥカップ女子高生さんだよっ!!」

「………正解！」

「うぎゃああああああああああああああああああああ‼」

「やったあ！　師匠、今週はずっとご飯抜きですよ！」

当然だよね？

おっぱいの大きさでにんげんをさべつするなんて、ぜったいに許されない……空先生も同じ思いみたいで、床に転がった師匠を何度も蹴ってる。思い出してムカムカしてるんだと思う。

「ちなみに八一の初恋の相手は幼稚園の先生で、そいつもEカップだったそうよ」

「へぇー？　Eカップ縛りですか？　おませさんですねー？」

ご飯抜きは二週間に延長されました。

そして戦いの中で……あいと空先生は、お互いを少しずつ理解し始める……まるで将棋を指しているかのように。

クイズ対決って、確かに将棋と繋がる部分があるかも⁉

「……三つ子の魂百までっていうけど、ガチで三歳の頃から女の胸ばっかり見てたのね……ほんと最低のクズだわ……」

蹴られ続ける師匠を虫でも見るような目で見下ろしながら、天ちゃんは自分の胸元を腕で隠して遠ざかる。

「うーん……でも澪は、男の人ってそういうものだと思ってるから。くずにゅー先生が巨乳スキーでもぜんぜん気にしないよ！　健康的な証拠だよー」

「う、うちも……聞かなかったことにするです！」

「しゃうも、おっきくなったら、おっぱいおっきくなぅかなー？」

「もうやめてえええええええええええええええ!!」

やめません。

「じゃあ今度はあいのターンです！　師匠がくすぐられると弱い場所は⁉」

「膝の裏」

「くっ……！　正解です！」

「問題。八一が小学生の時にこっそり考えていた、将来自分が名人になった際のインタビューで言う予定のセリフは？」

「うぉい銀子ちゃん何を言ってくれちゃってんのマジやめてそれ絶対黙っててって約束したじゃんそれ！」

「『将棋を指していて、苦しい時もありました。挫けそうな時もありました。けどそのたびに、僕は心の中のリトル九頭竜に聞いたんです。「どうしたい？　将棋をやめたいのか？」と。そうしたら彼はこう答えたんです。「名人になりたい！」と……』です！」

「……正解」

「ぎゃあああああああああ!!　なんで知ってるんだ――――ッ!!」

桂香さんにおねだりして師匠の子供の頃のアルバムとか将棋ノートとかはだいたい見せてもらってるから、こんなの簡単だもん。とっくに知ってるもん。

けどJS研のみんなは初耳だったみたいで、

「くじゅるー先生……昔からそんな妄想してたんだねー……」

「く、九頭竜先生……うちはそういうの、わりと嫌いじゃないです！」

「メガネ、あんた……優しいわね……」

さあ！　ここで勝負をかけるよ！

「あいのターン！　とっておきの問題を出題！　師匠がパソコンで検索してるワードの中で最も頻度の高いのは⁉」

「『谷間(たにま)』」

「ぐむむ……正解です！」

「殺してくれええええええええええええええ‼」

師匠の私物のノートパソコンをこっそりチェックしてるあいしか絶対に知らないはずの答えを知っているということは……やりますね、おばさん！

それでこそわたしのライバルです！

「同居して一年ちょっとの小童の割には、なかなかやるじゃない……」

「おばさんも、だてに師匠と十年近くも一緒に住んでなかったですね……！」

「言っておくけど、私が知ってる八一の秘密はまだまだこんなもんじゃないから」

「あいの『師匠マル秘ノート』は百八冊あります！」

「ぐふっ……！　こ、ころ……して……！　ころ、し………て………！」

人間と様々な動物を合成したら変な生き物が生まれてしまったSF映画の哀しいモンスターみたいなことを師匠が言い出した。

そんな師匠の頭を靴先でツンツンしながら天ちゃんが言う。

「勝負が付く前に、うちの変態師匠が死にそうなんだけど？」

「あやのん！　もうくじゅるー先生のヒットポイントはゼロだよ！　むしろマイナスだよ！　あいちゃんと空先生のポイント差はどんな感じ⁉」

「げ、現時点では全くの互角です！　どっちが勝つか予測すらできないのです！」

律儀(りちぎ)にポイント計算を続けてくれてた綾乃ちゃんが即答。

ビーフシチューでおなかいっぱいになったシャルちゃんは、スプーンを口の中に入れたり出したりして遊びながら、

「ふたぃとも、ちちょのこと、いっぱいしってってしゅごいねぇー」

「てか、これもう終わんないよね？」

「そうね。持将棋(じしょうぎ)っぽいわね。どうするの？」

澪ちゃんと天ちゃんの疑問は確かにもっともだけど——

「ぜぇぜぇ…………じゃ、じゃあ引き分けということで……もういっそ姉弟子とあいの二人で温泉に行ってもらうとか……」

「絶対イヤです！」『絶対イヤよ！』

「まあそうだよね……」

わたしと空先生が同時に拒否するのを聞いて、再びダンゴムシのように丸くなる師匠。

そんな千日手含み(せんにちて)の膠着(こうちゃく)状態を打開する一手を用意してたのは――

「九頭竜先生」

「ん？　何だい綾乃ちゃん？」

「こちらで用意していた問題が、あと一問だけあるです。これで決着をつけてもらったらいかがです？」

「おっ、この問題は…………よし！」

人間としての尊厳を取り戻した師匠は二本足で立ち上がって、わたしたちに声を掛ける。

「姉弟子！　あい！」

「何よEカップ」『谷間は黙っててください！」

「やめてよぉ！」

やめません。

「お二人とも、少し落ち着いてくださいです！」

見るに見かねた綾乃ちゃんが、凛とした口調で提案する。

「このまま戦ってもきっと決着はつかないです。ここは、うちの出題する問題にどっちが正解するかで勝者を決めてほしいのです。そしてもし引き分けなら、優勝者なしということでどうかと思うのです」

「「…………」」

アマチュアの大会だと、千日手や持将棋は『両者負け』の判定が下る場合がある。

どちらも負けという綾乃ちゃんの提案は、わたしたち棋士には受け容れやすかった。

「……わかりました。綾乃ちゃんがそう言うなら……」

「そうするしかないみたいね……」

両対局者の同意により、決定。

当たっても外れても……これが最後の問題だよ！

「……では、最終問題です！　この問題は早押しではなく、問題を聞き終わった後に両者一斉にお答えくださいです」

水を打ったかのように静まり返る会場に、綾乃ちゃんの声だけが響き渡る。

い、いったい……どんな問題が来るんだろ？

将棋の歴史かな？　戦法かな？　それとも――――

「将棋のタイトルについての問題です」

綾乃ちゃんは静かに問題文を読み上げる。

それはこんな問題だった。

「プロの七大タイトルは、竜王、名人、帝位、玉座、盤王、玉将、棋帝、という序列……ですが、では女流六大タイトルの中で五番目に当たるタイトルは何かお答えください！　です！」

聞いた瞬間、澪ちゃんが叫ぶ。

「うわ！　これって、くじゅるー先生に教えてもらったばっかじゃなかったっけ⁉」

古今東西やってたとき、確かに師匠が言ってた！

「そ、そうだよー！　ええと、あの時は…………あれ⁉　どういう順番だったっけ⁉　お、思い出せないよぉ！」

あいが圧倒的有利な局面……と思ったけど、下の方へいくほど序列が思い出せない！

むしろ女流タイトルを保持してる空先生のほうが有利なのかも⁉

ああー！　わかんないよー‼

「こういう細かい順番みたいなのって、改めて聞かれると自信ないわよね……」

「しゃう、じぇんじぇんわかんないよー？」

天ちゃんとシャルちゃんも首を傾げてる。知ってるようでいて正確に憶えてるかといわれると自信がないっていう、かなりの難問……！

あー！　二つまでは候補を絞れるんだけど、そのどっちかがわかんない……‼

「……お二人とも、考慮時間終了です」

そしてあっというまに持ち時間が尽きる。

「では回答をどうぞ！　です！」

空先生の答えは――

「山城桜花よ」

あいが選んだのは――

「……女流玉将！」

回答は、被らなかった。

これで少なくとも二人とも正解ということはない。

どちらかが負けか、それとも二人とも不正解で両者負けか……。

綾乃ちゃんが眼鏡のフレームに指を添えて、確認してくる。

「…………ファイナルアンサー？」

「「ファイナルアンサー！」」

「…………正解は…………」

俯いて、じっくりとタメを作る綾乃ちゃん。今日一日で飛躍的に司会としての技術が上がっていた。谷間のことばっかり考えてる師匠とは違う。クイズに集中してる。

さあ！　正解は⁉

「…………女流玉将！　ですっ！」

えっ⁉

う、うそ…………ほんとにっ⁉

「キャ――――ッ！　やった――――っ！」

「あいちゃんすげー！」

「あいたん、ちょらいしょーぎくいじゅおーしぇんしゅけんちゃなんだよー！」

「ぜんっぜん、羨ましくないけどね……」

ＪＳ研のみんなが祝福してくれる。

天ちゃんの天の邪鬼なコメントも、今は許せるよ……。

「女流タイトルの序列は、女王・女流玉座が同格。続いて女流名跡、女流帝位、そして五番目が女流玉将で、六番目が山城桜花なのです」

「くっ……そうなのよね。そのどっちかだとは思ったんだけど……山城桜花を持ってる万智さんのほうが、女流玉将を持ってる月夜見坂燎よりも、何となく知的で格上っぽいイメージがあったから……」

「姉弟子、そんな理由で選んだんスか……まあわからんでもないけどさ」

いつのまにか人間に戻っていた師匠が呆れたようにコメントし、そこに綾乃ちゃんが全体の講評を求めた。

「九頭竜先生。本局を振り返っての感想をお願いしますです」

「そうですね……女流棋士になったばかりの雛鶴さんには、将棋のことを学んでいこうという謙虚な心があったと思います。それが勝ちに繋がったんじゃないでしょうか」

たしかに今日はわたしが勝った。

でもそれは、少し前に師匠から答えを聞いていたから。幸運だったからに過ぎない。

一年後にこの問題が出てたら……果たして答えられていただろうか？

答えられる女流棋士でいなきゃいけない。強くそう思った。

「逆に姉弟子は女流タイトル保持者だけど、プロ棋士を目指しているだけあって、女流のタイトルをどこか下に見ていたところがあったんじゃないですか？」

「……その通りね。素直に反省するわ」

潔く敗北を認めて反省する空先生。

こういう態度こそがきっと、この人の強さを支えているんだと思う。

クイズでの対決だったけど……あの一瞬だけ、空先生と本気で戦うことができたことで、わたしにも理解できたことがあった。

それは――――

「というわけで、初代将棋クイズ王選手権者には雛鶴あいちゃんが就位しました！　初タイトル獲得おめでとう！」

「ありがとうございます！　ところで師匠」

「ん？」

「問題です」

「はい……？」

「師匠はこれからどこへ行って何をするでしょう？　次の三つから選んでくださいね！」

「え？　どこって……あいと、温泉に——」

「一番。『滝』」

「………たき？」

「美しい滝に打たれて、年上の大きなおっぱいにばかり興味を持つよこしまな心を浄化していただきます」

「え？　じょ、浄化って……え？　しかも滝って……今、季節は真冬——」

「二番。『お寺』」

師匠の言葉を遮って、わたしは問題を読み上げ続ける。

「一週間くらい寝ずに座禅を組み続けて、煩悩を消します。Ｅカップの女子高生を見ても何も思わなくくします。泣いたり笑ったりできなくします」

「いやいやいやいやいやいやいやEカップ女子高生を見たって目で追うくらいで別に何かを思うわけでは――――」

ちゃんと追ってるじゃないですか。

「三番。『取調室』」

「とりッ⁉」

「師匠はまだまだ隠してることがいっぱいありそうなので、このさい全部吐いていただきます。ええ。アサリが泥を吐き出すように洗いざらい吐き出してもらいます」

伸ばした三本の指を示して、わたしは回答を迫る。

「さあ師匠。どこに行くと思いますか？」

「は……？　ど、どこって……いや、あの…………どこも行きたくないっていうか――――」

「答えられないなら代わりに私が答えてあげよっか？」

「え⁉　姉弟子が⁉」

「正解は『全部』よ」

ピンポンピンポンピンポンピンポ――――ン☆

「ちょっ⁉　……ええ？　…………………マジで？」

マジですよ？　当たり前じゃないですか。

未だに現実を受け入れることができない師匠を少し離れた場所から眺めながら、ＪＳ研のみんなは口々にこんなことを言い合ってる。

「あーあ。こりゃ温泉は……」

「ちょっと行けなさそうなのです……」

「でも、日常を忘れることはできそうよね……そのまま死んじゃうかもしれないけど」

「ちちょ、いろんなとこぉいけて、とってもたのししょうなんだよー！」

「あー、確かに滝とかちょっと楽しそうだよね！　澪も遠足で『箕面の滝』に行ったことがあるよー」

「うちは清水寺の『音羽の滝』がお気に入りなのです。ご利益があるのです」

「滝といえば神戸の『布引の滝』よ。日本三大神滝の一つで、平安時代から和歌にも詠まれるほどなのよ？　行くなら断然、ここね」

みんなの意見を聞いて、空先生が師匠の肩を摑んだ。爪が喰い込むほど。

「よかったわね八一。いろんな滝に行けるわよ？」

「よくない！　ちっともよくないから！　二月に滝行とか死んじゃうから!!」

空先生とのクイズ対決で、わたしが理解したこと。

それは絶対に師匠を甘やかしちゃいけないということです！　空先生みたいに厳しく接する必要があります！

厳しすぎて頓死するくらいに!!　ししょーの……だらぶちっ!!

※本短編は『りゅうおうのおしごと！7　ドラマCD付き限定特装版』のドラマCD脚本を小説化したものです。

書きかけの手紙
《最後のＪＳ研　その4》

「ぽぉぉぉう！　あいが優勝したのか？　それは大したモノだ！」

　話を聞き終えた先生……天辻埋さんが、感心したようにそう言った。

　あんまり嬉しくない。

「ところでその後、八一はどうなったんだ？　もちろんみんなで監禁してイロイロ致したのだろう？　そっちについてもっと詳しくだな」

「え、えっと……あの後は結局、師匠のご飯を抜いただけで済ませたので……」

「そうかぁ。私がいれば食事だけではなく別のモノも抜いてやったのになぁ。次は私も呼んでくれ。必ずだぞ？　必ずだぞ⁉」

　先生は妙に強く念を押しつつ、

「しかし将棋界は普及が順調そうで羨ましいぞ。我が囲碁界は棋士の数こそ多いし海外普及は進んでいるが、国内の若いお●んぽが減り続けているからなぁ。うちもクイズ大会を開くか」

「いご？」

　澪ちゃんは上半身ごと首を傾げて、目の前に座る酔っぱらいの盤師さんを凝視する。

「囲碁？　え？　そういえば澪……どっかでこの人を見たことがあるような？」

「……多分それ、日曜の朝にテレビでやってる将棋トーナメントの後番組か、新聞の囲碁将棋欄で見たんじゃないかな」

「へ？　あいちゃん、それってどういう意味？」

ポカンとする澪ちゃん。

うん、そうだよね。繋がらないよね……。

わたしは天辻さんの持つ、もう一つの雅号を口にする。

「こちらの方は囲碁の大三冠の一つ『本因坊』の保持者でもあるの。つまり、囲碁のプロ棋士にしてタイトル保持者…………本因坊秀埋先生だよ……」

「ほっ、本因坊秀埋⁉　マジで⁉　囲碁のめっちゃ偉い人じゃん‼　この痴女としか思えない酔っ払いが⁉」

「うはははは。そうそう。私が世界で初めてプロのタイトルを獲得した女性、本因坊秀埋であるぞよ。シューマイ先生と呼びなさい」

と、気持ちよさそうにビールを煽るシューマイ先生。視界の隅で綾乃ちゃんが「ああ……」と何かを諦めた表情を浮かべていた。シャルちゃんは「ちゅーまい、しゅきー！」と、中華をぱくぱく。

「ところで澪には、お●んぽは付いてるのか？」

「おち……？」

ショートカットで男の子っぽく見えちゃう澪ちゃんをシューマイ先生から守るように、綾乃ちゃんが叫んだ。

「み、澪ちゃんも女の子なのです！　今日は澪ちゃんが海外へ行くお見送りに来たのです！」

「そうか。それは寂しいな……」

シューマイ先生はシュンとした。それが果たして澪ちゃんが海外へ行っちゃうことなのか、女の子だったことなのかは、よくわからない……そして澪ちゃんはまだ信じられない様子で

「おち……？」と呟いてる。そこは触れないで！

「あ、そだ。シューマイ先生って将棋盤にも詳しいんですか？」

「詳しいぞ。棋界広しといえども盤とおち●ぽの知識において私の右に出る者はいない」

「……そうなんだね！」

澪ちゃんは変な話題についてスルーすることにしたみたいだった。

「実は澪、将棋盤を磨くための椿油を海外に持って行こうとしたらダメだって言われちゃったんです。椿油が使えないときって、どうやって盤を綺麗にしたらいいんですか？」

「椿油だぁ？」

シューマイ先生の答えは、あまりにも意外なものだった。

「そんなご大層なもんはいらん。サラダ油で十分だ」

「「サラダ油で⁉」」

「サラダ油もなかったら牛乳でいい」

「『牛乳でっ⁉』」

「大事なのはあまり強くない油分で優しく拭うことだ。強い洗剤を使うと漆が剝がれてしまう。そうなると表面を削って目盛りをやり直すしかないからな」

最初は信じられなかったけど……シューマイ先生の説明は酔ってるなんて思えないほど理路整然としていた。

さすが代々続く盤師の家系。

棋士の指が考えなくても本能で最善手を選ぶように、どれだけ酔ってても盤師の本能がそうさせるんだと思う。

「ちなみに私が個人的にいろいろ試した中で最高の油は、さらさらタイプのラブローションだった」

「らぶ……ろーしょん？　化粧品かな？」

「化粧品は余計な成分が入っているから、もっと単純な潤滑油が好ましい。ご両親の寝室を探してみなさい」

「『？…？…？』」

どういう意味だろ？

そしてなぜか綾乃ちゃんだけが「はぅぅ……」と顔を赤くしてた。知っているの？

「おー？　あやにょ、なんであかくなってるのー？」

「しっ、知らないです！　うちにはぜんぜん理解できないのです!!　万智姉様からお借りした薄い本で読んだことなんてないのですっ!!」

　これは絶対に知ってる反応だよね……しかもどうやらエッチなことみたいだよね……。

　澪ちゃんは納得いかないような表情で、

「けどさー。だったらどうして椿油を使えって本に書いてあるんですか？」

「将棋盤が現在の形になったのは江戸時代だが、その頃には木工品の手入れに使う油は椿油くらいしかなかったからではないか？　牛乳を飲む習慣も明治以降だしな」

「なるほどぉ～！」

「囲碁将棋の技術やルールが長い歴史の中で変わっていったように、棋具もまた進化を遂げている。科学技術の進歩……いや、ち●ぽを取り入れて悪い道理が無い」

「ふむふむふむ。勉強になります！」

　感心したように何度も頷いてから、澪ちゃんは声を潜めてわたしに耳打ちする。

「……なんだか変な人かと思ったけど、やっぱりすごいね！」

「……うん。酔ってないときは信じられないほど上品な人なんだけど」

　態度はもちろん、言葉遣いまで変わっちゃう。

　けどシューマイ先生が酔ってない日は年に数日で、しかもそれは碁を打つ時じゃなくて盤に刀で線を引く『太刀盛り』の作業をする日だけなんだよね……わたしと天ちゃんが見学したときも酔ってはいなかった。代わりに全裸だったけど……。

「ところでシューマイ先生は何のご用事で空港にいらっしゃったんですか？」

「え⁉　あいちゃんも知らないの？」

澪ちゃんがびっくりした。

「知らないよぉ……お店に入ったらシューマイ先生が酔っ払ってて、わたしを見つけて『こっちで一緒に飲むぞ！』って……」

「うち、あの本因坊秀埋先生とご一緒できると最初は大喜びしたです。万智姉様から『すごい人どす』と伺っていたから、ずっとお会いしたくて」

綾乃ちゃんはそこまで言ってから「フッ……」と荒んだ笑みを浮かべ、

「………けど、こんな方向にすごい人だとは……思わなかったのです……」

「しゃうは、ちゅーかいっぱいたべれて、うれしーんだよー！」

テーブルの上にあった大量の中華料理は、シャルちゃんがほとんど食べちゃってる。

「実は、東京のテレビ局に呼ばれてな」

大きなゲップをしてから先生は答えた。テレビ？

「最近ずっと工房のある奈良に引きこもっていたんだが、そこからだと新幹線より飛行機のほうが早いので関空に来たというわけだ。交通費も向こう持ちだしな」

「テレビ棋戦の収録ですか？」

「いや。銀子の件だ」

放たれた言葉は不意打ちとなって、無防備なわたしの胸に刺さる。

「何せ史上初の女性プロ棋士誕生だからな！　囲碁と将棋の違いはあれど《浪速の白雪姫》のことを同じ目線で語ることができるのは棋界広しといえどもこの私しかおるまい？」

シューマイ先生は同意を求めるようにその場を見回す。

そしてわたしのところで視線を止めて、

「おおそうだ！　同門の女流棋士として、あいのコメントもテレビで紹介してやろう！　銀子がプロになって、あいはどう思った？　小学生らしい正直な気持ちを聞かせてくれ」

「あ………え、っと………」

何か言わないといけないのに……言葉が出ない。

笑わないといけないのに……表情が固くなる。

わたしは同じ一門で、空先生のこと……笑顔で祝福しなくちゃいけないのに……。

「あの、先生」

見かねて助け船を出してくれたのは、綾乃ちゃんだった。

「うちも女性プロ棋士誕生のことで、あいちゃんに聞きたいことがあるのです」

「ほう？　何を聞きたいんだ性欲の強そうなメガネちゃん」

「せっ!?　……空先生は奨励会二段で停滞していたのに、三段リーグは一期抜け。今年に入ってから急激に伸びた印象があるのです。その原因はやっぱりソフトの活用なのです？　あいちゃんも九頭竜先生からソフトを使った指導を受けていたりするのです？」

よかった。技術的なことなら喋れる。

「えっと……師匠は、わたしにはまだソフトは早いって。今は詰将棋を解いたり、実戦をこなしたり、強い人の棋譜を並べるのがいいって」

師匠の指導方法は昔から一貫してる。

将棋を覚えるのが遅かったわたしには実戦感覚が足りないから、とにかく人間と対面で盤数をこなすのがいいって。ソフトは感覚がおかしくなるから指さないほうがいいって。

「ただ、空先生にどうおっしゃってるかは、わからないけど……」

「使うなと言ってるに決まってる。当然だろうが？」

「しかし囲碁の世界でもソフトを使った研究は盛んだとうかがっているのです。シューマイ先生は盤作りの技術について進歩的なお考えをお持ちなのに、ソフトには否定的なんです？」

「あんなものは萎びたお●んぽ以下だよ」

綾乃ちゃんの質問をそう切って捨てるシューマイ先生。

「私にとって、碁は生き方そのものだ。ソフトに教わった手を打つというのはコンピューターに人生相談してその通りに生きるのと一緒さ」

「では先生は、何が原因で空先生は四段になれたと考えておられるのです？」

「女が劇的に変わる理由など一つしかない。男だよ」

先生は断言した。

……それが誰を示すのかは、言わなかったけれど。

わたしはその場面を直接、見てたわけじゃない。

「正月に私がハッパをかけたのが効いたのだろうな！　いつまでもグジグジと煮え切らん銀子のために一肌脱いでやってよかった。おかげで将棋連盟を出禁になったが、まぁ悔いはない」

今みたいにお酒に酔ったシューマイ先生が関西将棋会館で開かれた『指し初め式』に乱入してきたのを察知した師匠は、桂香さんに頼んでわたしと天ちゃんを避難させたから。

……けどあれだけ大騒ぎしてたら、離れてても聞こえちゃう。

あの日から、空先生は師匠に対する態度が変わったし……。

それから少しして、師匠も変わった。

仲良くなったんじゃなくて…………よそよそしくなった。

あれは、まるで…………まるで…………！

「女は体力で男に劣る。特に銀子は弱い。そんな銀子が勝つためには、心を奮い立たせるものが必要なのだ。胸の中で燃え盛る、熱い熱い想いを抱かなければダメなのだ。だからソフトは役に立たないと言ったのだよ。機械に恋などできないのだから」

……考えないようにしてきた嫌な想像が、どんどん膨らんでいく。

心がぐしゃぐしゃに掻き乱される。

「あのアドバイスがなければ銀子が殻を破れなかったのは間違いないだろうな！　私はなぁ、あいつに言ってやったんだよ！　ただの努力じゃ足りない、強烈な努力が必要だと！　そのために最も重要なのが、強烈なおちん――――」

もう聞いていたくなかった。耳を塞いで、大きな声で叫びたい……。

そんな時だった。

隣で小さな声が聞こえたのは。

「………………今だ」

「澪ちゃん？　何か言ったです？」

綾乃ちゃんが尋ねるのを無視して、澪ちゃんはまっすぐわたしを見た。その姿に、どこか違和感を覚える……どこ？　どこがおかしいの？

「あっ」

そしてわたしは違和感の正体に気付いた。

あれだけ最後の食事に拘ってた澪ちゃんが――――料理に一切手を付けてないことに。

「あいちゃん。最後に一つだけお願いがあるんだ」

お願い？　……わたしに？　こんなタイミングで？

「澪と真剣勝負をして欲しい。飛行機が出る前に」

「え？」

突然の申し出に、わたしは聞き返してしまう。

「真剣勝負って……将棋を指すっていうこと？　空港で？」

「うん。最後に一局だけお願い。それとも女流棋士の先生は、お金を払わないと将棋を指してくれないの？」

澪ちゃん……。

なんで……そんな言い方するの？

「……将棋を指すのはいいよ。もちろん受けて立つよ。お金なんかいらない」

むしろ空先生の話題を逸らせるからありがたいくらいだよ。今ちょうど、誰かにこのモヤモヤをぶつけたいと思ってたところだから。

わたしはシューマイ先生をチラッと見て言う。

「けど、ここで指すの？」

「できれば。そのためにテーブルのあるお店を選んだし」

ずっとタイミングを見計らってたっていうこと？

もしかしたら今日、最後に将棋を指すことになるかもって想像してはいた。

わたしはそれを期待してすらいた。

でもそれも、さっき棋具をカウンターで預けちゃったから、もう指すことはないと思い込んでたし……。

そもそもこんな不意打ちみたいなことを澪ちゃんがするなんて――

「ほう……面白いな」

ジリジリとした駆け引きみたいな空気を破ったのは、シューマイ先生だった。

「そこのお●んぽ！　氷の入った水を持って来い！」

シューマイ先生はイケメンの店員さんから氷水で満たされたコップを受け取る。

そして、そのコップを――

「「えッ⁉」」

飲まずに、頭の上でひっくり返したの！

頭から氷水を被った⁉　ど、どうして⁉

「ッッぷはぁ！　…………これで酔いが醒めましたわ」

水浸しになった髪を指で掻き上げる。

そして頭に載っていた氷が落下するのを舌で受け止めると、シューマイ先生はそれをガリガリと噛み砕きながら宣言した。

「お二人の勝負、この本因坊秀埋が見届人となりましょう。不足はございますまい？」

☖

「ここならば静かに戦うことができますわ」

　シューマイ先生がわたしたちを連れて行ってくださった部屋。

　それは四階にある、有料の貸し会議室だった。

「空港の中に会議室まであるです⁉」

「さすがに畳まではありませんが、よい環境でしょう？　フライトまでここで碁の研究をすることもあるのです……お酒の魅力に負けてしまうことも多いですけれど」

　雰囲気的には、クイズ大会で使った関西将棋会館の多目的ルームに似てる。こっちのほうが綺麗で豪華だけど。

「パイプ椅子(いす)と長机(ながづくえ)ですが、小学生の女の子が対局するには丁度よい高さかと。お二人は公式戦で椅子対局の経験は？」

「わたしはマイナビ女子オープンで」

「澪も、なにわ王将戦で」

「よろしい。囲碁ならプロも椅子対局は当たり前なのですがね。将棋はまだ畳に拘(こだわ)っている。それが国際化の遅れる原因だと、月光(つきみつ)さんにはずっと申し上げているのですが」

　シューマイ先生は対局で使う長机の強度を確かめながら、

「澪さん。盤はお持ちですか？」

「ビニール盤が……」

「では、この二寸盤を」

先生が持ち運んでた、映画とかでよく大金なんかを運んだりする金属製のアタッシュケースを開くと、中からとても綺麗な盤が現れた。

「ふぉー！　かがみみたいなんだよー！　ぴかぴか〜☆」

「す、すごいですっ！　こうして覗き込むと、顔が映り込むほど美しい盤なのです……！」

シャルちゃんと綾乃ちゃんが目をきらきらさせて、

「けど先生？　どうして将棋盤を持っていらっしゃるです？」

「テレビ局がまともな盤駒など用意するはずがありませんからね。奨励会員が命を賭して指した将棋を再現するのに粗末な盤駒を使うなど、この本因坊秀埋が許しません」

そして先生は、盛り上げ駒が整然と並ぶ駒箱もわたしたちの前に差し出してくれた。

「駒はこれをお使いなさい」

「この書体……見たことのない書なのです！　綺麗な字ですが、それだけではない何かを感じる筆遣い……もしかして、どなたか高名な棋士の書いたものです？」

「ふふ。綾乃さんは鋭いですわね」

シューマイ先生は意味ありげに微笑むと、その駒の文字が誰の手によるものかを明かす。

「これは――空銀子書の駒です」

「「ッ……!!」」

「駒の制作は、未熟ながらこの私が。空銀子書、本因坊秀埋作の将棋駒です。棋道を志す女性にとってこれほど価値のある駒もございますまい?」

盤上に散らされると、その駒はさらに輝きを放つかのようだった。

神々（こうごう）しいまでに……綺麗な駒。

「三組作ったうちの一つです。一組は銀子さんに、もう一組は手元に置き、それからもう一組は……プレゼント用、とだけ言っておきましょうか」

「っ……」

師匠に渡すつもりなんだ。胸がチクリと痛んだ。

盤上に散らされた駒に視線を注（そそ）ぐ。

漆で盛り上げられた『銀将』の文字は照明に照らされて、空先生の髪のようにキラキラと銀色に輝いてた。

きっと師匠はこの駒を大切に扱う。何よりも大切に。

そして師匠がこの駒に触れると想像するたびに……わたしの胸に痛みが走る。

「いいじゃん。せっかくだから使わせてもらおうよ」

澪ちゃんは駒なんてどうでもいいっていう感じで早口に対局の条件を伝えてくる。

「フライトまであんま時間ないからね。持ち時間は、ストップウォッチ式で十五分。切れたら一分。これでどう？」

「……うん！」

わたしは盤上に散らされた駒から王将を探し当てて、それを自陣に置いた。

とても指に馴染む駒だった。

透き通るような白い木地に、まっすぐな柾が入ってる。高価な斑の入った駒よりも、こういう模様のほうが目に優しい。実用性重視の、いい駒だった。

けどわたしはその駒をなるべく見ないように、普段より早く駒を並べていく。

バチ！　バチ！　バチッ！

普段ＪＳ研で指すときよりも遙かに激しい音を立てて駒を並べる澪ちゃん。対局の準備はすぐに整った。

「あいちゃ……いえ。雛鶴先生の、振り歩先です」

綾乃ちゃんが振り駒をしてくれた。五枚の歩が宙を舞い──────パラパラと落ちる。

「と金が五枚です」

先手は澪ちゃん。

わたしは不利な後手だけど……でも、それでよかった。

先に叩かれたほうが、強く殴り返すことができるから。

「お願いしますっ！」

「………おねがいします！」

互いに礼を交わす。わたしはすぐに気を高めるため目を閉じた……あまり駒を見たくなかったこともあって。

すると――――――澪ちゃんがブツブツと何かを唱えてるのが聞こえてきた。

「……日誌に新聞紙……」

「え？」

「……発進鼻血ミジンコ梨みんな……」

盤外戦術(ばんがいせんじゅつ)？　無意識に呟いてる？　いったい何を……？

「よし！　いけッ‼」

パチンと両手で頬(ほお)を叩いてから、澪ちゃんは初手(しょて)を指した。飛車先(ひしゃさき)の歩を突く、２四歩。

わたしも同じように飛車先の歩を突く。

右の拳で相手の顔を殴ろうとするかのように、まっすぐに、わたしたちはぶつかり合った。

「相掛(あいが)かり……！」

綾乃ちゃんの言葉に反応したシューマイ先生が尋ねる。

「あいがかり？　とは、どんな戦法なのです？」

「あいちゃんのねー？　とくいせんぽーなんだよー！」

シャルちゃんが説明してるあいだにも、手はどんどん進む。

相掛かりは単純なぶん手が広すぎて力戦になりやすいけど、序盤はほぼ固定化してる。

互いに飛車先の歩を伸ばし。

それを受けるために左の金を上がり。

右の銀を活用して攻めていく。それが相掛かりの基本。

けど澪ちゃんは序盤早々に不思議な指し回しを見せる。

「ッ!!　……5二玉の次に、3六歩？　……飛車先の歩を保留して、桂馬の跳ねるスペースを空けた……？」

思わず口に出して、わたしは手順を確認していた。

澪ちゃんは後回しにできる手を敢えて指して、先手の利を放棄してるように見える。先に繰り出した拳を寸止めするみたいに……わたしに先に攻めさせたいんだろうか？

「……だったら！」

お望み通り、わたしは飛車先の歩を先に先手陣へ突入させる。澪ちゃんの歩を取り、角頭の弱点が顕わになった。

その弱点を曝け出したまま、澪ちゃんは悠然と端歩を突く。ええっ!?

「飛車先を受けない……です!?」

思わずといった感じで叫んじゃった綾乃ちゃんが、慌てて手で口元を覆った。

わたしも、取った歩を落としそうなほど驚いた。

だって……右の拳を寸止めしたうえに、左の頬をノーガードで晒すようなものだもん！

澪ちゃんの示した手順は、どれも部分的には存在する。

『３七銀戦法』や『ひねり飛車』……道場でおじいちゃんとかが使ってくる、相掛かりの古い定跡。それをメチャめちゃにミックスして、それぞれの持ち味を消しちゃってるように見える……けど！

「…………深い……」

読めば読むほど、澪ちゃんの序盤は隙がない。チグハグに見える指し方なのに、もの凄く深い部分にまで読みが入ってる。ギリギリで成立してる。

これ、もしかして……罠が!?

「っ……！」

澪ちゃんの駒組みを牽制しつつ、わたしは飛車を一番下まで引いて力を溜めた。首の後ろにピリピリッて感じるものがある。嫌な予感だった。

まるで……そう。天ちゃんみたいな作戦家と対峙してるような。

ううん！　もしかしたら、天ちゃん以上の――

「だったら…………こう!!」

相手の意図がわからない状態で時間だけを浪費するのは悪手。わたしは非常手段に出た。

四四手目にして出現した局面は、相掛かりに於いて極めて異例。

「先後同型……です！」

「ほう？　まるで鏡のようですね？」

そう。『鏡指し』とも呼ばれるこの作戦なら、罠が潜んでてもすぐに返すことができる。

ただ……どこまで行っても後手は一手遅くなるから、このままなら、わたしの負け。消極的な策だった。

揺さぶりをかけるように澪ちゃんは角交換を仕掛けてくる。飛び込んで馬に成った大駒を、わたしは当然、銀で取るけど——

「えっ⁉　銀を、そっちに⁉」

飛び込んできた角を取るために、私の左銀は左辺へと移動した。

けど澪ちゃんは、左銀を中央に動かした。

やられた！　わたしが鏡指しに出ることを読んだ上で、絶妙のタイミングで突き放されちゃった……！

「も、ものすごく攻撃的です！　まるで……まるで————」

「おー。みおたん、あいちゃんみたいなんだよー！」

確かにわたしがやりそうな強引な攻め！　狙いはわかりやすくて単純でも、読みの物量で押し潰そうとするかのような。

けど澪ちゃんの次の一手は、それを遙かに超えて意外なものだった。

「あいちゃん」

澪ちゃんは右手を盤上じゃなくて足下に置いてたリュックに伸ばし、パンパンに膨らんだそれを膝(ひざ)の上に持ち上げる。

そしてリュックの横のポケットから見憶えのある封筒を取り出して、わたしに差し出した。

「これ、読んでみて」

「えっ？　……いま、読むの？」

「うん。読んで。目の前で読んでくれるって約束したでしょ？」

澪ちゃんはこっちに向かって手紙を差し出したまま、

「あやのん。時計は止めないでね」

「…………」

有無(うむ)を言わせない気迫を感じて、わたしはその手紙を受け取る。心の中に、この手紙を読んでる時間で澪ちゃんの持ち時間を減らせるなら、それも悪くないっていう打算もあった。

将棋駒のシールを破り、封を開ける。

そして、中に入っていた手紙を読んで——

「ッ…………!!」

衝撃のあまり、わたしはそれを落としてしまう。

床に落ちたそれを拾った綾乃ちゃんも、一目見ただけで驚きの声を上げた。

「えっ⁉　こ、これって――――‼」

「ふぉー？　どうしてー？　なんで、いまさしてるしょーぎのきふが、ここにあうのー？」

横から覗き込んだシャルちゃんの言うとおり。

手紙に書かれてたのは、棋譜。

しかも――

「い、今までの手順が……一手も違わず書かれてるですっ！　そ、そんなことが……⁉」

一人だけ冷静な澪ちゃんが、わたしの目を見て淡々と告げる。

「びっくりした？　あいちゃんがどんな将棋を指すのか。澪が先手番を引いたら、どんな戦型になるか。その全てを澪は事前に予測してたんだよ」

目の前にあるものが全部、信じられなかった。信じたくなかった。

手紙に書かれた棋譜も、空先生の駒も……わたしを倒そうとする澪ちゃんも……。

「澪の予測通り、あいちゃんは相掛かりを受けてくれた。だって避ける必要がないから。得意戦法の相掛かりなら、どんな状況でも澪に勝てるって思ってたんでしょ？」

心を読まれる気持ちの悪さに、嘔吐きそうになる。

「け、けど！　相掛かりは力戦だから、こんな手数まで定跡があるわけ――」

「相掛かりはもう力戦にはならないよ。人類よりたくさん読めるソフトが、定跡を持たない戦型にも定跡（みち）を作ってくれるから」

ソフト。

確かにソフトが作った定跡は、プロ棋士にも影響を与えてる。師匠もソフトの将棋から着想を得て、それを実戦に応用してる。

けどそれは、師匠みたいな超トッププロだからこそできることで……。

だから師匠はわたしに、まだソフトを使った研究はなるべく控えて、自分の頭で考えるようにって指導してくださってて――

「あいちゃんの棋風を知り尽くした澪と、人間より遙かに深くまで読み尽くせるソフトがタッグを組めば、こうやって先の先まで読むことができるんだよ。どれだけあいちゃんが否定しようと、この手紙が何よりの証拠でしょ？」

「…………！」

「さ。続きを指そう」

そう言って盤上に伸ばしかけた指を、澪ちゃんは自分の頭のこめかみに突きつけてニヤリと笑う。

「……とはいっても、この先がどうなるか澪は詰みまでぜんぶ知ってるんだけどね？」

「そっ、そんなの無理だよ！　角換わりや矢倉（やぐら）ならともかく、相掛かりを詰みまで研究するなんて――」

「試してみれば？」

澪ちゃんはそう言うと、５筋の歩を突き伸ばして来た。それが対局再開の合図！

「ッ……!!」

わたしは玉を逃がす。

油断なく盤上に視線を注いだままリュックから筆箱を取り出すと、澪ちゃんは綾乃ちゃんにそれを渡して、

「あやのん。棋譜、続きをお願い」

「あっ……は、はいです!!」

「しゃう、とけーすぅよ！」

綾乃ちゃんが手紙を広げて棋譜を書き、シャルちゃんが時計を引き継ぐ。

立会人までいて、まるでプロの公式戦みたいな雰囲気だった。

「…………」

シューマイ先生との出会いは偶然だったとはいえ……全部、澪ちゃんの計画通りに進んでいるとしたら？　詰みまで研究してるって、ホント？

それを確かめるためにも、わたしは攻めのギアを一気に上げて、踏み込んだ手を指した。

「…………こうッ!!」

一度跳べば戻ることのできない桂馬を跳ねるその手を見て――

「あのさぁ」

軽蔑(けいべつ)したような声が、会議室に響き渡る。

「舐(な)めるなよ。雛鶴あい」

そして澪ちゃんはノータイムで歩を突き捨てて、わたしの手を全否定した。

☗

「綾乃さん。現局面をどうご覧になりますか？」

澪ちゃんの書きかけの手紙に続きの棋譜を書き込みながら、うちはシューマイ先生に形勢を尋ねられ、こう答えます。

「あいちゃんは澪ちゃんに研究されてると知って、その研究を外そうと揺さぶりをかけたです……けど澪ちゃんはそれも読んでたみたいです。指し手に淀(よど)みがないし……的確な返し技で、逆にポイントを稼いだように見えるのです」

大まかな形勢を説明してから、具体的なことについて、なるべく符号を使わないよう注意しつつ追加します。

対局者に聞こえても大丈夫なように……もっとも、うち程度の読みがこの二人の対局に影響を与えるはずはないのですが。

「あいちゃんが中央に飛車を置いて澪ちゃんの中央突破を阻む姿勢を見せましたが、それはフェイクで、本命は逆に澪ちゃんの右辺を喰い破ることにあったのです」

「成功したように見えますわね？」

「はい。あいちゃんは敵陣の奥深くに竜を作ることに成功しました。けどその過程で銀を失ってしまい、現状の駒割はあいちゃんの銀損。澪ちゃんはその銀を使ってさらに守りを固めて、負けない態勢を整えたです」

「しかし先手の澪さんは守りに戦力を割きすぎて、攻撃手段を失ってしまっているのではありませんか？」

「確かに駒得した銀を攻撃に使う選択肢もあったと思うのです。普段の澪ちゃんなら攻め合いを挑んだ可能性も高い……です」

良く言えば、思い切りが良く大胆。

悪く言えば短気。それが澪ちゃんの将棋の持ち味です。

「ですが今日、澪ちゃんは序盤は大胆に、そして中盤は慎重に指しているです。自らの長所を伸ばし、短所を上手く補っているです。囲いだけではなく心にも隙が見当たらないのです。『どれだけ長くなろうと絶対に負けない』という決意を示すことで、あいちゃんの焦りを誘い……それが実際の形勢よりも大きな差になっていると思うのです」

「……なるほど。お強いですね」

「はいです。あいちゃんも澪ちゃんも、すごく強いのです。うちなんかより――」

「いえ、私が言っているのは綾乃さんのことですよ」

「……へ？」

「盤面から対局者の意図を瞬時に読み取り、要点を絞ってその意図を言語化する。しかも無味乾燥な指し手の評価ではなく、血の通った解説を……両対局者の心の揺らぎを解説してくださいました。読み筋をダラダラと披露するより、よほど難しいことですわ」

「…………うち、ずっと見てきたです。あの二人を……あの二人が将棋を指すのを……」

だから自信はあったのです。

あいちゃんと澪ちゃんが何を考えているかを推し量るのは。

二人とも、今朝からずっとお互いのことだけを意識してたのです。澪ちゃんがあいちゃんに対局を申し込んだことも、驚きはなかったのです。

そう。驚きはない……けど。

「けど…………ずっと、見てただけだったです。うちはいつも見てるだけで…………気付いたときにはもう、あの二人との差は、埋められないほどになっていたのです」

あいちゃんには、研修会の初対局から負けて。

澪ちゃんは、うちが準決勝で負けた神鍋馬莉愛さんに勝って、なにわ王将になって。

頑張っても。

頑張っても、頑張っても。

どれだけ頑張っても、差はちっとも埋まらなくて。

こうして澪ちゃんが日本を離れる日になっても、ただそれを傍観するしかなくて――

「……うちも、シューマイ先生にお目にかかれることがあったら、ずっとお尋ねしたいと思っていたことがあるのです」

「うかがいましょう」

「先生のおっしゃる『強烈な努力』って、どういう意味なのです？　ただガムシャラに努力をすればいいんです？　つらいことをすればいいんです？　それとも――」

「よく聞かれるのですよ。それ」

フッと薄く笑いながら、本因坊秀埋先生は即答なさるのです。

「そしていつもこう答えます。『自分で見つけるのも努力のうちですよ』と」

はぅ……。

正論過ぎて何も言えないのです。

やっぱりうち、努力が足りないのです？

「質問することを批判しているわけではありません。むしろ教えを乞う姿勢は素晴らしい。綾乃さんが真面目に努力しておられることくらい、私にもわかりますわ」

じゃあ……普通の努力と強烈な努力の違いって？

うちに足りないものって何なのです？

「つらいことをするだけが努力ではありません。嫌いなものを直視するのは普通の努力です。むしろ好きな人の近くにいつづけることのほうがつらいことだってあります」

「ッ……‼」

「目を開けて。もっとしっかり見てください」

ご自分でお造りになられた盤と駒が対局で使用されるのを見詰めながら、シューマイ先生はおっしゃったのです。

「本当の答えは常に、自分の目の前にだけありますわ」

☖

こわいくらい簡単に優勢を築けた。

「……不死無力シーツこころ小幅……今後心ヒヨコ夏困難……濃いコロン笹未婚……」

必勝の呪文を唱えて逸る心を落ち着かせながら、澪は淡々と手を進めていく。

あれだけ強かったあいちゃんを、ずっと勝てなかったあいちゃんを、澪はあとちょっとのところまで追い詰めてる。

いろいろ小細工を弄したけど……でも、努力だっていっぱいした。

ソフトはすごい。誰も知らない強い定跡をいっぱいいっぱい教えてくれる。パソコン万歳(ばんざい)。

問題はそれがあまりにも膨大だということ。

となると、あとは暗記の勝負。

ほら、角換わり腰掛け銀の定跡に『世に伊奈さん(42173)』ってのがあるでしょ？

先後同型の状態から先手が4筋、2筋、1筋、7筋、3筋の順で歩を五連続で突き捨てて開戦するっていう、アレだよ。

最初聞いた時は「歩を五枚も損して勝てるわけないじゃーん！」って思ったけど、プロの実戦でもそれでホントに先手が有利なんだってね！「定跡ヤバッ！」って思った最初の出来事。

だからあの語呂合わせを自分でも作ってみようって思ったの。

たとえばこの相掛かりの序盤。

玉を上がってから桂を跳ねるまでがソフトの教えてくれた新しい定跡だけど、その手順は符号で表すとこうなる。

☗5八玉☖5二玉☗3六歩☖8六歩☗8六歩☖8六飛☗9六歩☖3四歩☗2四歩☖2四歩☗2四飛☖8四飛☗8七歩☖2三歩☗2五飛☖7四歩☗3七桂
これで語呂合わせを作ると、こうなる。

『コンパ昆布魅力ハムハムバロック武蔵 日誌に新聞紙発進 鼻血ミジンコ 梨 みんな』

ってな具合。

語呂合わせアプリを使えば一瞬で意味の通った、憶えやすい文章を作ることができる。

そうやって、膨大な手順をまるっと暗記した。パソコン万歳。

これ、なにわ王将戦の時に、くずりゅー先生から『暗記できることは詰め込んで憶えろ』って言われたことの応用。

それと、クイズ大会の時にあいちゃんから教わったことも参考になった。お部屋ごとに浴衣の柄とかを変えるってヤツ。無理矢理詰め込む努力をするより、憶えやすい形に変換する努力をしたほうが効率いいもんね！

特に今回の変化は本命中のド本命だったから、ほぼ詰みまで調べ尽くした。評価値すら暗記してる。

澪は金を打ち込んで左右挟撃態勢を築く。この局面は先手優勢一一六三点。

あいちゃんはなけなしの飛車を打って受ける。この局面は先手勝勢一五四八点。

「…………………………」

詰将棋の神様みたいなあいちゃんだって、為す術もなくうな垂れてる。駒を動かす手はゾンビみたいに元気がない。

自分に言い聞かせるように、澪は何度も何度も頷いて、小さく呟く。

「あいちゃんの守りは、もう歩が一枚…………澪は金銀が五枚も自陣に残ってるもん。点差以上に逆転はない…………いける……っ!!」

　そして勝ちを確信した、その瞬間。

　ソフトも澪も一秒も考えてなかった手が飛んできた。玉の下に角を打って受ける、５一角！

「えっ⁉　これで受けになって…………ああ――――ッ⁉」

　この角打ちは、大した受けになってない。

　けど次にもう一枚、５四に角を打った手が――――攻めの金と守りの銀の両取り‼

「し、しかも銀取りがそのまま王手になってるの⁉　たった二発の角打ちで……こんな……こんな……‼」

　あいちゃんは椅子の上に正座して、ゆっくりと前後に揺れていた。

「……………………………こう……」

　ゾンビなんかじゃなかった。ゾンビなんかよりもっと恐ろしい。

　それはまるで、詰将棋の神様が憑依(ひょうい)した巫女(みこ)のようで――

「こう……こう……こう……こう……こう、こう、こう、こう、こう、こうこうこうこうこうこうこうこうこうこうこう――――」

「ようやくエンジンがかかってきたねぇ…………でもっ‼」

　とんでもない角打ちに動揺しちゃったけど……ソフトが読み筋から外してたってことは、局面はまだ澪がいいはず！

『一番怖いと思う勝負をしてみなさい』

その言葉に背中を押されて、澪は暗記した手順を全て忘れた。もう呪文は必要ない。

ここからはソフトの力じゃなくて――――別の力で勝つ!!

「両取り逃げるべからずッ！　ってね!!」

澪は逃げるんじゃなく飛車を打って攻め駒を足すことで、あいちゃんを追い詰める！

「……こうッ!!」

あいちゃんは澪の守りの銀を剝がし、同時に澪の玉に王手を掛けてくる。

頓死（とんし）の恐怖に膝が震えそうになる……けど！

「届かないよ！　この将棋は絶対に澪が勝つんだ!!」

玉を逃がしてから、澪は攻め駒の金を敢えてあいちゃんの角に当てていった。

これが詰めろ逃れの詰めろになってる！　はず!!

「こうッ!!」

それでもあいちゃんは全く怯（ひる）まずノータイムで角を特攻させてくる！　澪も負けじと大駒を逃げることなくぶつけていった。

たった五手でお互いの大駒を全部交換する大捌き（さば）き！

大駒が飛び交い、惜しげもなく散華（さんげ）する、まるで宇宙戦争みたいな終盤戦!!

「くっ！　こんがらがってきた……!!」

「こう、こう、こう、こう、こうこうこうこうこうこうこう──────」

スイッチが入ったあいちゃんの放つプレッシャーを言葉で説明するのは難しい。

詰みが見えそうになった瞬間から、あいちゃんは他の何かに支配されたみたいに、そこを目指して走り出す。

何かに突き動かされて、普段の優しいあいちゃんとは全く別人になっちゃう。

あいちゃんの中にはもう一人、あいちゃんがいる。

そのあいちゃんのことが……澪は、嫌いだった。こわかった。

でも。

学校でも。将棋会館でも。澪はその努力を続けてきた。

「相手を嫌って、避けて、それで何かが解決するわけじゃないでしょ？　だから澪は、嫌いな人を好きになる努力を続けてきたんだ！」

「だから…………一番嫌いな子の、一番近くにいつづけたの！　あいちゃんの隣に！」

あいちゃんは盤面に没頭してる。

どんな言葉も届かない。そう。言葉はもう届かない。だからこの子に想(おも)いを届けようとするならば、盤上でブン殴るしかない！

澪にもできるはず！　だって──────!!

「澪の中にも――――あいちゃんは、いるんだッ!!」

なにわ王将戦で神鍋馬莉愛ちゃんを即詰みに討ち取ったあの時の感覚を思い出せ！　澪はあいちゃんみたいに椅子の上に正座になって、一心不乱に読みを入れる。

思い出せ！

あの時の……胸の熱さを!!　心臓が爆ぜるくらいの胸の高まりをッ!!

「「こう、こう、こう、こう………こうこうこうこうこうこうこうこうこうこうこうこうこうッ!!」」

――――見えた。

澪はもう、角さえ渡さなければ勝てる。角ゼットの状態。

くずにゅー先生に叩き込まれた『王手が掛かっても詰まない形』の暗記が、ここにきて澪を救ってくれた。

「澪の中にも、あいちゃんはいる。けど……あいちゃんの中には、別の人がいるんだね」

一瞬だけ澪の心にもその人の顔が浮かぶ。初めて握手してくれた時の、手の温もりと共に。

「――――こうッ!!!」

あいちゃんは桂馬を打って、王手馬取りを掛けてくる。ハッとする瞬間。

けれどそれは、手順の中で玉を逃がせるということでもあった。

そして、あいちゃんが念願の角を手にした時。

角を渡す代わりに手番を得た澪は、後手玉を二三手の即詰みに討ち取っていた。

「……………………負けました」

それは、あいちゃんの口から澪が聞いた——初めての言葉。

☗

「勝負あり、ですわね」

わたしが投了したのを見て、シューマイ先生は椅子から立ち上がった。

「澪さん」

「は……はいっ!!」

「素晴らしい対局でした。囲碁の世界でもソフトを使った研究が主流になりつつあります。私はこれまで、その流れに否定的でした。ソフトを使うことによって、自分で考えるという努力を放棄しているように思えたからです」

歴史上初めてプロのタイトルを獲得した唯一の女性は、感激した面持ちで言う。

「しかし澪さんの対局するお姿を拝見して、その考えを改めてもよいと思えましたわ。ソフトを使うこともまた、努力の方法なのだと」

「………」

澪ちゃんは言葉が出てこない様子で、ただ頭を深く下げた。

「あいさん」

「………はい」

「私はフライトがございますのでお先に失礼いたしますわ。この部屋は好きなだけ使っていて構いません。残された最後の時間……どうぞ悔いのないように」

それだけを言うと、シューマイ先生は盤駒を片付けて、部屋を出て行った。

バタン。

扉が閉まると、重苦しい沈黙が部屋に立ちこめる。

こういう時は負けた方から口を開いて、勝者に気まずい思いをさせないのが礼儀だと師匠から教わった。

けど……わたしは、どうしても言葉が出てこない。

「…………」

情けなかった。

澪ちゃんと最後に指す将棋が、こんな……こんなにもあっさり、終わってしまったことが。

「……感想戦………するところも、ないね」

卑屈にしか見えないだろう笑顔を貼り付けて、俯いたまま、わたしはようやくそう声を絞り出した。

「そもそも盤駒もないし……飛行機の時間もあるでしょ？　もう――」

「あいちゃん」

澪ちゃんは静かな目でわたしを見ると、

「悔しい？」

「え……？」

「悔しい？」

「…………悔しい、よ……」

負けたことも、すごく悔しい。

けれど不甲斐ない自分が情けなくて……そのことが、もっともっと悔しかった。

「この将棋、感想戦するとこないって言ったよね？　じゃあ別の将棋のこと話していい？」

「別の……将棋？」

「澪が、あいちゃんに研修会で、駒落ちで負けた将棋のこと」

「っ……！　あの将棋を……？」

その将棋のことは、わたしもよく憶えてる。

師匠と一緒に生石先生に振り飛車を教わってた頃。わたしに駒落ちで負けた澪ちゃんは……

初めて、わたしの前で泣いた。泣きじゃくって感想戦もできなかった。

そのことに動揺したわたしに、師匠はこう言った。

『もしおまえが勝つことを怖れるような人間なら、もう苦しむ必要なんて無い。今ここで破門してやる。荷物をまとめて田舎に帰れッ!!』

師匠が声を荒らげてわたしを叱った、初めての日。忘れるわけがない。

「あの研修会の後で、澪は幹事の久留野先生に言ったんだ。『もう将棋辞めます』って」

そんなことが……あったの……？

わたしは自分のことでいっぱいいっぱいになっちゃってて、澪ちゃんがどれだけ深い葛藤を抱えながら将棋を続けていたのかとか、わたしに対してどんな思いを抱いていたのかとか、そんなこと全然考えてなかった……。

「本気で辞めるつもりだった。あいちゃんが強いのは知ってたつもりだったけど……あいちゃんは普通と違うんだって納得したつもりだったけど……それでも、駒落ちで負けるのは、信じられないくらい悔しかったから」

「……………じゃあ……どうして、続けたの？」

「久留野先生がね？　こう言ったんだ。『悔しい時に辞めるのはもったいないですよ』って」

「もったい……ない？」

悔しいことと、もったいないこと。

その二つが繋がらずに困惑してると……澪ちゃんが教えてくれた。

「澪はこれまで、一番になれるものが、自分の一番打ち込めるものだって思ってたんだ。一番になれなきゃ、やる意味がないって思ってた」

天井を見上げながら、日本での日々を思い出すように澪ちゃんは語る。

「だからそれを探すために、いろんなことに挑戦したよ。将棋は楽しかったし、同世代の女の子には負けなかったから、研修会にも入った。女流棋士になるのもいいかなって思ってたんだ……あいちゃんが、来るまでは」

「…………」

「連盟道場で初めて盤を挟んだ瞬間にわかった。『あ、この子は違うんだ』って。初めて平手で負けた同世代の女の子が、将棋を憶えてたった半年で、しかも竜王の内弟子になったって知ったとき……嫉妬で胸がモヤモヤした」

嫉妬。

眩しいほどいつも笑顔で、将棋の世界でも小学校でも一番の親友だった澪ちゃんが、わたしにそんな感情を抱いていたことが……ショックだった。

「それからたった二ヶ月で……二ヶ月だよ？　あっというまに駒落ちで負かされたのがトドメになって、澪は将棋を辞めようと思った。この先どんどん差がついてく。あいちゃんがいれば澪が将棋を指す意味なんてないって……しかも天ちゃんみたいな天才まで現れてさ」

一番以外に意味はない。

それは、すごくよくわかる。師匠もよく言ってる。二番は最後に負けた者を意味するって。

わたしも……一番になりたい。

だってわたしのなりたいものは、一番じゃなきゃダメだから。

だから一番になれないってわかったら……澪ちゃんみたいに全てを投げ出してしまうかもしれない……。

そんなことを考えていると、澪ちゃんが意外なことを言った。

「でもね？　だったらもっと頑張ってみようって思ったの！　一番になれないからこそ、いっぱい負けて悔しい思いをたくさんするからこそ、もう一度だけ全力で頑張ってみようかなって思ったんだ！」

「一番に……なれないのに……？」

「だってさ？　絶対に一番になれるってわかっちゃってたら、頑張る意味ってなくない？」

「ッ……!!」

「負け惜しみかもしれない。けど澪は、負けてみて初めて思ったんだ。『このまま将棋を辞めるのは惜しい！』って」

いつもの明るい笑顔を浮かべて、澪ちゃんは言う。

「わからないから、確かめたくなるの。わからないから、好きになるの。一番になれないからこそ……努力するんだよ。一番強い子の側で」

はっ、と誰かが息を飲む音がした。

「強烈な努力……です」

綾乃ちゃんのその言葉に、澪ちゃんは頷く。

「長く続けても報われないと、その気持ちは薄れちゃうけど……でも奨励会で頑張ってる人たちに比べたら、澪なんてまだまだ入口にすら立ってないと思うからさ！　それで何かを決めちゃうのは早すぎると思うし」

報われない努力はない。

女流棋士になれたときのインタビューで桂香さんはそう言ってた。

あのインタビューで見た桂香さんは泣いてたけど……なぜか今の澪ちゃんの笑顔と重なって見える。

「海外に行くから研修会を辞めるって幹事に言いに行ったら、今度はあっさり辞めるの許してもらえてさ。ちょっとは残念がってもらえるかと思ったから……久留野先生、何て言ったと思う？」

「なんて……言われたの？」

「『ん。今度は退会ではなく、卒業ですから』だって！」

お世話になった幹事の先生のマネをする澪ちゃん。

すごく似てて、わたしは思わず笑っちゃった。

けど……そっか。卒業なんだ。資格は持ってなくても、澪ちゃんはもう棋士になったんだ。

あの時の桂香さんと似てる理由は、きっとそれだった。

「そもそもさぁ、澪が一番になれるものなんてこの世に存在しないかもしれないじゃん？　でも――」

「でも？」

「一番熱くなれるものなら見つかったからさ。それだけでも、すっごくラッキーじゃん！」

「いちばん……あつく……」

「あいちゃんにも伝わったかな？　澪の熱が」

伝わったよ。

あいには受け止めきれないほど、ストレートで熱い、澪ちゃんの心が。

あまりの眩しさに視線を逸らしたまま、わたしは言う。

「…………ありがとう澪ちゃん。最後にわたしと将棋を指してくれて……」

「返しただけだよ。あいちゃんが前に、澪にしてくれたことを」

「嫌われ者になること……だよね？」

なにわ王将戦の特訓をしてた時のことを思い出して、わたしは言った。

あの時わたしは澪ちゃんたちと駒落ちで将棋を指してたけど、その特訓を『指導対局』なんて酷いこと言って……。

　でもそうするしか、澪ちゃんの心に火を付ける方法を、わたしは知らなくて。

「あはは。バレちゃってたなら、あんまり精神攻撃にならなかったかな?」

　わたしは心が弱いから。そこを責められると、すぐ崩れちゃう。

　ううん。そもそもわたしは――

「あいちゃんが調子を崩すときは、将棋以外のことで悩んでるときだもんね。だから勝負するタイミングも選んで、途中で手紙なんて見せたりして、揺さぶりを掛けたんだよ」

「澪ちゃん……」

「気付いてた。商店街の夏祭りの後から、あいちゃんの様子がおかしいことには」

「………そうなんだね……」

　あの夏祭りの日。

　雨宿りした小学校で、わたしは空先生からこう言われた。

『悪いけどそこは譲らない。一番は私』

　そして空先生はプロになった。三段リーグでも一番になった。

　そんなすごい結果を突きつけられて、わたしは思ってしまったんだ。

　勝てないかもって。

　わたしは一番になれないかもしれないって……。

「あいちゃんが少しでも『悔しい』って思ってくれたなら、澪も恩返しできたかな？　日本を離れる前に、それだけはしておきたかったからさ！」

「うん。手痛い恩返しだったけど、目は醒めた。持つべきものはお友達、だね？」

「それは違うよ」

「え？」

「澪は、あいちゃんの友達になんてなりたくなかった」

「みお……ちゃん……？」


「だって澪が本当になりたかったのは――――あいちゃんのライバルだから！」


「ッ……!!」

「あいちゃんは今までずっと追い抜く立場だったでしょ？　けど、初めて追い抜かれる立場になった。その痛みは、普通の負けよりずっとずっと痛い……だよね？」

「………うん」

わたしは両手で、自分の服をくしゃくしゃになるまで握り締める。

「痛いよ澪ちゃん。胸よりも、もっと下………お腹の奥が、痛いほど………熱い」

熱い。

全身が燃え立つような熱さとは違う。身体の一部分が、奥の奥が、痛いほど……熱い。

それは、これまで生きてきた中で、初めて感じる熱さ。

この感情を表す言葉を……わたしはまだ、知らない。

「それが、澪が本当にあいちゃんに伝えたかったこと。あいちゃんに持ってて欲しい、澪の思い出」

今度は澪ちゃんが胸に手を当てる番だった。

「海水浴のことも！　空せんせーのお誕生日のことも！　クイズ大会のことも！　楽しい思い出は全部忘れてくれたっていい！　今日の将棋だけをあいちゃんの胸に刻みつけたかったんだ‼　だって――――」

その小さな胸の奥に大切に仕舞った思い出を握り締めるかのように両手で胸を掻き抱いて、澪ちゃんは叫んだ。

「だって………だって澪のこと、忘れてほしくないから……っ‼」

宝石みたいな涙が一粒だけ、澪ちゃんの頰を流れ落ちる。

「気持ちが折れそうな時があったら今日の負けを思い出して。そんで思いっきり悔しがって。あの棋譜の続きが、あいちゃんへの手紙(プレゼント)だよ」

「………わすれないよぉ……」

泣きそうになりながら、わたしは答える。

「みおちゃんのこと、わすれるわけないよぉ……！」

ずるいよ澪ちゃん……勝ち逃げするなんて……一人だけ行っちゃうなんて、ずるいよ……。

澪ちゃんは隣で聞いている綾乃ちゃんに手を伸ばすと、

「あやのん。澪のお手紙、もらっていい？　続き書いてくれた？」

「………」

「あやのん？」

「どのお手紙のことです？」

「へ？　どのって――」

「澪ちゃんは何通もお手紙を用意してたです」

えっ⁉

どういう……こと？

「あいちゃんに電車でお手紙を渡したとき、澪ちゃんはリュックの前のポケットから手紙を取り出して、同じ場所に仕舞ったです。けど今の手紙はリュックの横のポケットから取り出したです」

「もー！　あやのん、種明かししたら今までの話が台無しじゃん！」

澪ちゃんは綾乃ちゃんをぽかぽか叩いてから、観念したように、リュックのポケットを全部開けた。

パンパンに膨らんでたポケットから、ざらざらと音を立てて滑り落ちた手紙の山が、テーブルの上にできる。

あまりの量にシャルちゃんが目を丸くして叫んだ。

「ふぉー！　おてがみ、いっぱいなんだよー‼」

「こ…………こんなにいっぱい…………研究したの……？」

わたしの将棋をソフトで分析して？

わたしを倒すためだけに？

「だって戦型がどうなるかなんてわかんないじゃん！　相掛かりはド本命だったけど、それだって先手と後手で作戦はガラッと変わるし、分岐もあるし……あと、あいちゃんが指しそうな戦型も意外といっぱいあるでしょ⁉　振り飛車だって指すしさぁ。ホント、大変だったんだよ……当たってよかったたぁ……」

山のようなお手紙の数々を、澪ちゃんは分類していく。

どうやらシールの柄が微妙に違うみたい。

「これは矢倉でしょ？　こっちは角換わり。これも角換わり、角換わり、角換わり……あと相掛かりは先手だけで二十通くらい用意したかな？　横歩取り（よこふど）も後手番（ごてばん）は同じくらい用意してて。さすがに相振り飛車までは用意できなかったけどね！」

「……後手だと、相掛かりより横歩取りの将棋が多いんだね？　どうして？」

「あいちゃんの相掛かりを後手で受けるのは恐すぎるからね。できればハメやすい横歩取りにしたかったんだ」

「わたしが横歩を取らなかったら？」

「意地でも取ってもらうように挑発してたかな？『横歩を取らない子に負けたらご先祖さまに申し訳ない』とか言ってさ！」

「ふふ……なにそれ」

思わず笑っちゃった。

「でも相掛かりはド本命だったからさぁ。研究に合流しなかったら、その時点で澪の心がポッキリ折れちゃってたかもね！　振り駒で先手出してくれたあやのんにも超感謝だよー」

「……ううん。それでもわたしは負けてたと思う」

今日の澪ちゃんの集中力はすごかった。

わたしは得意の終盤でも、澪ちゃんに競り負けた。

それにいくら澪ちゃんが優勢な局面で終盤に突入したからって、いくら綿密な事前研究をされてたって、わたしにもいろんな場面でチャンスはあった。

そのチャンスを掴みきることができなかったのは……わたしが弱いから。

わたしはいつも、チャンスを掴みきることができない。

それは……わたしの心が弱いから。

詰将棋が解けるとか、記憶力がいいとか、そういうのとは関係ない。

勝負師として決定的に足りないものがあることに、わたしは気付きかけていた。

そしてその足りないものを得るために何をすればいいかも——

「そうです。あいちゃんは負けるに決まってるです」

「綾乃ちゃん……？」

「だってあいちゃんは澪ちゃんのこと、なーんにもわかってないのです。わかろうとすらしてなかったのです」

嘲るような口調で、綾乃ちゃんは言う。

「澪ちゃんが今日まで出発を延ばしたのだって……空先生がプロになれてもなれなくても、あいちゃんがショックを受けるから、それを心配して…………あいちゃんが将棋を辞めないか心配して、どうしても辞められなくなるようにするためで……」

え……。

澪ちゃんが二学期まで日本にいたのは……わたしのため……？

「うちは澪ちゃんのことなら何でも知ってるのです。あいちゃんよりもずっと長く、澪ちゃんのことを見てたですから！」

次第に言葉が激しくなる。

ダンッ！　と床を踏み鳴らして、綾乃ちゃんは叫ぶ。わたしを責める。

「どうしてそんなことがわからないんです⁉　どうしてそんな子が、澪ちゃんに選んでもらえるんです⁉　澪ちゃんと最後に対局してもらえるんです⁉　あいちゃんの将棋じゃなくて、うちの将棋を並べて欲しかった！　うち……うち…………もっと、強くっ…………‼」

　綾乃ちゃんは……泣いていた。

　シャルちゃんが綾乃ちゃんのスカートの裾を摑んで心配そうに見上げているのも構わずに、綾乃ちゃんは悔しそうに唇を嚙み、両手を握り締める。拳がぶるぶると震えるほど。

　こんなに悔しそうな綾乃ちゃんを見たのは初めてで……。

「ごめんね？　あやのん」

　綾乃ちゃんの震える拳を優しく手で包み込みながら、澪ちゃんは頭を下げた。

「ごめん。でも、澪は――」

「…………いいんです。わかってるのです。謝らないで……」

　嚙み締めていた唇を緩めて、小さく震える声で、綾乃ちゃんは言う。俯いたまま。

「あいちゃん…………ごめんなさい、です………」

「ううん！　わたしこそごめん！　ごめんよぉ……‼」

　罵られようと怒りは湧かない。

　わたしも、綾乃ちゃんと同じ気持ちを抱いたことがあるから。

　天ちゃんが空先生に挑戦した、女王戦。

その決着局を盤側で観戦しながら、わたしは思った。これがわたしの将棋ならよかったのにって。

あの時の気持ち……忘れてない。

でも、いろんなことがある中で、あの時よりも薄れてしまっていて……。

再び静かになった会議室で、わたしはポツリと呟く。

「……迷ってることが、あるの」

「うん」

澪ちゃんは頷くだけで、続きを尋ねようとはしない。

それだけで、わたしが何を迷っているのかを察してくれたようだった。

だから言葉の代わりに……わたしが旅に出るためのパスポートを渡してくれる。

「はいこれ！　あいちゃんへのプレゼント」

抱えきれないほどのお手紙を澪ちゃんはわたしにプレゼントしてくれた。

その量に、改めて圧倒される。

「こんなに、いっぱい……」

「いっぱいいっぱい並べたよ。あいちゃんの将棋。最初に連盟道場で指した将棋まで思い出して、棋譜に書いて。澪と指した将棋だけじゃない。あいちゃんが棋士室で指した練習将棋の内容も聞いて回ったし、研修会でどんな戦法を使ってたかも久留野先生から聞き出したし、あいちゃんのネット将棋のアカウントも特定して……今なら多分あいちゃんのこと、あいちゃん以上にわかる」

力強く澪ちゃんは言う。

「将棋の技術はコンピューターが教えてくれる。澪くらいの才能でも、序盤の技術はソフトを使えばもう一人でどんどん強くなれるんだよ。少なくとも根性さえあれば、いま澪が指したレベルの将棋は指せる」

「あんなにすごい将棋を……わたしが？」

序盤がめちゃめちゃヘタなわたしにも、あんな緻密な作戦を指しこなせるようになるんだろうか？

「あいちゃんならもっと上手に使うことができるはずだよ。澪みたいに語呂合わせなんて必要ない。あいちゃんに必要なのは、覚悟だけ」

「覚悟……」

今までわたしはずっと『いい子』だった。

教えられるままに学んできた。

そうすれば強くなれるから。

そうすれば……好きになってもらえるから。師匠にとって一番いい弟子になることが、わたしの目標だった。

これまではその二つが重なってたけど……。

「澪は海外へ行く。海外でも将棋をする。研修会が無くたって、女流棋士になれなくたって、関係ない。あいちゃんはどうするの？　今のままでいる？　それとも――――」

「…………わたしは……」

どうしたいんだろう？　どうなりたいんだろう？　自分に問い掛ける。

……このままでいることも、できる。

内弟子として師匠の言いつけを守って、理想の弟子でいることも。

そうすれば大切にしてもらえるし、何でも教えてもらえる……弟子として。

けどそれは、さっきの将棋と同じだ。

受け身のままで、自分で何も考えずに何も選ばずに、どうなるか簡単に予想できる未来に向かって歩いて行く。決定的な現実が訪れるその瞬間まで。

本当にそれでいいの？　わたしは何のために将棋を指すの？

わたしは――

「…………わたしは、強くなる」

いくら考えても、何が正しい答えなのかはわからない。

けど、たったいま澪ちゃんが刻みつけてくれた傷跡から流れる血の熱さが、わたしにこう叫ばせていた。

「強く……なりたいっ!!」

「うん！」

小指を立てた右手をこっちに差し出して、澪ちゃんは頷いた。

「澪も、もっともっと強くなって帰って来るよ！　一人でも、どこででも、強くなれるって証明する！　だから──」

──だからまた、一緒に将棋を指そう。

わたしたちは約束した。

指切りをして約束した。再戦の誓いを。

もっともっと、もっと強くなろう。今度はわたしが澪ちゃんを追いかける番だから。


この日、澪ちゃんは旅立った。

日本から。ＪＳ研から。研修会から。


そしてきっとこの日が──わたしにとっても、旅立ちの日になったんだと思う。

「あっ！　あの飛行機じゃない⁉」

ターミナルビルの向こう側から飛び立ったばかりの飛行機を指さして、わたしは叫んだ。

大きくて他より少し古い機体が、轟音（ごうおん）と共に上昇していく。

「あれなのです！　あの機体に書いてある航空会社の名前……何て読めばいいかわからないけど間違いないのです！　おぉーい‼」

綾乃（あやの）ちゃんは両手を挙げてぶんぶん振りながら、普段の大人しい姿からは想像できないほど大きな声で叫ぶ。

わたしとシャルちゃんも、飛行機に向かって一心不乱（いっしんふらん）に手を振った。

小さなわたしたちの姿が澪（みお）ちゃんから見えるように。

「おーい！　澪ちゃーん‼　お――――――いっ‼」

「みおたーん！　みーおーた――――ん‼」

飛行機の轟音（ごうおん）に掻き消されないよう、三人で声が枯れるほど叫んだ。

「「「みおちゃ――――――――んっっっ‼」」」

最初は全く聞こえなかったわたしたちの声は、だんだんと飛行機の音に負けないほど大きくなって。

そして、わたしたちの声だけが聞こえるようになったころ……飛行機はもう、見えなくなっていた。

「……みおたん、いっちゃったねー」

シャルちゃんがぽつりと言った。いつもと変わらない、明るい声で。

わたしも綾乃ちゃんも、まだ空を見上げたまま。だって下を向くと……瞳に溜まってる涙が零れちゃうから。

すると急に、両手を挙げて空を見上げてたシャルちゃんがその場に蹲る。

「シャルちゃん？　どうし――」

「…………うっ…………ひ…………ひく…………」

小さな小さな背中が、微かに揺れて。

飛行機よりも大きな声で――シャルちゃんは泣いた。

「うぇぇぇぇぇぇ！　さみっ……さ、さみしぃよぉぉぉぉ！　みおたぁぁぁん！　みおたぁあぁぁぁあんっ‼」

みおたん……。

みおたん……。

路上に蹲ったまま、シャルちゃんは何度も何度も澪ちゃんの名前を呼んだ。

そうすればまたひょっこりあの元気な笑顔で駆けて来てくれるかもしれないって思えるほど、何度も。

けど今はもう、その泣き声が響くだけで……。

「立派だったですよ？　シャルちゃん」

地面に膝を突いてシャルちゃんの背中にそっと手を添えた綾乃ちゃんが、優しく囁く。

「シャルちゃんも戦ってくれていたです。ずっと自分と戦っていたのです」

ああ…………わたし、やっぱりダメだなぁ……。

自分のことだけで精一杯で、シャルちゃんのこと、ぜんぜん見えてなかった。

今ならようやくわかる。いつもと変わらないシャルちゃんの態度の理由。

そうしていることが澪ちゃんに自分の成長を見せる一番の方法だって、気付いてたから。

そして澪ちゃんも気付いてた。シャルちゃんの成長を。

だからプレゼントに水筒を選んだんだね？

あそこで出るお昼のお弁当はすごく喉が渇くから――

「…………しゃう、けんちゅーかい、はいる」

膝を抱えて路上に蹲ったまま、シャルちゃんは言った。

そして涙と鼻水でぐしゃぐしゃになった顔を上げて空を見ると、傍らの綾乃ちゃんの手をぎゅっと握り締めて、

「あやにょ」

「はい……です？」

「いっしょに、つよくなる」

「…………はい……！」

綾乃ちゃんもシャルちゃんの小さな手を握り返すと、同じように、飛行機の消え去った空を見上げて言った。

「うちも、もう才能を言い訳にして逃げるのはやめるのです。なりたいものがあって、そのための環境も整っているのなら、あとは努力をすればいいだけなのです」

凛（りん）とした声で、綾乃ちゃんは言った。

「ただの努力で足りないのなら、もっと努力すればいいのです。強烈な……努力を」

帰りの電車の中で、シャルちゃんと綾乃ちゃんは泣き疲れて寝ちゃった。

電車の振動が子守歌になってるみたい。二人とも手を繋いだまま、お互いの肩と頭を枕（まくら）にするみたいに寄り添ってる。

そんな二人の姿にちょっとだけ寂しさと羨（うらや）ましさを感じながら、わたしは澪ちゃんからもらった手紙の束を一枚ずつ広げていた。

「…………すごい…………これも、これも…………！」

手紙に記された棋譜（きふ）の長さは、序盤から中盤まで様々で、ものによっては詰みまで研究してるのもあったけど……共通してるのは、その完成度の高さ。

次々に封を破って、むさぼるように読んだ。

「どれもホントすごい……‼　小学生でもこんなに深くまで研究できるんだ……‼」

ソフトの力を借りることで、プロと比べても全く遜色ない……ううん！　むしろ先入観がないぶん、プロの棋譜より伸び伸びとしてる。

びっくりするほど大胆。けど、繊細。

この序盤を指しこなせたら強くなれる。

でも！　そんなことよりわたしの心を熱くさせるのは――

「この将棋……どれも、すっごく楽しいっ‼」

『どう⁉　ワクワクするっしょ⁉　澪は、あいちゃんの好みを知り尽くしてるかんね！』

得意げに胸を張る澪ちゃんの姿が目に浮かぶようだった。

そして、最後の手紙を開いたわたしは、そこに意外なものを見た。

「……あれ？」

「これ……書き損じ？　間違えて一緒に入れちゃったのかな？」

大きなバツが打たれた棋譜。

読んでみると、それは牽制し合ってお互いの持ち味を消そうとしてる将棋だった。とても高度な応酬で、プロや奨励会員の棋譜と言われても信じてしまいそうな完成度で……。

もし今日の対局で澪ちゃんがこの序盤を使ったら、もっと簡単に勝てたと思う。

「……どうしてこれがバツなんだろ？」

その棋譜の横に、力強い澪ちゃんの字で、バツを書いた理由が記してあった。

『あいちゃんは、ぜったい、逃げない』

「ッ……！　みお……ちゃん…………！」

たくさんの手紙を抱き締めたまま、わたしは泣いた。

澪ちゃんと過ごしたたくさんの思い出と一緒に、あたたかい涙が次から次へと溢れて、止まらない。

バツの打たれた書きかけの棋譜が……わたしにとって一番の宝物になった。

「…………ずるいよ……こんなの…………」

いつも笑顔でいよう。

誰とでも仲良くしよう。前だけを向いていよう。

幸せを独り占めするんじゃなくて、分けてあげよう。そうすればたくさんの人と将棋を指すことができるから。そうすれば、もっともっと強くなれるから。

そして――どんなときでも元気いっぱいでいよう！

難しいけど大丈夫。

わたしには最高のお手本があるから。

「……だよね？　澪ちゃん……」

電車の窓から見上げた青空には、一筋の飛行機雲が浮かんでいた。

澪ちゃんみたいにまっすぐな、白い雲が。

あとがき

この13巻は、12巻の翌日を描いた短編にドラマCD脚本を小説風に書き直したものを織り交ぜた作品になります。

構成的には本編の8巻に近いのですが、大きな違いもあります。

それは本編の主人公である八一の視点が一度も登場しないということです。

とはいえ八一が主人公でなくなったというわけではありません。次の14巻では、ちゃんと登場して、いつものように竜王のお仕事を見せてくれるでしょう（何ならこの後に続く『白雪姫と魔王の休日』でも見せてくれるかもしれません）。

このような構成になった理由は、澪ちゃんの旅立ちをきちんと書きたかった等、様々ですが……やはり新型コロナウイルスによる外出自粛が大きいです。

ほぼ取材に行くことができず、タイトル戦も延期。その他の公式戦も延期が多数発生し、ネタとなる棋譜や観戦記も極端に減少しました。必然的に、過去に行った場所を舞台にしたり、過去の原稿に頼らざるを得ませんでした。取材を必要とする私のような作家にとって、平穏な日々がどれだけ貴重だったか……。

14巻からはいよいよ最終章が始まります。一日も早い事態の終息を願いつつ、新しい取材方法なども取り入れて、さらに熱い話をお届けできるよう頑張ります！

白雪姫と魔王の休日

空銀子は眠っていた。

《浪速の白雪姫》と呼ばれる少女は、まるで眠り姫でもあるかのように、白いシーツの敷かれたベッドの上に横たわっている。

「よく眠っておられるようですね」

そんな銀子の微かな寝息を聞き取った将棋連盟会長・月光聖市九段は、ホッとしたようにそう言った。

盲目の天才棋士にとって、世界は音で推知される。

そんな男が光の速さにまで喩えられる神速の寄せを魅せるのは、ある意味、神が将棋の世界に与えた最大の皮肉であり、奇跡でもあった。

「……すみません会長」

銀子の弟弟子である九頭竜八一は、月光と会話する時いつもそうするように、はっきりとした発声で答えるのであった。

「あの、もし何か重要なお話があるんでしたら、起きてから電話させますけど……」

「いえいえ竜王。それには及びません」

ベッドの横に置いた丸椅子に座る八一へ優しい笑顔を向けると、月光はこう続ける。

「今は何も考えず、ぐっすりお休みになっていただきたい。半年間も激しい戦いを続けたのですから」

奨励会三段リーグ。

半年間かけて行われるその地獄を、銀子は一期で抜けた。

それは同時に、女性としては初めての偉業である。

中学生棋士でこそないが、十五歳での四段昇段は、年齢だけでいえば八一と同じですらあるのだ――――あと数日で十六歳の誕生日を迎えるとしても。

それは将棋界を超えたニュースとなり、日本中が、ベッドの上で眠り続けるこの華奢な少女の目覚めを待っているのである。

「目を覚ませば今までと全く別の人生が待っています。しばらくはゆっくり過ごすことなど不可能でしょう。膨大な数の取材申請が来ています。テレビ出演や記念式典……大部分はお断りしますが、プロとなった以上は、どうしても断り切れないものが出てきますからね」

「それは本人も覚悟の上だと思います。ただ……」

「何でしょう？　竜王」

言いづらそうにしていた八一は、意を決したように、その話題を切り出した。

「初対局がいつになるかは、とても気にしてる様子でした」

「新四段のプロデビュー戦に関しては、現時点で、それがいつになるかはお約束できません。手合いを付けるのはこれからになりますから」

月光の返答は慎重であった。

将棋界は実力だけがものを言う世界である。

それは裏を返せば、人気商売という意味でもあった。

人気があればスポンサーが付く。スポンサーが付けば対局はいくらでも設定できるし、対局料も賞金も付く。

そして『史上初の女性プロ棋士が初めて指す対局』というのは、それがたとえ非公式戦であろうとも、莫大な価値を持つのである。

たとえば国民栄誉賞を受賞した名人との記念対局でも行えば、凄まじい金額を将棋連盟にもたらしてくれるであろうことは想像に難くない。

連盟の運営を担う月光は、将棋界全体の利益を考えねばならない立場である。

これまでのように『奨励会員は修業中の身だから』と銀子を庇い続けることは不可能な以上、難しい決断を求められることは明らかであった。

「……とはいえ、現時点で空さんのプロデビュー戦は公式戦が望ましいと考えております。記念対局といった非公式戦を入れる予定はありません。そうでしたね男鹿さん？」

月光は傍らに控える秘書の男鹿さなり女流初段に確認する。

その男鹿は将棋手帳を繰りながら答えた。

「はい会長。現状ではそういった対局を入れる予定はございません」

「……ありがとうございます」

八一は礼を言った。

この二人がこう言うということは、そうなるよう可能な限り努力してくれるという意味なのだから……そもそも全(すべ)ての予定が頭に入っている男鹿が将棋手帳まで開いて確認してくれたのは、八一と銀子を安心させるためのポーズであった。

そんな二人の心遣いこそが、傷ついた銀子にとって最高の薬なのである。

月光は微笑みを浮かべて別の用件を切り出す。

「ところで竜王。四段昇段に当たって空さんご本人のコメントをいただきたいというお願いをしていたかと思うのですが、そちらはご用意いただけましたでしょうか？」

「あ、はい。それは起きてる時に最優先で書いてもらいました。ええと……」

八一は苦戦して、銀子の書いたメモをポケットから取り出そうとする。

その様子を、盲目の月光はただ黙って、男鹿は眼鏡(めがね)の奥に笑いを堪えるような表情を浮かべて眺めていた。

「……ありました。これです」

「拝見します」

上司に代わって男鹿がそれを受け取ると、いつもそうしているように、声に出して読み上げる。

『16歳の決意』　四段　空銀子

思い返せば四歳で師・清滝鋼介の下に入門してから、十二年の歳月が経とうとしている。そのうち、奨励会は約七年間。我が将棋人生の半分以上を過ごした。

挫折からの始まりであった。一度目の奨励会試験に落ち、七歳にして落伍者の烙印を押されたのである。あの時の目の前が真っ暗になる感覚は、こうしてプロになった今も、忘れ難い。

そんな自分が三段リーグを一期で抜けられたのは、幸運でしかなかった。

感慨はある。だが、後ろは振り返るまい。自分がプロになったことで将棋界を去った強敵たちがいる。彼らに恥ずべき将棋だけは指すまいと思う。振り返るのは引退してからでよい。今はただ、前だけを向いて走り続けたい。未だ見ぬ地平の彼方を目指して。

RUNNING　TO　HORIZON…。


「………どうでしょう？」

聞き終えると、八一は採点を待つ生徒のような表情で二人の反応を窺う。自分が書いたものではなかったが、自分が書いたもの以上に評価が気になる様子である。

「そうですね……」

月光は珍しく顎先をしきりに触りながら、こう答えた。

「……男鹿さんは、どう思われますか？」

「え⁉　お、男鹿ですか？　男鹿は…………その……」

動揺したように眼鏡を上げたり下げたりしてメモ用紙を見詰めていた男鹿は、やがてこう感想を述べ始める。

「……少々、堅苦しいのではないかと。棋士とはいえ現役女子高生なのですから、もっとキャピキャピした文章のほうが親しみやすさと瑞々しさが出ると考えます。あと、最後の英文は唐突な印象があります。個人的には爆笑……コホン。とても感銘を受けるのですが」

「なるほど。大変鋭いご指摘です。さすが男鹿さん」

多少の違和感を覚えるほどに月光は秘書の意見を絶賛するのであった。

「いかがでしょう竜王。内容は変えずに、文体を少々……こなれた形に変更しては？」

「それでいいと思います。銀――」

途中で言葉を直しつつ八一は頷く。

「……姉弟子も、少し肩肘を張っちゃってるみたいで。プロになったら将棋も文章も格調高くするべきだって思い込んでるんです。『である』調で書かなきゃいけないとか」

「皆そういうものですよ。私もそうでした。名人もね」

なお、眠っているので議論に加わることのできない銀子の名誉のため、ここで少し申し添えておけば――

彼女はこの文章を書くに当たり、過去の昇段者のものを参考にした。そこにはもちろん月光や八一のものも含まれている。

だからきっと起きていたらこう言ったであろう。

『文章が硬いのは私のせいじゃない！』

と。まあ確かに最後の一行は、唐突かもしれないが。

「では失礼します竜王。空四段によろしく」

「もう帰るんですか？」

「ええ。午後から空さんの件で記者発表を控えていますので。こちらで文章の修正を終えたら確認のご連絡を入れさせていただくかもしれません」

「それはもちろん……あの、すみませんでした。お茶も出さずに……」

「いえいえお構いなく。落ち着いたら清滝さんも交えて、みんなでゆっくり食事をいたしましょう。大阪でね」

八一と銀子の師匠である清滝鋼介は、月光の弟弟子に当たる。

弟子も、そして家庭すらも持たず孤高を貫く月光にとって、清滝の家は家庭的な温もりを感じられる唯一の場所なのかもしれなかった。

そして八一と銀子にとっても、月光は永世名人という遙かに仰ぎ見る存在であると同時に、修業中の幼き日々に優しく接してくれた、親戚のような存在でもあった。

「……はい。また大阪で」

再会の約束を別れの言葉にする八一。

そんな八一の耳に、秘書の肩に手を置いて病室を出て行く月光の声が聞こえてくる。

「ところで男鹿さん。病室に入ってからずっと含み笑いをしておられるようですが……何か変わったことでも？」

「失礼いたしました。あまりにも初々しくて……ふふ」

「初々しい？　プロになった空さんの態度が、ではありませんよね？　でしたら何が初々しかったのですか？」

「うふふ。それはですね――――」

月光は不思議そうだったが、男鹿の言う『初々しさ』を銀子が聞いていたら、きっと赤面していたであろう。

ともあれ、来客は去り。

病室には八一と銀子、そして『御見舞　日本将棋連盟』と短冊の貼られた抱えきれないほど大きな果物籠だけが残された。

「ふぅ…………短時間だったけど、やっぱ会長と同じ部屋にいると緊張するな……」

八一は一番上まで留めていたシャツのボタンを外そうとする。

が、上手くいかずにもたつく。

それはそうだろう。左手では。

「……バレてたなぁ男鹿さんには。右手、ずっと銀子ちゃんと繋いでたの……」

ようやくボタンを外し終えると、今もまだ繋いだままの右手を白いブランケットの下から出しつつ、八一はそう呟いた。

銀子は眠る前に八一と手を繋ぐことを望み。

そしてそのまま熟睡してしまったのだ。

さすがに会長たちが来るまでには起きるか放すかしてくれるだろうと軽く考えていた八一だったが、銀子は手を繋いだまま、いつまでも眠り続ける。まるで白雪姫から眠り姫になってしまったかのように。

慌てた八一は咄嗟に繋いだ手を隠して、来客を迎えたのだった。

「ケットの下ならワンチャン隠せると思ったんだけど……」

来客に際して八一は何度もそれを外そうとしたが、眠っている銀子の力は意外なほど強かったし、八一自身も名残惜しい気持ちがあったため、そのままブランケットの下に手を潜り込ませて対応し続けた。

目の不自由な月光になら気付かれない。そう思ったからである。

しかし会長は誤魔化すことができても、目ざとい秘書が見逃すはずもない。

今頃はしっかり上司に報告しているであろうし、これをネタに今後も八一と銀子に様々な要求をしてくるに違いなかった。

《裏番長》と男鹿が怖れられる所以である。

「……ったく。俺の苦労も知らないで気持ちよさそうに寝てるんだもんなぁ」

今後のことを考えて恨み節を口にする八一。

空銀子は眠っていた。

だから返事はない。もちろん。

「銀子ちゃん？　寝てる……よね？」

八一はベッドに横たわる少女の寝顔を、改めて眺める。

「ん？　何だろ？　さっきより少し顔が赤くなってるような……？　人が多かったから室温が上がったのかな？」

エアコンの温度を確認した八一は、少し設定温度を下げた。

九月上旬の東京はまだまだ灼けるような暑さなので、正しい行動である。

左手でリモコンを操作した八一は、再び銀子の顔に視線を戻した。

「綺麗な子だな………かわいい……」

目元にかかる銀色の前髪を左手の指で少し分けつつ、愛おしそうに八一は呟いた。

青白く見えるほど白い銀子の肌。

それが今は、ほんのり赤味を帯びて。

成長した幼馴染みの寝顔に、八一は溜め息が漏れるのを抑えきれない。

「くはぁ～…………寝てる銀子ちゃんかわいすぎるだろぉ…………こんなかわいい子が俺の恋人なの？　こりゃ世間から恨まれても仕方ないよなぁ……」

銀子には聞こえていないこともあり、その声はどんどん大きくなる。

二人の関係は以前から将棋ファンのあいだで取りざたされていた。

単なる姉弟弟子と考えるファンは、ごく少数。

ネットの巨大掲示板における空銀子スレでは『絶対付き合ってる』『まだ付き合ってないけどいずれ付き合う』といった書き込みが定期的に存在したのである。

……八一が小学生の弟子を取るまでは。

しかもその弟子と同居しているという噂が広まるにつれて、銀子との関係は『やっぱり付き合ってない』『単なる姉弟弟子』『ロリコンだから貧乳が好きだっただけか』『無敵の白雪姫も本物の幼女には敵わなかったか……』という書き込みに掻き消されていったのである。

だから銀子には言いたいことが山ほどあった。

『どうせ告白するならもっと早くしろ』とか。

『幼女にばかり優しくするな』とか。

『バカ』『鈍感』『頓死しろ』とか。

それから…………………『私も好き』……とか。

「あれ？　まだ顔の火照りが引かないな……もうちょっと温度を下げるか」

八一は左手でリモコンを操作した。

今や室温を下げすぎて多少の肌寒さを感じるほどである。

だが銀子の顔の火照りは一向に引く気配が無い。

むしろその頬はさらに赤く染まり、普段は冷たさすら感じさせる彼女の表情を、年齢相応の少女のものに変えていた。

一方で八一もまた、デレデレと表情を崩す。

「ヤバいなぁ……銀子ちゃんが起きたら、意識しちゃって目を合わせられる自信、ない……」

その顔は銀子に負けず劣らず赤く火照っている。

そして思わず心の声が漏れてしまったというふうに、こう呟くのだ。

「完璧だ……完璧な、かわいさだ……」

心なしか銀子の頬がさらに赤くなり、八一の手を握る力が増したように感じた。眠っているから錯覚に違いないが。

そんな恋人の手を握り返しながら、八一は彼女の顔に見惚れ続けている。

「かわいい……罵詈雑言を口にしたり殴りかかってこない銀子ちゃんとか完璧な存在すぎてヤバい……いくらでも寝顔見てられるわ…………って、イテテ！　急に掴む力が強くなったぞ⁉」

その時だった。

「チョリーッス！　検診のお時間だぜぇ！」

「病院でイチャつく悪い子には、お注射どすよ～？」

勢いよくドアを開けて二人のナースが突入してきたのだ。

「つ、月夜見坂さん⁉　それに供御飯さんも⁉　どうしてこの病院がわかったんですか⁉　っていうかそのナース服どうしたんです⁉　まさか……変装して潜り込んだの⁉」

銀子と繋いでいた手を慌てて放す八一。八一の判断は間違ってない。月光と男鹿ならともかく、この二人に見られたら絶対に面倒なことになる。あと、さっき握る力が増したように感じたのは勘違いだったようで、するっと抜けた。

「いややわぁ竜王サン。潜り込んだなんて人聞きの悪い」

「そーだぞクズ。たまたま女流棋士会のファンクラブイベントでコスプレした時のナース服があったからそれ着て病院に来たら、面会謝絶の病室にもすんなり入れただけだぞ」

「それを潜り込むって言うんですよ‼」

『昇段祝　親友一同』と紅白の熨斗が付いた果物籠と、同じく花瓶に熨斗の付いた花を何の遠慮も無く病室に持ち込んだ二人の女流タイトル保持者は、我が物顔でズカズカと銀子の眠るベッドに接近。八一を押しのけて寝顔を覗き込む。

「お？　ナンだ銀子まだ寝てんのかよ。あー重てぇ重てぇ………どっこいしょ」

月夜見坂はそう言うと、持っていた果物籠を下ろした。

銀子の胸の上に。

「ちょっ!?　どこに置いてるんですか！　姉弟子が死んじゃいますよ!!」

八一は血相を変えてその果物籠を持ち上げる。

「スマンスマン。水平な場所を探してたら、ちょーど真っ平らな場所が目の前にあったからよ。つい……な？」

「気持ちはわかりますけど今はそういう冗談やめてください！」

血相を変える八一。

大切な恋人(ひと)を守るために立ち上がって叫ぶ。

「確かに姉弟子の胸は平らですよ！　しかも今は、折れた肋骨(ろっこつ)を治療するために胸に包帯とか巻いてるからさらに真っ平らですよ！　滑走路かってくらいツルツルですよ！　そりゃ何を置いても安定しますよ！　けどね!?　その薄い胸を自分で叩(たた)いてもっと平らにしてまで摑んだ四段昇段だったんですよ!!　平らになって悪いか!?　物が置きやすくて悪いか!?　このツルツルの胸は……銀子ちゃんの努力の証(あかし)なんですよッ!!」

「そ、そこまでは言ってねーよ……」

あまりの剣幕に動揺する月夜見坂。確かにそこまで言っていない。ふざけるな八一。殺すぞ……と、銀子が起きていたら言っただろう。

「竜王サン竜王サン」

「何ですか供御飯さん？」

「今、銀子ちゃんが不満そうに顔をしかめたように見えたんどすが……銀子ちゃん、もしかして起きておざるん？」

「いやいや寝てますよ。薬を飲んでるから多少のことじゃ起きません」

八一は明確に否定する。

そうだその通りだ。薬を飲んでいるからしっかり寝ている。そもそも空銀子ともあろう者がこの程度のことで心を乱されて起きるわけがない。三段リーグに比べれば月夜見坂や供御飯の闖入（ちんにゅう）など物の数ではないのだ。

「ところでこの部屋、妙に寒（さむ）ない？」

「適温です」

八一は再び明確に否定した。そうだその通りだ。

「そもそも何ですかこの非常識な見舞いの品は……病室に紅白の熨斗が付いた果物籠を持ち込むとか、正気？　しかも籠は立派なのに中身はバナナばっかりでショボいし……」

銀子の胸に載っていた籠を持ち上げた八一はその軽さに驚いている。

「お花は立派でおざりましょ？　こなたが自分で活（い）けたのどすー」

「ザケンな万智（まち）コラ」

月夜見坂は不機嫌そうに果物籠を八一の手から引ったくると、

「オレの持って来た果物籠だって立派だろーが⁉　この籠はな、あのタ●ノフルーツで買ったんだぞ！　……中身の果物は家の近所の八百屋で買ったけど」

「タカ●って、新宿駅の近くにある？　食事もできましたよね？」

「そーそー。クズ、行ったことあんのか？」

「四段の頃かなぁ？　関東で対局があった後、歩夢に誘われたことはあります」

その場の誰にとっても初耳であった。

「けど男二人でフルーツパフェを食べに行くのもどうかと思って断りました」

それを聞いた万智が、はんなりと言う。

「歩夢くんと竜王サンならそんなに違和感はおざりませぬけどなぁ」

確かに。あの二人は怪しすぎる。

銀子と八一が内弟子をしていた頃、神鍋歩夢は何度も大阪の清滝邸へ泊まりがけで勉強に来ていた。そして銀子が嫉妬するほど二人は常に一緒にいた。お風呂も一緒。寝るのも二段ベッドの下の段に二人で一緒の布団で寝ていた。互いの手を握り合ってスヤスヤと寝息を立てる八一と歩夢を見た時は、何事にも動じぬ銀子もさすがにドン引きであったという……最近はその歩夢にそっくりな妹（小学生）まで加わって、銀子の頭痛の種は尽きないのであった。

月夜見坂が思い出したように、

「そういやオレも兄弟子と約束してたんだわ。プロになれたらあそこのフルーツバイキングを奢ってくれるってよ」

「坂梨さんがそんな約束を？　月夜見坂さんと？　俺と食事するのは断ったのに……」

少し傷ついたように八一が言う。

坂梨澄人は銀子と同時に四段になった。

普通は半年に二人しかなれないプロ棋士だが、坂梨は先期と今期で二度の次点（三位）を獲得したため、フリークラスでのプロ入りが叶ったのである。

とはいえ奨励会で長く苦労した坂梨は、あまり他人に気を許さない。

年齢制限ギリギリでの四段昇段を果たして気分を良くしたのか、もともと妹弟子の月夜見坂には甘いのか、それとも……。

八一はふと思い付いて叫ぶ。

「あっ！　まさか坂梨さんと月夜見坂さんって――」

「や、違うんだって！　つーか聞いてくれよ！」

月夜見坂は身を乗り出して語り始める。

「あのオッサン、オレが紹介したった自動車学校で女子大生と仲良くなりやがってさ！　自分が奨励会員だってことを話したら、三段リーグの前に『がんばってください♡』って手作りの菓子もらって！　それで四連敗からまさかの十四連勝だぜ⁉　そんなんもうオレのおかげでプロになれたみてーなもんだろ⁉　なぁ⁉」

「ぜんぜん違ぅおざりますなぁ」

万智は即座に切って捨てたが、月夜見坂は収まらない。

「あーあーいいよなー！　プロにもなれて恋人も作って！　ナンだよその両取り！　人生超勝ち組じゃん！」

八一の表情が強張った。

「きっとあのオッサン『俺がプロになれたら付き合ってくれ！』みてーなこと言ってんだぜ？　不純だよ！　頭ん中ピンクのまんま三段リーグ指すなんて将棋に対する冒瀆だろ、ぼーとく!!」

「っ……そ、そうですね。将棋……なめてます……ね……」

「将棋だけに人生を捧げた他の三段がかわいそうだぜ。将棋の神様も残酷だよ。クズもそう思うだろ？　な？」

「………………そ………う、です………………ヨネ………………」

エアコンがガンガンに効いている中、冷や汗を垂らす八一。

銀子と八一は三段リーグの途中でお互いの気持ちを確かめ合った……が、その気持ちは封じ手として胸の中だけに秘めていたのでプラトニックである。坂梨とは違うのである。誰が頭ん中ピンクだ。ぶちころすぞ？

……と、銀子が起きていたら反論したであろう。

「さて。銀子ちゃんも起きそうにおざりませぬし、そろそろお暇いたしやすか」

胡蝶蘭(こちょうらん)を部屋の一番目立つ場所に飾り終えた万智が言うと、退屈でスマホをいじり始めていた月夜見坂も頷いた。

「そだな。また来るわ」

「は⁉　また来んの⁉」

迷惑そうな声を上げた八一にパンチを一発お見舞いすると、月夜見坂は自分たちの持って来た果物籠と、月光が置いていった果物籠を見比べて、

「ところでさ。こんなたくさん果物があっても腐らせるだけだろ？　オレたちが手伝ってやるよ！　銀子は食が細いかんな！」

「え？　いやでもこれ会長からの――」

「遠慮すんなって！　メロンだろ、リンゴだろ、この桃も回収だな。怪我(けが)人に糖度の高いもん食わせたらショック死すっからな」

「マンゴーも美味(おい)しおすえ？」

「そうそう。マンゴーもな。そういや宮崎(みやざき)出身の鏡洲(かがみず)さんに関西の棋士室で食わせてもらったマンゴー、美味(うま)かったなぁ……いい人だった……」

鏡洲飛馬(ひうま)。

年齢制限を重ねて三十歳の誕生日ギリギリまで奨励会で戦い続けたその男は、銀子との勝負将棋に敗れ、プロへの道を閉ざされた。

二人の将棋は奨励会に伝説として語り継がれる名勝負だった。棋譜の完成度など関係ない。一手一手の想いの強さと、懸かっている物の重さ。それが桁違いだったからである。

最後の最後で指先の動いた場所が数センチ違えば、プロになっていたのは銀子ではなく鏡洲だったのだから……。

関西で誰よりも慕われていた先輩のことを思い、しっとりとした口調で万智が言う。

「壮行会を開かんとなぁ。お寮も来る？」

「この果物持ってこのまま関西行こーぜ。銀子からブン捕ってきたって言ったら鏡洲さんも多少は気が晴れんじゃねーの？」

「せやね」

山賊のように高級な果物だけを奪うと、月夜見坂と万智はさっさと病室から消える。

滞在時間は、わずか五分。

季節外れの台風のように迷惑でしかない。

暴風雨が吹き荒れているあいだは永遠のように感じられるが、しかし過ぎ去ってしまえばむしろ寂しさすら感じられた。

「…………何をしに来たんだ、あの人たちは……」

呆然と呟く八一。

銀子と二人きりの時間を邪魔された上に果物まで奪われ、心の底から迷惑だと感じたが……

それで終わりではなかった。

ひょこっと、万智が一人だけで再び姿を現したのだ。

「あれ？　忘れ物ですか供御飯さん？」

「竜王サン。お燎のこと、許したってね？」

「え？」

意外な言葉だった。

聞き返した八一に、万智は静かに言う。

「あの子は奨励会で挫折を経験しておざるゆえ。悔しさは、普通の女流棋士とは比較できんほどや。ここに来るのもホントは嫌がってなぁ。ああやってわざと騒々しく憎たらしく振る舞うしかなかったのどす。コスプレしたのも、本心を隠すためや」

「ああ………そうですね。そうですよね……」

月夜見坂燎は女流棋士になった後、奨励会に入り直した。そのことを八一は思い出し、そして一瞬で理解した。

素直に称賛することも、正直に悔しがることもできない、彼女の気持ちを。

「退会した直後は、それはそれは酷いものどした。女流棋士に戻ることすら葛藤があったんやと思う。将棋を捨ててもおかしくないくらいの葛藤の中で、それでもお燎は将棋を選んだ。自分が将棋の神様に選ばれんことを知っても、なお……」

「…………」

「銀子ちゃんは勝ちやした。けど、こなたらの戦いはむしろこれからなんどす。銀子ちゃんとはもう直接将棋を指すことはほとんどおざりませぬが、この子との戦いは続くのどす。将棋を指せぬからこそ、今まで以上につらい戦いが」

たおやかに、しかし決然とそう語ると、万智は「ではまた関西で。ごきげんよぉ」と優雅に手を振って今度こそ去って行った。

「ふぅ…………見舞いなのか何なのか……」

確かに八一の言う通り、ただの見舞いとは思えなかった。

むしろ、そう。宣戦布告に近い。

けれどきっと銀子が起きていたら、そんな二人の乱暴な訪問を喜んだだろう。表情には出さなくとも、心の中ではきっと。

「…………いい友達がいて、よかったね」

月夜見坂と万智を銀子に引き合わせたのは八一だ。最初の出会いから、もう十年になる。

あの時は酷い出会いだったけれど。

そしてこれからも大変なことのほうが多いだろうけど、それでも、あの二人と共に歩めることを八一は喜んでいた。

それにしても。

「銀子ちゃん？　まだ寝てるの？」

ベッドに横たわる恋人を少し呆れた様子で眺める八一。

あれだけの騒動にもかかわらず、銀子はすやすやと寝息を立てたまま。

八一は悪態と溜め息を同時に吐く。

「ったく。大変なことは全部俺に押しつけて、自分は気持ちよさそうに寝てるんだもんなぁ。何だかさっきより表情が緩んでるし……」

それは目の錯覚に違いないが、八一には、銀子がニヤリと笑ってこう言ったように見えた。

『恋人なんでしょ？　ちゃんと守ってよ。ばかやいち』

もちろん、眠っているから錯覚に決まっている。

しかし心が通じ合った二人には……そんな錯覚こそが、現実なのかもしれない。

「昔からそうだったよね？　師匠や桂香さんに怒られるのはいつも俺ばっかりで、妙に要領がいいっていうか。銀子ちゃんのやった悪事も俺のせいにされたりさ。だから――」

空銀子は眠っていた。

だから九頭竜八一はこう考えたのである。

「………ちょっとくらい、労ってもらってもバチは当たんないよね？」

八一は、水晶のように艶めく肌に手を伸ばす。

そして自分の顔も、銀子の唇に寄せていき――

「銀子ちゃん！　大丈夫なのッ⁉」

勢いよく病室へ駆け込んできた清滝桂香を迎えたのは、ベッドに横たわる銀子と、その傍らで静かに座る八一。

肩で息をしている桂香に、八一は自分の唇に指を立てて静寂を促す。

「……（しー）」

「あっ………………ごめんなさい」

桂香は静かにドアを閉めた。

もし桂香が冷静だったら、室内の違和感に気付いただろう。

たとえば、八一の表情が妙に固いことに。

たとえば、部屋の温度が異様に低いことに。

たとえば、二人の距離がわざとらしいほど遠いことに。

しかし大阪から急いで駆けつけた桂香はとにかく銀子の容態が心配で、そんなことにまで気付く余裕はなかったのである。

足音を立てないようにベッドに近づき、桂香は銀子の顔を上から覗き込んだ。

「……眠ってるの？」

「起きてると痛いみたいでね」

八一は手で自分の胸のあたりを示す。

「三段リーグの最終局で、全力で叩いたって。レントゲンを撮ったけど、やっぱり肋骨が折れてたよ。肺も少し傷ついてる」

「そんな……将棋の対局で、そこまで……」

「気持ちはわかるんだよ。奨励会の有段者は一日二局指すけど、二局目の終盤は意識が朦朧(もうろう)とするから。自分で頰を張り飛ばしたり頭を叩いたり腿を抓(つね)ったり、みんな無意識のうちにどこかを痛めつける」

命懸け。

そんな言葉が最も相応(ふさわ)しいのは、プロの対局ではない。

一局の勝敗がこれまでの将棋人生と、そしてその後の長い長い人生を決定付ける奨励会の将棋こそが、そうなのだ。

「まあでも心配ないってさ。明石(あかし)先生が改めてチェックしてくれたけど、骨が折れてる以外は何も問題無いって太鼓判(たいこばん)を押してくれたし」

「…………そうね」

桂香はただ頷いた。

八一はまだ、銀子の心臓がどれだけ厄介(やっかい)な病気に罹(かか)っていたのかを知らない。明石も伝えていないのならば、自分が伝えるべきではないと桂香は思った……いつか伝える日が来るとしても、それは今ではない。

「ところで八一くん。入った瞬間から気になってたんだけど……この部屋、寒くない？」

「そう？　適温だと思うよ？」

「ふーん……で、銀子ちゃんのお母さんは？　まだいらっしゃってないの？」

「先にホテルにチェックインしに行くって連絡あったよ。そこそこ長期滞在になりそうだし」

「八一くん、お会いするの何年ぶり？　ちゃんとご挨拶（あいさつ）できる？」

「で、できるよそれくらい……緊張するとは思うけど」

「ならいいけど。はっきり言うのよ？『娘さんをください』って」

「はっ⁉　な、ななな、なんでそんなこと言うのさ⁉」

「うふふ。それはまだちょっと早いかしら？」

からかうような笑顔を浮かべ、桂香は手に持っていた果物籠を掲げる。

「はいこれリンゴ。こっちもまだ旬にはちょっと早いけど」

「た、助かるよ……会長と男鹿さんが持って来てくれた果物があったんだけどね？　月夜見坂さんと供御飯さんがいいやつだけ持って行っちゃってさ」

「あの二人が来てたの？」

「どの病院に入院してるかこっちが教える前に、どこからか突き止めて……ね。供御飯さんから逃げるのは無理だわ」

「でしょうね……………あの子は銀子ちゃんのことを追ってきたというより……」

「ん？　何か言った？」

「言ってないわよぉ？」

にっこりと笑顔を浮かべて桂香は否定する。

それからまた表情を改めて、

「そんなことより！　病院の前、すごかったわよ？　テレビカメラとか……ああいうのって、どこから聞いてくるのかしら？」

「将棋界の人間はみんなお喋りだからねぇ」

八一は肩をすくめる。

「外部の人間に対しては壁を作るけど、内部の人間に対しては秘密なんてありゃしない。で、馴染みの新聞記者や雑誌記者に喋る。記者は会社員だから、その情報を社内で共有する……」

「そうやってあっという間に広まるわけね」

「大手新聞社や出版社の将棋担当なんて、だいたいが有名大学の将棋部員とかでしょ？　アマ強豪なら昔から棋士と個人的な付き合いがあるだろうし、友達感覚なんじゃない？　ま、俺は中卒で学が無いからわかんないけど」

言葉に普段は感じられない棘がある。

どちらかといえば銀子のほうが気性が荒いため、一緒にいると八一は穏やかに見えるが……今は桂香ですら驚くほどに、八一は好戦的だった。

「苛立ってるわね」

「そりゃね」

「銀子ちゃんが大事だから？」

「当然でしょ？　俺の……姉弟子なんだから」

「ふーん？　ふーんふーん？」

言外に『どうしてそこで俺の彼女なんだからって言えないのかしらねー』という響きを漂わせる桂香。

しかし銀子と八一にも考えがあるのだ。

たとえ家族同然の桂香といえども……いや、桂香だからこそ、ちゃんとした場を設けて二人で伝えたい。できれば師匠である清滝鋼介九段も一緒の場で。

だから桂香の誘導尋問に乗って、八一がこの場でポロッと認めてしまうわけにはいかないのである。

窓の外を顎で示して八一は言った。

「大阪に戻ろうにもさ、こんな状況だろ？　しばらくはこっちに残って治療を受けた方がいいってことになったんだ」

「明石さんがそう言ったの？」

「そ。せっかくだから色々と検査してみようって。人間ドック？　みたいな？」

「ふぅん……」

「それに記者会見とかテレビ出演とかも入るでしょ？　東京に長期間滞在して一度に済ませちゃったほうが銀子ちゃんも体力を使わなくていいしさ」

「けど大丈夫なの？　言われたとおり研究用のタブレットとかは持って来たけど、病院じゃあまともに将棋の勉強なんてできないんじゃない？」

「それでいいんだよ」

「へ？　でも――」

棋力が落ちたら困るんじゃ？　という疑問を桂香が口にする前に、先回りして八一は理由を喋り始める。

「あれだけの大勝負をした後に研究したって、身が入るわけがないよ。むしろ燃え尽きちゃうさ。今はじっくり休むのが一番。軽くネット将棋でも指せばいい。タブレットは気晴らし用にちょうどいいからね」

「けど、いつ対局が入るかわからないでしょ？　そのためにも棋力を落とさないようにしなきゃいけないんじゃない？　いいえ、むしろもっと棋力を上げないと。プロの世界で通用するように――」

「新人がいきなりトッププロと当たることはないよ。当たるのは棋力が下り坂のおじいちゃんばっかだから、むしろ新四段は有利なんだ。普通にやれば絶対に勝てる。みんな三段より弱いんだから」

プロとして口にしづらい話題ではあったが、八一は構わずタブーに踏み込む。

盛りを過ぎた高段者よりも、プロになれない奨励会員の方が強い。それは間違いのない事実だった。

そしてもう一つ、八一は焦らない理由を口にする。

「俺もそうだったけど、年度の前半に四段になったらデビュー戦は十一月か十二月あたり……竜王戦の予選とかじゃないかな？　会長はさすがに教えてくれなかったけど」

「じゃあしばらくは余裕があるわね」

「うん。女流玉座も手放すことになるから、防衛戦もやらなくていいし」

「本当に……タイトルを手放すことになるの？」

銀子が初タイトルを獲得したのは小学六年生の春。十一歳の時だった。

それから五年近くが経過して、今では永世位も有する。

女王と女流玉座の二冠は、永遠に銀子のもののように……桂香だけではなく、ほぼ全ての女流棋士がそう感じていたであろう。

「複雑な心境ね。今まで無敗で守り続けてきたタイトルを、夢を叶えたことで手放すことになるなんて……」

「いいんじゃない？　銀子ちゃんには重荷だったみたいだし。ずっと」

八一はあっさりと言い切った。

重荷。確かに二つの女流タイトルは、銀子にとって重かった。『邪魔』というわけではなく、軽々しく扱うことができないという意味で。

さらに今後は別の意味が付随する。

「あのままタイトルを持ってたら、女流棋士と戦い続けることになるだろ？《浪速の白雪姫》は無敗のままプロになった……神聖にして不可侵な、絶対的な存在になっちゃったのさ。銀子ちゃんはそんなことを望まなかったと思うけどね」

八一の言葉に、桂香は信じられないといったように、

「……女流棋士に負けたら『プロになってもその程度か』と言われる。つまり……商品価値が下がる？　そんな……」

「《浪速の白雪姫》っていうブランドは、あの『永世七冠』に匹敵する利益を将棋界にもたらした。そして今後、その価値はさらに跳ね上がる。それを損なうリスクは極力排除したいっていうのが、連盟とスポンサーの共通認識でしょ」

「け、けど！　銀子ちゃんの棋力は女性の中で抜きん出てるわ。それこそ普通に戦えば女流棋士に負けるわけがない。そうでしょ？」

「そうだね。今は」

八一は頷いた。条件付きで。

「でも、一年後はわからない」

「っ…………!!」

「それに勝負事ってのは相性もある。実力的には差があっても、苦手意識を持ってるヤツと苦手な持ち時間で戦えば、俺だって女流棋士や奨励会員に後れを取ることだってあるさ」

「それは、まあ……そういうものかもしれないけど……」

将棋を指していれば、格上を相手に思わぬ勝利を得ることはある。格下を相手に普通に負けることも、いくらでもある。桂香はどちらも経験していた。

空銀子は強い。圧倒的に。

その強さは、女流棋士たちにはトラウマのように刻み込まれている。

月夜見坂も万智も、幼い頃に銀子に負かされたことで苦手意識を植え付けられた。

他の女流トップも同様だ。

自分よりも遥かに幼い《浪速の白雪姫》に大舞台で敗れたことで苦手意識を植え付けられたため、銀子との対局ではどうしても実力を出し切れない。

それが無敗伝説のカラクリであった。

将棋の強さ以上に、恐怖で相手を萎縮させていただけなのだ。

その程度のことは銀子もとっくに承知している。彼女は誰よりも《浪速の白雪姫》という大仰な異名を嫌悪していたし、女流棋士に対して無敗であることにも拘っていない。むしろその無駄に高い勝率を犠牲にすることで奨励会で一つでも多く白星を得ることができたのなら、喜んでそれを差し出しただろう。

けれど空銀子以外に《浪速の白雪姫》の無敗伝説を怖れない者たちも、今や確かに存在するのである。彼女よりも下の世代で、彼女よりも才能を有する者たちが。

そして、それを育てているのは――

「まあ高校一年生で奨励会を抜けたんなら普通にタイトル狙える才能ってことになるからね。プロの間でも銀子ちゃんの評価は上がるんじゃない？　同時昇段が史上初の小学生棋士だから、それと比べちゃうと多少の見劣りはするけど」

「そ、そうね。創多くんのこともすごく話題になってるわよ？」

椚創多。小学六年生。

史上初の小学生棋士は、棋力と才能だけで見れば銀子よりも遙かに上だ。プロ棋士からの評価も比べものにならないだろう。

「けどやっぱり《浪速の白雪姫》の話題には負けてるかしら？　銀子ちゃんが未だに記者会見を開いてないのもあると思うけど……」

「入院したのが、図らずも世間に対して期待を煽るような結果になってしまったってことか。隠されれば知りたくなるのは仕方がないかもしれないけどねぇ」

「これから先のことを思うと気が重いわね……銀子ちゃんにとっては慣れっこかもしれないけ

ど、それでも……」

「大丈夫。銀子ちゃんだって自力でプロになったんだし、身体も強くなってる。もうあの頃の病弱な銀子ちゃんじゃない。それに――」

「それに？」

「俺が不甲斐(ふがい)ないせいで苦労させちゃったからね。これからは俺がこの子を守るよ。弟弟子だけど、プロの世界じゃこっちが先輩だからさ」

俺が守る。

その決意を銀子が耳にしたら、どれだけ心強く思うだろうか。きっと嬉(うれ)しくて泣いてしまうだろう……今は寝ているけれど。

愛おしそうに銀子へ視線を注(そそ)ぐ八一。

桂香はニヤニヤと笑いを噛(か)み殺(ころ)しながら、

「あらー？　そういえば八一くん、いつのまにこの子のこと『銀子ちゃん』って呼ぶようになったのぉ？」

「んん!?　いや、べ、別に昔からそう呼んでるから普通じゃん!?」

「えー？　でも最近はほとんど『姉弟子』って呼んでたのに、急に銀子ちゃんに戻すなんて何かあったのかなーって思って」

「何もないってば！」

八一は真っ赤になってそう叫んでから、

「と、ところで……あいの様子は？」

わざとらしく話題を変えた。

帝位戦もあって清滝家に預けたままになっている弟子のことである。

ぎこちなく強引な話題転換だったが、桂香はそれに乗った。

「元気よ。今朝、家を出るところまでは一緒だったけどね。楽しそうに出かけて行ったわ」

「そっか。ごめん、預けっぱなしで……」

「それはいいけど。でも大親友の澪ちゃんと離ればなれになるのは、本当はつらいんだと思うから……空港から帰って来てからが心配ね。お父さんだけに任せておくのは、ちょっと頼りないわ」

「澪ちゃんのおかげで、あいは随分と助けられたからね。それこそ将棋でも小学校でも、澪ちゃんがいてくれなかったらどうなってたことか……」

あいだけではない。

八一はもちろん、それ以外にも多くの人々が、澪の持つ明るさと元気に助けられた。銀子ですらそれを認めないわけにはいかないであろう。

別れの言葉を直接言うことができないことに、寂しさや後ろめたさはある。

けれどそれ以上に心を占めるのは、必ず澪と再会できるという確信だった。あの子が将棋を捨てない限り、必ずその日は訪れる。

そして澪が将棋を捨てるはずがないと、あの太陽のように明るい少女を知る誰もが確信していた。

だから……さよならとは言わなかった。特別な言葉は、何もいらない。また会う日まで、互いに腕を磨くだけでいい。

窓の外に見える青空を眺めながら、八一は言う。

「今頃はもう空の上かな？」

「無事に飛行機に乗れたらいいんだけど。子どもたちだけで行かせちゃってるから……」

桂香は心配そうだ。

本来なら自分も一緒に行くはずだったという罪悪感もあるのだろう。とはいえ空港までは電車に乗るだけで到着するし、空港では職員が丁寧に案内してくれるはず。そう甘やかす必要はない。同じ年頃の銀子と八一は二人だけで日本中のどこでも武者修行に出かけたものだ。

と、その時だった。

「おっ。スマホが震えた……あいからかな？」

八一はポケットからスマホを取り出して確認する。

しかし入っていたのは別の連絡だった。

「歩夢からメッセージだ。釈迦堂さんと一緒に見舞いに来てもいいかって」

「釈迦堂先生も⁉　そういえばずっと銀子ちゃんのことを気にかけてくださってたものね。ありがたいわ」

「月夜見坂さんたちみたいに押しかけたりしないのは、さすがに常識的だよ。服装以外は」

「……あのお二人がこの病室に収まるかは、確かに問題ね」

釈迦堂里奈女流名跡と弟子の歩夢は二人とも嵩張るドレスやマントを纏っているため、個室とはいえ決して広いとはいえないこの病室に来ればかなり圧迫感があるだろう。

「あと、連盟の広報からも着信が入ってた」

「それも銀子ちゃんの件かしら？」

「だろうね。多分」

奨励会では、対局前に携帯電話をロッカーに入れなければならない。

対局が終わってから返却されるものの、銀子のスマホは電源を切ったままになっていた。それどころではなかったためだ。

よって必然的に、一緒にいる可能性が高い人物へ連絡を入れることになる。つまり九頭竜八一に。

「俺のことを銀子ちゃんのマネージャーくらいに思ってるんじゃない？」

「史上最年少竜王で、帝位戦の挑戦者にもなってる超トップ棋士を？　まっさかぁ」

「史上初の女性プロ棋士に比べたら俺なんて遙かに小物さ」

「またまたぁ。帝位戦の開幕局、お父さんとあいちゃんとで見てたわ！　あの於鬼頭(おきと)先生を相手にあそこまで圧倒的な勝利を飾れる人なんて、プロ棋士でも五人といないわよ？」

「運が良かっただけさ。封じ手のタイミングが上手く勝負所で回ってきてくれたから、一晩考えることができた」

「封じ手の局面……私にもお父さんにも、八一くんが破れかぶれの無理攻めをしてるようにしか見えなかったわ。まさか、あの攻めが決まるなんて……」

「それも含めて運が良かったんだよ」

他人からはひたすら謙虚(けんきょ)に聞こえるかもしれないが、それはおそらく八一の本心だった。

将棋において、真の強者はどこまでも慎重だ。

『驕(おご)り』や『過信』といった心の隙(すき)を一切(いっさい)作らない。それが、隙のない駒組(こまぐ)みに繋がることを知っているからである。

「於鬼頭さんは手強(てごわ)いよ。あの人には迷いが無い。やることが明確で、しかもそこに向かって一直線に来る。二局目までに修正してくるだろうね」

「ソフトのお告げを信じてるから？」

「それもある。何かを盲目的に信じられれば、一直線に進むことができるから」

「あ――――」

あいちゃんみたいにね。

途中まで出かかったその言葉を桂香は飲み込んだ。この場で口にしていい言葉ではない……聞いている人物を動揺させてしまうから。

代わりに桂香はこう言った。

「けど……迷うことで強くなることもある。でしょ？」

「そうだね」

八一は頷いた。

「遠回りかもしれないけど、そのほうが強くなれると、俺は信じてる」

「…………」

桂香は八一の顔を見て、言葉を失っていた。

そこにいたのは桂香がよく知るあの少年とは、明らかに違っていたから。

かつての八一だったら、こうも堂々と言い切ることはできなかっただろう。過去の失敗や敗北に捕らわれていたに違いない。

しかし今は、その失敗や敗北すらも力に変えることができる。

そう言い切った九頭竜八一はもう、桂香のよく知るあの優しい少年ではない。

《西の魔王》。

コンピューターが弾き出す人外の戦法すら糧とし、それを喰らってコンピューターよりも強くなった、現時点でおそらく最強の棋士。

誰もが長く病室に留まらなかったのは、銀子に気を遣ったからではない。

留まれなかったのだ。

《魔王》の発する威に打たれ、思わず席を外してしまった。逃げるように。

それは強い者ほど感じ取ってしまう。当てられると表現してもいい。現役のA級棋士でもある永世名人月光聖市は、特にそれを強く感じたはずだった。

きっと銀子すらも、眠っていなかったら、その威圧感に打ちのめされてしまうに違いなかった……。

空銀子は眠っていた。

ベッドに横たわる白雪姫に優しい視線を向けた魔王は、スマホを手にして立ち上がる。

「桂香さん。銀子ちゃんを少し見ててもらっていい？　電話しないと」

「え……ええ。いってらっしゃい」

「なるべく早く戻るから」

そう言うと、八一は自分のスマホだけを持って出て行った。

病室に残されたのは、桂香と銀子。

「…………さてと」

八一の足音が聞こえなくなったのを確認してから、桂香はベッドに横たわる少女に向かって、こう声を掛けた。

「起きてるんでしょ？　銀子ちゃん」

「…………」

銀子は何も反応しない。

していないはずである。瞼がぴくぴくしたりもしていない。そもそも寝ているのだから桂香の声は聞こえていない。

それにも構わず桂香は喋り続ける。

「あなた昔から、寝たフリして八一くんの行動を監視するのが得意だったものね？　確かに病弱だったけど、そのうちの何割かは仮病だったのも知ってるわ。学校を休んで将棋の勉強をしたいからでしょ。バレてないとでも思ってた？　そんな眉間に皺を寄せた難しい顔したって、この桂香さんは誤魔化せないわよ？」

銀子は答えない。反論もしない。仮に反論したいと思ったとしても、寝ているのだからそれはできない。

確かに銀子は寝たフリが上手だ。物心つく前から病院のベッドに縛り付けられるように暮らしていた銀子にとって、それは最初に覚えた特技でもあったから。

しかし今は本当に寝ているのだ。本当に。

「ま、いいわ。そのまま寝たフリしててくれるほうが都合がいいし」

……都合？

「私は今日中に大阪に帰らなくちゃいけないの。あいちゃんと師匠(お父さん)の世話があるし、銀子ちゃんの荷物を追加で運んでこないといけないから。だからまたすぐ来るけど、とりあえず今日は帰る」

長いセリフを一息に言い切ってから、桂香は銀子の寝顔に顔を寄せて、

「何が言いたいか、わかるわね？」

わからない。寝てるからわかんない。

目を閉じて何の反応もしない銀子の額に人差し指を突き立てて、桂香はキッパリと言った。

「一度だけお手伝いしてあげるからさっさと詰ましなさい！　以上」

そして桂香が言い終わった数秒後――

病室のドアが開いて、八一が姿を現した。

「ただいま」

「お帰りなさい」

「誰か来てた？」

「え？　誰も来てないわよ？　どうして？」

「話し声が聞こえたような気がしたから……」

「私が銀子ちゃんへ一方的に話し掛けてたのよ。ほら、この子すごく頑張ったでしょ？　私もお父さんも、ずっと心配することしかできなくて……話したいことがいっぱいあったから、起きるまで我慢できなかったの」

「ああ……そうだよね。ごめん、師匠と桂香さんには真っ先に電話するべきだったのに――」

「いいのよ八一くん。それはもういいの」

　早口に桂香は続ける。

「それよりもね？　来て早々で申し訳ないんだけど、私はもう大阪に戻らなくちゃなの」

「ええ⁉　もう？」

「もう、よ。けど銀子ちゃんから聞きたいことがいっぱいあるから、目を醒ましてもらわないと困るの。ほら、若い女性同士でしか通じなかったり、男の子が聞いてる場所じゃ話しづらいこととか、あるでしょ？」

「ああ……うん、そうだよね。振り飛車党同士でしか通じない会話とかあるもんね。相振り飛車の話とか」

「いったん将棋から離れよ？　とにかく急いでるの。だから八一くんにも協力してほしくて」

「協力？」

　ポカンとした間抜け顔で聞き返す八一に、桂香はこう言った。

「八一くん。毒リンゴを食べた白雪姫がどうやって目を醒ましたか、知ってる？」

間抜け顔は答えた。

「王子さまのキスでしょ？」

「知ってるのね。じゃ、お願い」

「は？」

「眠りこけてる白雪姫にキスするのよ。ぶちゅっとやっちゃって」

「ぶッ⁉　き、ききき、きしゅ⁉」

「鬼手でも奇手でもなくてキスよ。お姫さまはずっと待ってるんだから」

待ってない。べつに待ってない。ぜんぜん待ってなんかない！

……八一が勝手にしようとしてくるから、気まずくて起きれなかっただけなのだもん。と、銀子が起きていたら言うだろう。寝てるから何の反応もできないわけだが。

「お腹すいたでしょ？　リンゴでも切って来るわ」

桂香は果物籠からリンゴを一つ手に取ると、さっさと病室を出て行く。

が、すぐに戻って来て、ドアの隙間から顔だけ出してこう言った。

「あっ！　そうそう。これを言っておかないと」

「な……何を、ですか……？」

「十五分くらいは絶対に帰って来ないから！　十五分よ⁉」

そして今度こそ、桂香は病室を出て行く。

「「…………」」

わざとらしいほど高い足音が遠ざかっていくのを聞きながら、八一はごくりと唾を飲み込んだ。

銀子は寝ている。寝てるったら寝てる。

静かになったはずの病室に、ドキドキという心臓の音が響き渡っている。それはきっと八一の音だけど、なぜか他の人にも聞こえるのだった。

エアコンが故障したのか……あつい。

「「…………」」

こそばゆい沈黙。

リンゴの残り香みたいな、どこか甘酸っぱい香り。

八一はこれまでずっと触れようとして途中で止まっていた手を、ようやく銀子の顔へと伸ばす。

肌が触れる。静電気が走ったみたいに、ぴりぴりする。

あつい。どきどき。

そして八一は真っ赤な顔で、こう尋ねた。

「ぎ、銀子ちゃん？　……………………寝てる、よね？」

最初からずっと寝てるわよバカやいち。見たらわかるでしょ。ばか。ばかばかばか。ばかば

かばかばか…………………………ん………♡

きっかり十五分後。

病室に戻った桂香は、目を醒ました銀子と無事に再会を果たした。

「おはよう銀子ちゃん」

「…………おはよ」

銀子の顔は寝起きにしてはリンゴみたいに赤かったし、八一は表情を見られないよう窓の外を眺めていたけれど……桂香はそのことには触れなかった。

「うふふ♪　触れたのは別の場所だものねー？」

やかましい。

ファンレター、作品の
ご感想をお待ちしています

〈あて先〉

〒106－0032
東京都港区六本木2－4－5
SBクリエイティブ（株）
GA文庫編集部 気付

「白鳥士郎先生」係
「しらび先生」係

本書に関するご意見・ご感想は
右のQRコードよりお寄せください。

※アクセスの際に発生する通信費等はご負担ください。

https://ga.sbcr.jp/

りゅうおうのおしごと！ 13

発　行　　2020年8月31日　初版第一刷発行
著　者　　白鳥士郎
発行人　　小川　淳

発行所　　SBクリエイティブ株式会社
〒106−0032
東京都港区六本木2−4−5
電話　03−5549−1201
　　　03−5549−1167（編集）

装　丁　　木村デザイン・ラボ

印刷・製本　中央精版印刷株式会社

乱丁本、落丁本はお取り替えいたします。
本書の内容を無断で複製・複写・放送・データ配信などをすることは、かたくお断りいたします。
定価はカバーに表示してあります。
©Shirow Shiratori
ISBN978-4-8156-0644-2
Printed in Japan　　GA文庫

処刑少女の生きる道（バージンロード）4—赤い悪夢—

GA文庫

著：佐藤真登　画：ニリツ

「メノウちゃんが死んじゃうくらいなら世界なんて滅んでもよくない？」

アカリとモモが消えた。信頼する後輩の裏切りに混乱するメノウは、教典から響くサハラの声に悩みつつも２人を追跡しはじめる。

その頃、アカリとモモは、衝突を繰り返しながらもメノウからの逃亡を続けていた。絶望的にウマが合わない２人による、異世界人×処刑人補佐の禁忌のタッグ。しかし、"メノウ第一主義"な２人がなぜか逃亡中に始めたのは、モモによるアカリ強化スパルタトレーニングで——？

交錯する異世界人、「第四（フォース）」、そして第一身分（ファウスト）。少女たちを待つのは希望か絶望か——。彼女が彼女を殺すための物語、赤に染まる第４巻！

試読版は
こちら!

友達の妹が俺にだけウザい5

著：三河ごーすと　画：トマリ

ウザくてかわいい女の子は実在する！　メンバー間で秘密がバレたりバレなかったり明照がウザかわ彩羽についての認識を少し改めたりと、恋と友情に揺れ動く「５階同盟」に、新たな騒動が巻き起こる。

「キミら、ちゃんと恋人関係をやれてるのかい？」

月ノ森社長、襲来。痛いところを突かれて危機に陥った「５階同盟」を救うべく、明照は真白と結託し、ニセ恋人関係をアピールするための夏祭りデートの計画を練りはじめる。しかし、もちろん彩羽がその動きを黙って見ているはずもなく――？

打ち上げ花火、誰と見る？　人気爆発のいちゃウザ青春ラブコメ、恋の嵐が吹き荒れる第５巻！

第13回 GA文庫大賞

GA文庫では10代～20代のライトノベル読者に向けた
魅力あふれるエンターテインメント作品を募集します!

大賞賞金300万円 + ガンガンGAにて、コミカライズ確約!

◆ 募集内容 ◆

広義のエンターテインメント小説(ファンタジー、ラブコメ、学園など)で、日本語で書かれた未発表のオリジナル作品を募集します。希望者全員に評価シートを送付します。
※入賞作は当社にて刊行いたします。詳しくは募集要項をご確認下さい。

応募の詳細はGA文庫公式ホームページにて https://ga.sbcr.jp/